法苑拾余

凤凰树下随笔集

柳经纬 著

厦门大学出版社
XIAMEN UNIVERSITY PRESS
国家一级出版社
全国百佳图书出版单位

图书在版编目(CIP)数据

法苑拾余/柳经纬著. —厦门:厦门大学出版社,2017.3
(凤凰树下随笔集)
ISBN 978-7-5615-6352-6

Ⅰ.①法⋯ Ⅱ.①柳⋯ Ⅲ.①随笔－作品集－中国－当代 Ⅳ.①I267.1

中国版本图书馆 CIP 数据核字(2016)第 318069 号

出 版 人	蒋东明
丛书策划	蒋东明　王日根
责任编辑	甘世恒
装帧设计	李夏凌
电脑制作	张雨秋
责任印制	许克华

出版发行　**厦门大学出版社**

社　　　址	厦门市软件园二期望海路 39 号
邮政编码	361008
总 编 办	0592-2182177　0592-2181406(传真)
营销中心	0592-2184458　0592-2181365
网　　　址	http://www.xmupress.com
邮　　　箱	xmupress@126.com
印　　　刷	厦门集大印刷厂

开本	720mm×1000mm　1/16
印张	17.5
插页	2
字数	266 千字
版次	2017 年 3 月第 1 版
印次	2017 年 3 月第 1 次印刷
定价	59.00 元

本书如有印装质量问题请直接寄承印厂调换

厦门大学出版社
微信二维码

厦门大学出版社
微博二维码

编者的话

　　厦门大学,一所闻名遐迩的高等学府,经过近百年的岁月洗礼,她根深叶茂,茁壮成长。厦大校园背山面海、拥湖抱水,早年由南洋引入的凤凰木遍布校园的各个角落,于是,一级又一级的海内外求知学子满怀憧憬地相聚在凤凰树下;一届又一届的毕业生依依惜别于凤凰树下。"凤凰花开"成了学子们对母校的青春记忆,"凤凰树下"成了厦大人共同的生活空间。

　　建校近百年的厦门大学现已成为学科门类齐全的国家"211"、"985"工程重点大学。厦大人秉承"自强不息,止于至善"的校训,铭记校主陈嘉庚建设一流大学的嘱托,在较少政治喧闹、较多自由思考的相对安静环境中,做着相对纯粹的真学问,培育着一代代莘莘学子。一大批厦大人在不同的学术领域里成果卓著,他们除了发表论文、出版专著,贡献自己高深的科研成果之外,亦时有充满灵性的学术感悟文字、感时悯世的政治评论短札,时有思索道德人生的启示益智言语、情感迸发的直抒胸臆篇什。这些学术随笔其文字之精练，语言之优美，内容之丰富，思想之深刻，不仅体现了厦大学人深厚的学术积淀，而且也是值得传承的丰富文化宝藏和宝贵的出版传播资源。

厦门大学出版社秉承"蕴大学精神，铸学术精品"的出版理念，注重挖掘厦门大学的学术内涵。我们将以"凤凰树下随笔集"的形式，编辑出版厦大学人的学术随笔、学术短札，在凤凰树下营造弥漫学术芬芳的书香氛围，让厦大校园充满求真思辨的探索情怀。年轻学子阅读这些书札，或能获得体悟，受到激励，走向深邃的学术殿堂；社会大众阅读这些书札，或能更加切实地品读我们这所大学的真实内涵，而不至于停留在"厦门大学是个大花园"的粗浅旅游观感层次。

我们更期待《凤凰树下随笔集》走出校园，吸引全球更多的学者走入这片凤凰树下，让读者感受到这些学者除了不断有高精尖的科研成果问世外，还有深沉的文化艺术脉搏在跳动，还有浓郁的人文精神、科学精神在流淌。

厦门大学出版社

自　序

　　已经过去的 2015 年,是笔者举家进京度过的第十个年头。本书的篇目均为这十年完成的文字,权以这些文字作为进京十年的纪念。

　　本书的篇目大多已经发表,收入本书时均已注明出处,未经刊发的篇目也注明了完成时间。汇收入本书的篇目除个别文字外,均保持原貌。"咬文嚼字"针对的是现行法的立法技术问题,讲的是一些法的常识,没有什么高深的理论。但是这些法的常识却屡屡被人遗忘,把它们写出来,就算是一种"普法"。"茶余饭后"中的篇目多数发表在《法学家茶座》上,未发表的也曾是准备投给茶座的稿子,其他栏目的许多篇目也发表在茶座上,故此设"茶余饭后"栏,以表示对茶座的谢意。"良师益友"三篇分别是怀念恩师李景禧先生的文章、纪念江平教授八十华诞的文章和纪念《律师文摘》十周年的文章,后者算是对孙国栋老弟主持《律师文摘》"十年辛苦不寻常"的一种敬意。"法典情结"所表达的主要是笔者对民法典编纂(立法)问题的一些思考,作为一位从事民法教学科研长达三十年的民法教师,难免对民法典有一种特殊的情结。"法治随想"所反映的是笔者近年来对国家法治问题的一些零星想法,大体上是一种直觉的抒发,谈不上深思熟虑。"前序后记"选了笔者在这十年间出版的六部学术著作的序与后记,大体可以反映笔者在这十年间学术研究的基本情况;其余四篇是为笔者指导的博士生出版的学术著作写的序,"青出于蓝而胜于蓝",从中亦可体验到为人之师的欣慰。

　　笔者在厦大求学和工作长达二十七年。在主持厦大法律系工作期间,得到厦门大学出版社的大力支持,也与蒋东明社长、施高翔副社长(当时负责法律书籍的编辑)结下了深厚的个人情谊。2005 年,笔者进京之时,厦大出版社出版了笔者的第一部个人学术论著《当代中国民事立法问题》(该书曾获第五届中国高校人文社会科学研究优秀成果三等奖)。十年来,每逢春节临近,笔者都会定期收到厦门大学出版社寄来的漳州产水仙花。高雅绝俗、清新秀丽、芳香馥郁的水仙花,给北国的春节带来了无限的春意。在这十年间,笔者与厦门大学出版社还有一次愉快且成功的合作。2008 年—2009 年,笔者应邀参与了厦门大学出版社出版的"共和国六十年法学论争实录"丛书(八卷)的策划工作,与齐树洁教授共同担任丛书的执行总主编(总主编由我国著名法学家、社会活动家江平教授担任),并担任民商法卷的主编。丛书出版后,先后获第三届福建省优秀出版物(图书)奖(2011)、中国大学出版社图书奖第二届优秀学术著作奖一等奖(2011)、华东地区优秀教材专著奖一等奖(2012),取得了良好的社会效果和学术效果。2015 年夏,笔者回厦门,蒋社长、高翔副社长送笔者一套"凤凰树下"随笔集,并邀笔者加入"凤凰树下"系列。对于蒋社长、高翔副社长以及厦大出版社的这份情谊,笔者只有在这篇小序里道声:谢谢!

在京十年,需要感谢的人很多:既有厦门大学以及法律系(法学院)的领导和同事,又有中国政法大学比较法研究院、科研处以及国家"2011 计划"司法文明协同创新中心的领导和同事;既有在厦大就读研究生时的同窗好友,又有笔者在厦大和法大授过课或指导过的同学。在这里,笔者无法一一道出他们的姓名。在京工作和生活的十年里,得到了他们多方面的关心和帮助,也一并在这里道声:谢谢!

本书得以忝列"凤凰树下"随笔集,还应感谢厦门大学出版社的甘世恒编辑。他是法大校友,自加盟厦门大学出版社后,一直与笔者保持着良好的联系。他对本书的选稿提出了很好的建议,并担任本书的责任编辑,为本书的出版付出了辛勤的劳动。

2016 年于京北宁馨苑

Contents

目 录

第一编 咬文嚼字

第二编 茶余饭后

第三编　良师益友

第四编　法典情结

第五编　法治随想

第六编　前序后记

咬文嚼字

第一编

凤凰树下随笔集

咬文嚼字说立法[*]

除了以宣示特定意识形态为宗旨的个别法律或法条外,绝大多数的法律和法条应可归类为人的行为规范,告诉人们什么是可为的,什么是不可为的。改革开放以来,伴随着社会法制的进步,我国的立法技术不断提高,立法的质量不断改善,法律的规范作用也就越来越强。总体来看,立法还是较为令人满意的。然而,人无完人,立法的操刀者即便是"智者",也难免"千虑一失"。从鸡蛋里还能挑出骨头,法律文本里也就不难挑出瑕疵了。

据说有份杂志叫作《咬文嚼字》,专干这种"鸡蛋里挑骨头"的事,剖析报刊、图书、广告、影视作品中的语文差错,因此赢得了"语林啄木鸟"的美誉。

笔者无意担当法律文本之"啄木鸟",因为啄木鸟具有坚持不懈的精神,笔者的习性属于"打一枪换一个地方"的那种,缺乏这种可贵的精神。且,挑错也是一份吃力不讨好的事,无论名与利都不划算,笔者多少也有些功利心,不愿意去做此吃力不讨好的事。然而,由于长年从事民商法学专业教学与研究的缘故,对于所遇到的一些法律文本的差错,总有一种如同吞了一只苍蝇的感受,不吐不快。为此,本文借此杂志之名,倾诉倾诉心中的这种不快。

由于篇幅所限,本文不可能顾及改革开放以来所制定的全部民商事法律,甚至不可能对某一部法律进行较为全面的挑错。本文仅以被认为是立法技术水平较高的《中华人民共和国合同法》为对象,选择五个在笔者看来差错过于明显的条文,做一番剖析,当一回"啄木鸟"。

---

* 本文原载《比较法研究》2010 年第 5 期。

一、第 9 条第 1 款:"当事人订立合同,应当具有相应的民事权利能力和民事行为能力。"

本款的问题是:法理不通。

1.在民法学上,民事权利能力关涉民事主体的资格问题,而民事行为能力则关涉民事法律行为之效力问题。倘若欠缺民事权利能力,则无从确认其民事主体资格。德国法上有"无能力之社团"之说,究其实质是指虽有团体之外观,但法律上不承认其为民事主体。倘若欠缺民事行为能力,则并不影响民事主体的资格,仅影响民事主体所为民事法律行为之效力。

本款首要的问题是:既然是"当事人订立合同",那么此"当事人"应指具有民事权利能力者,或为自然人,或为法人,或为其他组织(《合同法》第 2 条),不具备民事权利能力者不能称之为"当事人"。因此,本款接下来的"应当具有相应的民事权利能力"就纯属"多余的话"。

2.在现实法律生活中,缔约一方"无相应民事权利能力"的情形,通常是不可想象的。当缔约一方为自然人时,他一定具有民事权利能力,如果他不具备民事权利能力,只有两种情形:要么他因欠债而成为古罗马社会的奴隶,要么他的生命已经终结。在这两种情形下,他已不再是法律上的"人",不可能成为缔约的"当事人"。当缔约一方为团体时,如为法人或者其他非法人团体,它也一定具有民事权利能力,如无民事权利能力,则此团体要么没有依法设立,要么已经依法撤销,法律上均不能视为"人"而存在,也不可能成为缔约的"当事人"。

唯一的例外是:依我国早期的民法学理论,法人的民事权利能力取决于其业务性质和业务范围,因此,当法人之行为超越其业务范围时,当属无相应民事权利能力之情形。在传统理论上,法人"越权"而订立的合同无效。但依据最高人民法院关于《合同法》之司法解释,当事人超越经营范围订立合同,除非违反国家限制经营、特许经营以及法律、行政法规禁止经营的规定,人民法院不能因此认定合同无效。这就把法人"越权"问题,归入法律行为合法性的范畴,而不是纳入主体资格的范畴。这一解释是符合市场经济社会需要的。

退一步说,即便关于法人超越业务范围的理论仍然成立,那么这也仅仅

属于例外情形,而非一般情形。本款将其作为缔约当事人的一般情形规定,显然欠妥。

3.合同是民事法律行为,对于当事人所订立的合同之效力而言,有意义的是其民事行为能力之有无。因此,在立法上,关于民事法律行为之要件,就行为主体而言,只规定行为人应具备相应的民事行为能力(《民法通则》第55条),而不会要求具备相应的民事权利能力。与之对应,立法上还须将不具备民事行为能力者所订立的合同效力作出明确的规定(《民法通则》第58条)。法条之间相互呼应,法律的规范性才能得到彰显。

在《合同法》中,与本款有对应关系的是第47条,该条是关于限制民事行为能力人订立的合同之效力(待定)的规定。然而,第47条所对应的仅是本款中缔约当事人的民事行为能力,而非民事权利能力。在整部《合同法》中,我们找不到与本款之"当事人订立合同应具备相应的民事权利能力"对应的条文。一方面,法律对缔约当事人的民事权利能力提出要求;另一方面,法律对于不合此要求的行为却无对应的规定,这样的法条有何规范意义?

二、第 10 条第 1 款:"当事人订立合同,有书面形式、口头形式和其他形式。"

本款的问题是:使用的不是法律语言,无法彰显合同自由精神。

1.通常,民法教师在课堂教学中,告知学生,民事法律行为的形式主要"有"书面和口头两种,这两种形式均为明示;此外"还有"默示,包括推定(作为的意思表示)和沉默(不作为的意思表示)。因此,"有"在这里显然是作为教学语言而存在的。法律条文应使用法律语言,不宜使用教学语言。因为法律条文是法律规范的外在表现形式,必须体现出法律的规范意义。从法律规范的角度看,本款的意义不应是告知人们订立合同的形式"有"几种,而应当告知人们订立合同时"可以"采取哪些形式。"可以"是法律语言,具有授权的意义。

2.第 10 条是关于合同形式的规定,联系本条第 2 款(法律、行政法规规定采用书面形式的,应当采用书面形式。当事人约定采用书面形式的,应当采用书面形式)以及第 36 条等的规定,本条实际担负着彰显合同(形式)自由精神的功能。合同自由包括缔约自由、选择相对人自由、合同内容自由和合同形式自由等内容。合同自由是合同法的精神所在。合同形式自由意味着,除非法律对合同的形式有特别的要求,当事人"有权"以任何形式订立合同。本款使用"有"这一用语,丝毫无法彰显合同自由的精神。

3. 单纯从语言逻辑来看,本款与第 10 条第 2 款也不相协调。第 2 款规定:"法律、行政法规规定采用书面形式的,应当采用书面形式。当事人约定采用书面形式的,应当采用书面形式。"后半段仍属于合同形式自由的范畴,前半段则是对合同形式自由的限制,用的是"应当"这一法律语言。因此,从语言逻辑上看,本款只有用"可以"(采取),表明当事人享有选择合同形式的自由,这样第二款前半段用"应当"以限制合同形式自由,逻辑上也就顺了。

三、第 13 条:"当事人订立合同,采取要约、承诺方式。"

本条的问题是:既多余,又有碍法制之进步。

1. 关于缔约的方式(程序),除了要约、承诺外,有无其他方式? 如无,则本条规定纯属多余;如有,则本条只规定要约、承诺方式,显然不妥。

2. 要约和承诺均为意思表示,因此要约、承诺方式着眼于当事人的意思表示,如无要约与承诺的意思表示,合同无从成立。这也是"合同"="合意"的基本观念使然。从《民法通则》《合同法》等法律的规定来看,我国现行立法并不承认无意思表示基础的"事实合同关系",因此,可以说缔约的方式,也只有要约、承诺,而无其他。如此一来,本条规定实属多余。

3. 然而,尽管现行法不承认"事实合同关系",但作为德国法理论与司法的产物,"事实合同关系"理论有一定的合理性,对于解决实际问题也有一定的意义。因此,从法制进步的角度看,我国现行立法即便不予以确认,但仍有必要给它留下必要的空间,而不宜将其路堵死。本条规定了"当事人订立合同,采取要约、承诺方式",则有将缔约方式只限于"要约、承诺方式"、不给"事实合同关系"留下必要空间之嫌,最终有碍法制之进步。

4. 本条的表述方式,同样具有教学语言的意味。条文中的"采取"一词,究竟是指当事人有权"采取"还是必须或应当"采取"要约、承诺的缔约方式?

意思不明。这种表述方式,不符合法律规范的要求。

四、第 52 条:"有下列情形之一的,合同无效:(一)一方以欺诈、胁迫的手段订立合同,损害国家利益 ……"

本条第 1 项的问题是:易生歧义。

1.关于受欺诈、胁迫所订立合同之效力,传统民法上多采取可撤销之立法例,法律赋予表意不自由一方以撤销权,维护私法自治的精神。我国《民法通则》采取的是行为无效的立法例(第 58 条),貌似强力保护表意不自由的一方,但使得表意不自由一方除接受无效之后果外,别无选择,有违私法自治的精神。《合同法》第 54 条就一般情形下之欺诈、胁迫所订立合同之效力,改采可撤销之立法例,留给了表意不自由一方在维持合同还是撤销合同之间进行选择的余地,将合同之命运交由当事人自己去决定,彰显了私法自治精神,是立法之一大进步。

2.依本条第 1 项规定,欺诈、胁迫所订立的合同,如损害国家利益的,应认定无效。由此创立了欺诈、胁迫的二元立法体制。这里的关键是:国家利益如何界定?是指作为合同当事人之一方或双方的国有企事业单位所承载的国家利益,还是指当事人之外作为第三人的国有企事业单位和国家所承载的国家利益?

3.如属前者,本项规定易生如下问题:第一,如果被欺诈的一方为国有企事业单位,此时,国家利益遭受损失,依据本项规定,合同无效;第二,如果欺诈的一方为国有企事业单位,被欺诈的一方不是国有企事业单位,则不发生国家利益损失,不适用本条,而应适用第 54 条规定,合同不是无效,而是可撤销;第三,倘若合同双方当事人均为国有企事业单位,则此时从国家利益考虑,即可说是遭受损失,亦可说是没有损失(无非是这个口袋和那个口袋的问题),此时合同效力如何?无效还是可撤销,抑或有效?

4.如属后者,原则上应适用本条第二项关于"恶意串通,损害国家、集体或者第三人利益"的合同无效之规定,而不论欺诈、胁迫与否。如适用本项,势必导致以下结论:如果合同之订立,无欺诈、胁迫之情形,虽损害了国家利益,也不能认定无效。这岂不荒唐!

五、第 186 条第 1 款:"赠与人在赠与财产的权利转移之前可以撤销赠与。"

本款的问题是:自找麻烦。

1. 关于赠与合同,曾经有过要物之说,赠与合同之成立除了合意外,还须赠与物的交付,否则合同不成立。这是因为,赠与为无偿,倘若仅有合意即可成立合同,势必使得一些考虑欠周的赠与人陷于法律上的被动。然而,《合同法》关于赠与合同的规定,显然没有采要物之说,而采诺成之说(第185 条)。但立法者也考虑到上述赠与人考虑欠周的因素,为此规定了本款。如果赠与人为赠与意思表示时考虑欠周,则可依据本款规定撤销赠与,以摆脱赠与之义务。立法的此种安排也算周全,既维护了言之有信的契约精神,又给反悔的赠与人留下了退路。

2. 然而,问题就出在这里。倘若赠与人既不履行赠与义务,又不撤销赠与,此时受赠人可向人民法院提起诉讼,要求赠与人履行赠与义务,法院也应支持受赠人的请求,判决赠与人交付赠与物。但是,当受赠人获得胜诉判决后,倘若赠与人撤销赠与,似乎也可成立,因为依据本款,赠与人在赠与财产的权利移转之前有权撤销赠与。此时的问题是:如果确认赠与人撤销赠与的效力,必将导致法院作出的胜诉判决失去法律的依据,因为赠与人撤销赠与后不负赠与义务,受赠人亦不享有接受赠与的权利;如果维护法院判决的效力,则势必剥夺法律赋予赠与人撤销赠与的权利。这就是本款造成的问题。

3. 上述问题的症结不在于本款,而在于《合同法》对赠与合同采诺成之说。倘若采要物之说,则无此问题。赠与人与受赠人达成合意后,合同并不成立,自然不发生交付赠与物之义务,赠与人也就不会因为当时考虑不周而陷于法律上之被动(道义上的被动仍可能存在)。当然,对于特殊的赠与(如救灾、扶贫之类赠与)或采取公证形式订立的赠与合同,法律仍可采诺成之说。

上述就《合同法》所进行的挑错,纯属笔者一家之说,目的在于促进立法技术之提高,促进法律制度之完善。是否成立,还需请读者明鉴。

咬文嚼字说立法（续）*

　　2010 年，笔者在《比较法研究》2010 年第 5 期发表了《咬文嚼字说立法》一文，对《合同法》的一些条文做了一番"鸡蛋里挑骨头"式的讨论，目的在于指出立法中存在的法律和技术问题，以促进立法的进步。其实，我国现行法律中存在类似问题的条文还很多，本文仍沿着这种思路和风格，续写"咬文嚼字说立法"。

一、《合同法》第 9 条第 2 款："当事人依法可以委托代理人订立合同。"

　　本款的问题在于，当事人委托他人订立合同是"依法可以"还是"可以依法"？虽然"依法"和"可以"在这里只是一个词语排序的问题，但是二者排序不同，传导的法律意义却大相径庭。

　　《合同法》贯彻合同自由原则，当事人是自己订立合同还是委托他人订立合同，属于合同自由的应有之义。除了身份性的合同（如结婚协议、离婚协议）不得委托他人订立外，财产性合同一般不存在不得委托他人订立的问题。《合同法》第 2 条第 2 款明确将身份性的协议排除在"本法"之外（该款原文为"婚姻、收养、监护等有关身份关系的协议，适用其他法律的规定"），因此，《合同法》规范的只是财产性合同，当事人当然可以委托他人订立合同，无须法律的特别许可。也就是说，这里不存在需要"依法"才"可以"委托他人订立合同的问题。从法律上看，当事人此时所需考虑的只是：如果委托他人订立合同，如何依据法律的规定作出有效的授权，如出具授权书，授权书应写明委托的事项和所授权限并签章，受托人应具有完全行为能力。如

---

　　* 本文原载何家弘主编《法学家茶座》第 38 辑，山东人民出版社 2013 年版。

此等等。这样,他的授权行为才能有效,委托他人订立合同才能如愿。因此,需要"依法"的是当事人决定委托他人订立合同之后作出的授权行为,而非委托他人订立合同的本身。因此,本款的"依法可以"应改成"可以依法",本款所应表达的内容只能是:当事人可以自己订立合同,也可以委托他人订立合同;当事人委托他人订立合同时应依据法律的规定进行授权。

从法解释学上看,"依法可以"和"可以依法"所传导的是不同的法律信息。前者强调的是委托他人订立合同须有法律依据,如无法律依据,则不得委托他人订立合同,法律决定着当事人可否委托他人订立合同;后者强调的是当事人无须得到法律的许可就可以委托他人订立合同,法律不能决定当事人可否委托他人订立合同,但如委托他人订立合同,应按照法律有关规定作出。前者强调的是法律,后者强调的是当事人的意愿。前者还是后者,事关合同自由的问题,绝非仅仅是词语排序的问题。

二、《合同法》第 39 条第 2 款:"格式条款是当事人为了重复使用而预先拟定,并在订立合同时未与对方协商的条款。"

本条的问题在于:"未与对方协商"的表述方式是否满足法律特别规制格式条款的要求?法律之所以对格式条款加以特别规制,是基于对消费者权益保护的需要。在消费领域,生产经营者和消费者双方地位悬殊,决定了他们在交易中不具有对等的谈判能力,消费合同的条款总是由生产经营者单方提出,在交易中贯彻"要么接受、要么走开"的原则,不容消费者对合同的条款进行讨价还价,交易中的消费者对合同条款的形成基本上不具有谈判能力。因此,这里的情形不应只是"未与对方协商",而是"不容对方协商"。"未与对方协商"只是表明在缔约过程中,单方提出的合同条款"没有"与对方协商,而不是"不容"对方协商。这是一种轻描淡写的叙述方式,无法准确表现出在"要么接受、要么走开"的情势下处于强势一方的生产经营者与处于弱势一方的消费者之间的地位悬殊关系。

法律之所以要对格式条款加以特别规制,是由于生产经营者与消费者之间的这种地位悬殊关系。由于格式条款"不容对方协商",消费者"要么接受、要么走开",生产经营者在格式条款中设定了不利于消费者的条款(如各种"霸王条款"）时，就很容易造成消费者的权益受到损害。因为在市场经济社会，生产与消费发生了彻底的分离，生产者生产的产品不是为了自己消费，消费者消费的产品自己不生产。消费者的生活完全依赖于市场，市场上提供的产品，消费者只能接受。尤其是市场形成垄断时，更是如此。因此，如果生产经营者事先拟定的合同条款存在着不利于消费者的情形，就注定了消费者受害的命运。这就是为什么要对格式条款加以特别规制的原因所在。

三、《物权法》第 2 条第 1 款："因物的归属和利用而产生的民事关系，适用本法。"

本款的旨意在于界定物权法调整的财产关系范围。依据本款规定，物权法调整的财产关系包括物的归属关系和利用关系。前者在法律上表现为所有权，后者在法律上表现为他物权。正是基于本款的规定，《物权法》规定了所有权和他物权（用益物权和担保物权）。因此，《物权法》规定的物权类型与该款界定物权法的调整范围应该说是吻合的。但是，仔细斟酌，我们仍可发现问题。

首先，《物权法》除了规定各种物权外，还规定了占有（第五编）。占有并非所有，《物权法》也没有规定占有推定为所有的规则，因此，占有关系并不属于"归属"关系。同时，单纯的占有并不包含使用、收益，因此也不能认定是"利用"关系。所以，《物权法》规定的占有不属于本款规定适用本法的民事关系。因此，依据本款规定，占有就不能适用"本法"。既然不适用"本法"，那为什么又在"本法"规定占有呢？

其次，《物权法》规范物的利用关系的制度是他物权，包括用益物权和担保物权。用益物权侧重在对物的使用价值的利用，担保物权侧重于对物的价值的利用。但是，由于实行物权法定原则（第五条："物权的种类和内容，由法律规定"），《物权法》所规定的四种用益物权（土地承包经营权、建设用地使用权、宅基地使用权、地役权）和三种担保物权（抵押权、质权、留置权）以及水权、矿业权等"准物权"并不能穷尽现实生活中物的利用关系。最为典型的是租赁和借用，租赁和借用是名副其实的物的"利用"关系，但是它们并不适用物权法,而适用合同(债)法。对此,《物权法》第 241 条也明确规定,基于合同关系产生的占有及利用(使用、收益)问题,"按照合同约定","合同没有约定或者约定不明确的,依照有关法律规定"。然而,既然将租赁和借用等基于合同关系产生的"利用"关系排除在"本法"之外,那么与本款规定的因物的利用产生的民事关系"适用本法"就不相吻合了。

在我国民事立法中,规定调整对象和范围始于 1986 年的《民法通则》。《民法通则》第 2 条规定:"中华人民共和国民法调整平等主体的公民之间、法人之间、公民和法人之间的财产关系和人身关系。"这一规定有着特殊的时代背景。改革开放之初,学界围绕着民法与经济法的调整对象问题展开了一场历时七年之久的大论战。[①] 通则以法条形式对民法调整对象作出明确的界定,不仅划定了民法的调整范围,也从立法上平息了这场争论。然而,20 多年后,《物权法》制定之时,并不存在关于物权法调整对象的争论,法律上自无必要特别作出如此的规定。《物权法》第 2 条第 1 款的规定无异于"作茧自缚"。这一点也与 1999 年的《合同法》不同,《合同法》制定之时,面临着是否将身份关系的协议纳入合同法调整的问题,因此,该法第 2 条第 2 款规定"婚姻、收养、监护等有关身份关系的协议,适用其他法律的规定",从而将《合同法》的适用范围限定在财产合同。当然,《合同法》的这一规定是否妥当,是否导致这部"统一合同法"名不副实,属于另一个问题,在此不作讨论。

四、《物权法》第 241 条:"基于合同关系等产生的占有,有关不动产或者动产的使用、收益、违约责任等,按照合同约定;合同没有约定或者约定不明确的,依照有关法律规定。"

本条的问题在于"等"字。"等"是一个多义字,用于事物的列举时主要有两种意义:一是表示列举未尽,如我们学习"数学"、"语文"等课程。这里

---

① 拙文:《民法调整对象之争》,载柳经纬主编:《共和国六十年法学论争实录·民商法卷》,厦门大学出版社 2009 年版。

的"等"意味着除列举的事项外还有其他同类事项。如本例中，"等"字意味着除了"数学"、"语文"外还有"思想品德"、"体育"、"英语"这些课程。二是列举后煞尾，如北京、上海、天津、重庆等四个直辖市。这里的"等"就不含其他同类的列举未尽事项。

本条在"基于合同关系"后添了一个"等"字。这个"等"字显然属于事物列举意义的"等"。根据"等"字用于列举的两种情形，这里的"等"字的含义应属于第一种，而不属于第二种，即本条规定的物的占有和使用收益之产生除了"基于合同关系"外还有其他"列举未尽"的情形。一般来说，物的占有和使用收益之产生确实不限于"基于合同关系"，基于其他原因也会产生物的占有和使用收益，如继承、婚姻关系、无主物的先占、拾得物、发现埋藏物等。因此，仅从产生物的占有和使用收益的情形来看，本条"基于合同关系等产生的占有，有关不动产或者动产的使用、收益"这样的表述没有问题。但是，问题在于，本条明确规定，基于合同关系等产生的占有和使用收益"按照合同约定"。在这里，"基于合同关系"产生的物的占有和使用收益"按照合同约定"，这没有问题。而且，这样的规定也体现了当事人自治的私法精神，值得倡导。但是，基于合同关系以外的其他原因（即"等"所指向的事项）产生的物的占有和使用收益也"按照合同约定"，就有问题了。这里哪有什么"合同约定"？

由于茶座文章的篇幅所限，就此打住。如有必要，还可以来个再续、再再续之类的文字，继续讨论现行法的问题。

咬文嚼字说立法（再续）*

《法学家茶座》第 38 期刊发了拙文《咬文嚼字说立法（续）》，文章结束时说道："如有必要，还可以来个再续、再再续之类的文字，继续讨论现行法的问题。"本期约稿时，笔者一时想不出其他的话题，因此还是继续"鸡蛋里挑骨头"，说说现行法的技术问题。

一、《合同法》第 210 条："自然人之间的借贷合同，自贷款人提供借款时生效。"

人们认为，《合同法》对非自然人之间的借款合同采诺成说（第 196 条），对自然人之间的借款合同采要物说。[①] 依据民法之原理，诺成合同与要物合同的区分标志主要是合同成立要件的不同，而非生效要件的不同。诺成合同只要双方当事人达成合意即可成立，而要物合同除当事人之合意外，还需物的交付才能成立。[②] 因此，从《合同法》关于借款合同的安排来看，第 210 条的准确表述应当是"自然人之间的借贷合同自贷款人提供借款时成立"，采用"生效"是不准确的。

区分合同的"成立"与"生效"是必要的。合同"成立"意味着当事人之间存在着"合意"，"成立"不以合同的"有效"为必要，即便合同"无效"，也不影响其"成立"。然而，合同"生效"则意味着合同产生了当事人预期的法律效果，能够产生当事人预期法律效果的合同，不仅必须"成立"，而且必须"有效"，因此，合同的"生效"是以"成立"与"有效"为前提的。《合同法》第 44 条第 1 款规定："依法成立的合同，自成立时生效。"此"依法成立"，既包含着

---

* 本文原载何家弘主编《法学家茶座》第 43 辑，山东人民出版社 2014 年版。

① 胡康生主编：《中华人民共和国合同法释义》，法律出版社 1999 年版，第 309 页。

② 史尚宽：《债法总论》，中国政法大学出版社 2000 年版，第 9 页。

"成立"，也包含着"有效"（即所谓"依法"）。《合同法》第 44 条第 2 款（法律规定须经批准登记后生效的合同）和第 45 条（附生效条件的合同）、第 46 条（附生效期限的合同）规定的合同生效条件，都是指"依法成立"的合同。回到第 210 条的自然人之间的借款合同问题上，如存在着欺诈、胁迫以及违反法律之强制性规定等影响合同效力的情形，自然不应该是"自贷款人提供借款时生效"。

二、《合同法》第 382 条："仓储合同自成立时生效。"

本条不过是重复了《合同法》第 44 条第 1 款关于"依法成立的合同，自成立时生效"的规定。这种重复不仅多余，而且添乱。

首先，《合同法》第 44 条第 1 款规定了合同生效的一般规则，第 2 款以及第 45 条、第 46 条规定了生效的特殊规则。根据法律规范之一般与特殊的关系，不实行特殊生效规则的合同，只要适用第 44 条第 1 款的一般生效规则即可，法律无须对其生效规则作出重复性的规定。依据第 382 条，仓储合同的生效不实行特别规则，实行的是一般生效规则，因此，其生效问题只要依据第 44 条第 1 款的规定即可，无须重复第 44 条的规定，第 382 条的规定纯属多余。

其次，根据《合同法》第 45 条和第 46 条的规定，合同生效还可由当事人特别约定，或附生效条件，或附生效期限。仓储合同完全可能存在着当事人约定附生效条件或附生效期限的情形，此时其生效完全依据当事人的约定，在所附条件成就时或所附期限届至时生效。在此情形下，仓储合同的生效问题也很清晰。然而，第 382 条却明确规定"仓储合同自成立时生效"，这对仓储合同的生效判定，就不仅是多余的问题，还是添乱的问题了。

关于第 382 条，还有一个问题。前引合同法释义的作者将其与第 381 条一起均作仓储合同诺成性的解释。[①] 此种解释实在有点"关公战秦琼"的感觉。第 382 条规定"仓储合同自成立时生效"，说的是仓储合同生效规则

---

① 胡康生主编：《中华人民共和国合同法释义》，法律出版社 1999 年版，第 552～553 页。

的问题,而不是仓储合同成立规则的问题。而且,该条所说的"自成立时生效"之"成立",既可以是指诺成合同的成立,又可以是指实践合同(要物合同)的成立,丝毫无法得出专指诺成合同成立的结论。

三、《合同法》第 253 条:**"承揽人应当以自己的设备、技术和劳力,完成主要工作,但当事人另有约定的除外。承揽人将其承揽的主要工作交由第三人完成的,应当就该第三人完成的工作成果向定作人负责;未经定作人同意的,定作人也可以解除合同。"**

本条规定承揽人应当亲自完成承揽的主要工作,未经定作人同意,不得将承揽的主要工作交由第三人完成。本条两款也基本上表达了这一立法旨意。本条的问题主要是:

第一,在承揽人将承揽的工作交由第三人完成的前提条件问题上,第 1 款表述为"当事人另有约定",第 2 款则表述为"经定作人同意"。虽然这两种表述方式没有根本的差别,但二者的侧重点还是有区别的,前者侧重于双方当事人的"特别约定",后者侧重于定作人一方的"同意"。这种同一问题采取不同的表达方式容易引发法律解释和适用上的偏差。

第二,本条第 2 款包含着两层意思:第一层意思,经定作人同意,承揽人将承揽的主要工作交由第三人完成的,应当对第三人完成工作的情况向定作人负责,说的是承揽人的责任问题;第二层意思,未经定作人同意,承揽人擅自将承揽的主要工作交由第三人完成的,定作人有权解除合同,讲的是对定作人的救济问题。这两层意思相对独立,安排在同一款并不合适,最好各设一款。从逻辑关系看,第 1 款与第一层意思的密切程度明显超过其与第二层意思的密切程度。因此,如本条仍保持两款结构,也应该将第一层意思与第 1 款合并为一款,第二层意思单独一款。

第三,本条第 2 款后半段"未经定作人同意的,定作人也可以解除合同"中的"也"字很是费解。这里的"也"字应作副词用,表示同样、并行的意思。解除合同是违约救济的方式,第 2 款后半段除了"解除合同"外,并没有列出其他违约救济方式,这里的"也"字就不知所云了。

综合以上分析,笔者建议本条修改为:

《合同法》第 253 条　承揽人应当以自己的设备、技术和劳力,完成主要工作,但经定作人同意的除外。

经定作人同意,承揽人将其承揽的主要工作交由第三人完成的,应当就该第三人完成的工作成果向定作人负责。

未经定作人同意,承揽人将其承揽的主要工作交由第三人完成的,定作人可以解除合同。

四、《合同法》第 265 条:"承揽人应当妥善保管定作人提供的材料以及完成的工作成果,因保管不善造成毁损、灭失的,应当承担损害赔偿责任。"

本条规定承揽人的保管义务及其违反的损害赔偿责任。承揽人的保管义务包括定作人提供的材料的保管义务和承揽人完成的工作成果的保管义务。

在法律上,当保管成为一种义务时,只可用于对他人财产的保管,而不可用于对自己财产的保管,因为对自己财产的保管不能构成一项义务。在承揽关系中,当材料由定作人提供时,材料所有权仍属于定作人,对承揽人课以保管材料的义务是成立的。但是,对于承揽人完成的工作成果,承揽人是否承担保管义务,须根据工作成果所有权归属而定,不能一概而论。一般说来,除非当事人有特别约定,当材料的全部或主要部分是由定作人提供时,工作成果应归定作人所有,承揽人对完成的工作成果负有保管义务;当材料的全部或主要部分是由承揽人提供时,工作成果应归承揽人所有,不发生承揽人的保管义务。本条规定不区分具体情况,笼统地规定承揽人对工作成果负有保管义务,是欠妥的。

《合同法》第 261 条规定了承揽人交付工作成果的义务。这一义务完全可以解决有关工作成果保管的问题。即便是承揽人对归定作人所有的工作成果负有保管义务,如交付前发生工作成果毁损、灭失,承揽人无法履行交付工作成果的义务,定作人可以依据有关违约责任的规定获得救济,包括请求承揽人承担损害赔偿责任。因此,笼统地规定承揽人保管工作成果的义务不仅欠妥,而且也是多余的。

本条还有一个问题。关于承揽人保管定作人的材料的义务,与第256条有关定作人提供材料的规定联系密切,应作为其中一款。现在的安排是规定在第265条,离第256条相距9个条文。从立法技术上看,这种安排也不可取。

五、《合同法》第165条:"标的物为数物,其中一物不符合约定的,买受人可以就该物解除,但该物与他物分离使标的物的价值显受损害的,当事人可以就数物解除合同。"

本条是关于标的物为数物时买受人就个别物解除合同的规定,与此相关的还有第166条:"出卖人分批交付标的物的,出卖人对其中一批标的物不交付或者交付不符合约定,致使该批标的物不能实现合同目的的,买受人可以就该批标的物解除。""出卖人不交付其中一批标的物或者交付不符合约定,致使今后其他各批标的物的交付不能实现合同目的的,买受人可以就该批以及今后其他各批标的物解除。""买受人如果就其中一批标的物解除,该批标的物与其他各批标的物相互依存的,可以就已经交付和未交付的各批标的物解除。"

在上述两个条文中,"就该物解除""就该批标的物解除""就该批以及今后其他各批标的物解除""就其中一批标的物解除""就已经交付和未交付的各批标的物解除"这些文字,完全违背了语法规范,怎么读,怎么别扭!这里的"解除"属于及物动词,必须与"解除"的对象("合同")构成动宾结构,读起来才顺畅。然而,采取"解除合同"的表达方式,不能准确反映该条关于部分解除合同的意思,容易造成合同整体被解除的误解,因此在"解除"之后省去"合同"也是可以的,但是必须符合语法规范。

有关立法资料表明,《合同法》第165条是参考了台湾地区"民法"的规定。① 台湾地区"民法"第363条(数物并同出卖时之解除契约)第1项:"为

---

① 胡康生主编:《中华人民共和国合同法释义》,法律出版社1999年版,第247页。

买卖标的之数物中，一物有瑕疵者，买受人仅得就有瑕疵之物为解除。……"条文中的"就有瑕疵之物为解除"，采用的是"为解除"的表达方式。这里的"为"属于及物动词，"解除"指"解除行为"，属于名词，二者构成动宾结构。该项的"为解除"，意思是指买受人有权就有瑕疵的标的物作出（"为"）解除合同的行为。这种表达方式符合语法规范，与《合同法》第165条、第166条中的"就该物解除"之类的表达方式明显不同。

与上述两条存在类似的还有《合同法》第263条："定作人应当按照约定的期限支付报酬。……工作成果部分交付的，定作人应当相应支付。"条文中的"工作成果部分交付的，定作人应当相应支付"，读起来也很别扭！这句话改成"承揽人部分交付工作成果的，定作人应当支付相应的报酬"，就顺畅了。

话说法律"第一条"*

——以民商事法律为例

一

法律文本总是按照条文顺序编排的,所谓"约法三章""十二铜表法",古今中外概莫能外。法律条文的编排也总从第一条开始,如采用倒计时的方式排序,那肯定是精神有问题!到第几条结束,没有一定之数,这得看它有多少个条文了。一般来说,一部法律只有一个第一条,不会有两个以上的第一条。但是,这只是原则,也会有例外。新的《荷兰民法典》每一编都从第一条开始排序,就有好几个第一条。我国 2002 年年底提交全国人大常委会审议的《中华人民共和国民法(草案)》设有 9 编,每一编也是从第一条开始,总计有 9 个第一条。不过,民法草案尚未获得通过。因此,迄今为止,我国现行法中还没有出现这种例外情形。

据说,民法典各编均从第一条开始编排有利于法律的修改,避免因个别条文的增删影响到整部法典条文的排序。这只是一面之词。其实,法典从第一条开始排序,每一条在法典中有固定的位置,即便有所增删,也不受影响,这对于法典的学习与法律的适用也不无好处。例如,《法国民法典》第 1134 条被认为是契约自由(私法自治)的经典表述,人们只要记住这一条文数,也就记住了契约自由。而且,法律条文排序固定对于司法裁判来说也是有必要的。例如,在法律颁行后的任何时间里,引用同一条文数作出裁判的案件,所依据的法律总是一致的,不会造成混乱。如果法典的每一编都从第

一条开始,每一次修订就变更该编的条文排序,就容易造成混乱。例如,在判决书中援引法律条文,单说第几条并不能准确了解法官裁判所依据的具体规定,还得说"第几编第几条"方可。这多少有点烦琐。而且,如果各编条文排序因修订而发生变更,法律修订前后判决援引的法律条文,虽排序相同,但内容实际不同,这也容易造成混淆。正因为如此,迄今为止,大概只有《荷兰民法典》采取每一编均从第一条开始的条文编排体例,其他国家和地区并没有采取这种条文编排体例。

二

比较我国(这里仅指大陆,下同)民商事法律与传统大陆法系国家或地区的民法典,我们会发现,同样是第一条,但内容和风格大不一样。

《法国民法典》第一条:"经国王公布的法律,在法国全境内有强行力。在王国各部分,自公布可为公众所知悉之时起,法律发生强行力。国王所为的公布,在首都,视为于公布的次日为公众所知悉,其他各省于上述日期届满后,按首都与各省首府间的距离每百公里增加一日。"《德国民法典》第一条(权利能力的开始):"人的权利能力,始于出生完成之时。"《日本民法典》第一条(基本原则):"①私权必须适合公共福祉。②权利行使及义务履行必须遵守信义,以诚实为之。③权利不许滥用。"我国民国时期的民法典暨现行台湾地区"民法典"第一条(法源):"民事,法律所未规定者,依习惯,无习惯者,依法理。"由此可见,上述民法典第一条或规定法律的效力范围,或规定私法原则,或规定私法渊源(形式),《德国民法典》则规定自然人的权利能力。这些第一条基本上不涉及立法宗旨。

我国现行民商事法律第一条主要是关于立法宗旨的规定,其表述方式一般为"为了……制定本法"。例如,《民法通则》第一条:"为了保障公民、法人的合法的民事权益,正确调整民事关系,适应社会主义现代化建设事业发展的需要,根据宪法和我国实际情况,总结民事活动的实践经验,制定本法。"《侵权责任法》第一条:"为保护民事主体的合法权益,明确侵权责任,预防并制裁侵权行为,促进社会和谐稳定,制定本法。"《婚姻法》《中外合资经营企业法》《外商投资企业法》则属例外,没有采取"为了……制定本法"的表达方式。但是,笔者认为,这三部的第一条也承载着彰显"立法宗旨"的功能。例如,《婚姻法》第一条规定"本法是婚姻家庭关系的基本准则",表明了制定婚姻法是为了规范婚姻家庭关系;《中外合资经营企业法》第一条和《外资企业法》的第一条与《中外合作经营企业法》的第一条内容大体相同,只不过后者采用了"为了……制定本法"的表达方式,前者没有采用这种表达方式。

第一条的不同,很难说谁优谁劣、谁好谁不好。《法国民法典》实施已有200多年,《德国民法典》和《日本民法典》均逾百年。这些民法典至今仍享有崇高的荣誉,足以证明第一条没有规定立法宗旨并无不妥。当然,我国现行民商事法律在推进"依法治国、建设社会主义法治国家"中也发挥着重要的作用,第一条规定立法宗旨也不能说不当。套用一句老话,"鞋子合不合适,只有脚知道"。

三

根据国务院新闻办 2011 年发布的《中国特色社会主义法律体系白皮书》,至 2011 年 8 月底,我国已制定民商事法律 33 部,白皮书列明了其中的25 部,包括《涉外民事关系法律适用法》在内,其余的 8 部被"等"字代替了。笔者根据自己的专业知识,认为包含在"等"字里面的 8 部可能是:《消费者权益保护法》《产品质量法》《担保法》《信托法》《招投标法》《拍卖法》《全民所有制工业企业法》《破产法》。

这 33 部法律的第一条,字数多的是《中外合资经营企业法》(119,含标点符号,下同)、《中外合作经营企业法》(113)、《农村土地承包法》(92)、《著作权法》(91)、《外商投资企业法》(88),字数少的是《婚姻法》(15)、《收养法》(29)、《继承法》(36)、《合同法》(41)。三部外资企业法第一条字数多大概是因为该条承载着表明中国政府允许外国投资者在中国设立企业的态度,态度有诚恳与不诚恳之分,中国政府吸引外资的态度当然是诚恳的,态度诚恳有时就需要啰唆些,否则就难以表明诚恳之态度。《农村土地承包法》第一条则是因为土地承包关系到"三农"(农业、农村、农民)问题,这是中国数千年来社会之大问题,法律不能不用较多的文字表白国家实行农村土地承包

的政策长期不变,从而给亿万农民以定心丸。《著作权法》第一条字数多则是由于著作权的复杂性以及著作权保护对于"社会主义精神文明"和"社会主义文化和科学事业发展"的意义,这些都得在第一条中交代清楚,没有一定的字数不行。字数少的第一条大概是因为问题不那么复杂,政策性也不明显,因而"无话可说"。例如,婚姻家庭以及继承关系虽然重要,但不涉及国家政策层面的变动,无须特别的表态,因此,它们的第一条均较为简洁。《合同法》第一条:"为了保护合同当事人的合法权益,维护社会经济秩序,促进社会主义现代化建设,制定本法。"除了保护当事人权益外,勉强加上"维护社会经济秩序,促进社会主义现代化建设"这样的套话,也才 41 字,也属于"无话可说"的情形。

四

通过条文比较,我们发现,33 部民商事法律中,除了 30 部采取了"为了……制定本法"外,还有许多"关键词"反复出现在第一条中,从这些"关键词"中也可以读出一些有趣且很有价值的信息。

共有 30 部法律(《婚姻法》《中外合资经营企业法》《中外合作经营企业法》除外)的第一条使用了"保护……合法权益"或类似的表达方式,出现频率最高,表明了制定这些民商事法律的根本目的就是要保护人民的权利,这符合民商法的私法属性,也是法治的基本要求。

共有 13 部法律的第一条使用了"规范……行为(活动)"的表达方式,12 部法律的第一条使用了"维护……秩序"的表达方式,3 部法律的第一条采用了"调整……关系"的表达方式,表明了调整社会关系、规范行为、维护社会秩序也是民商事法律的宗旨之一,民商事法律正是通过调整平等主体之间的社会关系,规范人们的行为,维护社会秩序,成为法治的基石。

共有 21 部法律的第一条采用了"促进……发展"的表达方式,表明法律的重要任务之一是促进社会经济的发展。这与我国改革开放以来国家工作重点从阶级斗争转移到经济建设上来有着密切的关系,具有鲜明的时代性。我们的法律摆脱了"与人斗,其乐无穷"的阶级斗争工具的定位,在保障经济建设、促进社会经济发展中扮演着越来越重要的作用。

共有 15 部法律的第一条计 16 次用了"社会主义"(《著作权法》第一条出现 2 次),其中 11 部法律的第一条用了"社会主义市场经济"。这一关键词出现在法律第一条不仅具有鲜明的时代性,而且极具"中国特色"。中国特色社会主义道路的重要内容之一就是坚持市场化的改革思路,建立社会主义市场经济体制。

有意思的是,2005 年,因巩献田的公开信引发的"物权法草案违宪之争"中备受重视的民法与宪法之关系问题,在民商事法律的第一条中并没有得到普遍的体现。在 33 部民商事法律中,只有 7 部法律第一条有"依据宪法,制定本法"或类似的表达,分别是《民法通则》《物权法》《农村土地承包法》《继承法》《公司法》《合伙企业法》《全民所有制工业企业法》,约占全部民商事法律的 21%,也就是说只有大约 1/5 的法律在其第一条强调制定法律的根据是《宪法》。在民商事法律体系中,与《物权法》具有等同地位的《合同法》和《婚姻法》,与《公司法》《合伙企业法》同属于企业组织法的《个人独资企业法》以及同属于法人组织法的《农民专业合作社法》,与《著作权法》同为知识产权法的《专利法》和《商标法》,均没有强调"依据宪法"制定本法;三部外商投资企业法以及保险、信托、票据、海商、证券、拍卖、招投标等商行为法也没有强调其宪法根据。由此可见,在民商事立法中,是否强调宪法依据,具有很大的随意性。大概 2007 年的《物权法》是个例外,在巩献田的公开信发表之前的《物权法草案》中均无"依据宪法"的字样,最后通过的《物权法》第一条强调其宪法依据,算是立法机关有意识地对巩献田公开信作出的妥协。

"同命同价"?[*]

——关于《侵权责任法》第 17 条的冷思考

近年来,关于死亡赔偿中"同命不同价"问题的讨论,既见诸媒体,也见诸学术界。鉴于社会公众对死亡赔偿问题上存在着的"城乡差别赔偿"现象的极度不满,2010 年 12 月 26 日通过的《侵权责任法》第 17 条规定,"因同一侵权行为造成多人死亡的,可以以相同数额确定死亡赔偿金",算是立法对此所作出的积极回应,此一立法回应也获得了舆论的好评。[①] 然而,这一规定是否就意味着实现了所谓的"同命同价"(死亡赔偿统一标准)? 是否就体现了法的公正与正义? 仍有待于我们作进一步的讨论。

在法律上,死亡赔偿金并非是对受害人的赔偿,因为受害人主体资格已经消灭,并不能成为赔偿权利人,作为赔偿权利人的只能是受害人的近亲属。因此,所谓死亡赔偿,实质是对受害人的近亲属因受害人死亡而受到的财产损失的赔偿,而非对受害人的赔偿,更不是对受害人"命"(生命权)的等价补偿。因此,所谓"同命同价"或者"同命不同价"都是对死亡赔偿的"误读"。

关于死亡赔偿的性质,理论上因其计算方式的不同而有"扶养丧失说"和"继承丧失说"之分。前者以被扶养人因受害人死亡而丧失的生活费为计算死亡赔偿的依据,在被扶养人的生活费之外不再设单独的死亡赔偿项目。

---

[*] 本文原载《中国法律》2010 年第 3 期。

[①] 中国新闻网记者在 2010 年 3 月 13 日采访梁慧星教授的报道中称:"历来为社会所诟病的'同命不同价'问题,在《侵权责任法》实施后也将得到彻底改变。梁慧星说,该法规定'因同一侵权行为造成多人死亡的,可以以相同数额确定死亡赔偿金。'在空难、矿难等事故中,死者不论是工人、农民、企业家都按同一数额赔偿,这就是'同命同价'。"刘贤:《〈侵权责任法〉7 月实施 "同命不同价"将改变》,http://www.chinanews. com. cn/gn/news/2010/03－13/2167797. shtml,访问时间:2010 年 4 月 29 日。

一般认为,1986 年《民法通则》第 119 条规定的加害人应当支付"死者生前扶养的人必要的生活费",采的是"扶养丧失说",①因为通则除被扶养人的生活费外,并无单列的"死亡赔偿金"项目。后者是以受害人死亡所导致的家庭整体收入减少为计算死亡赔偿的依据,且将死亡赔偿金与被扶养人生活费区分开来,被扶养人生活费仅是被扶养人的损失,而非受害人死亡所导致家庭整体收入减少的损失,加害人除了赔偿被扶养人生活费,还须赔偿受害人死亡导致的家庭财产收入减少的损失(此部分称之为死亡补偿费或死亡赔偿金)。一般认为,1991 年的《道路交通事故处理办法》(现已失效)及之后的立法(《消费者权益保护法》《产品质量法》《国家赔偿法》)以及 2003 年最高人民法院《关于审理人身损害赔偿案件适用法律若干问题的解释》均采"继承丧失说"。② 在这些立法及司法解释中,均规定受害人死亡时赔偿的项目包括"死亡补偿费"("死亡赔偿金")和"被扶养人生活费"。③

然而,无论是采"扶养丧失说"还是采"继承丧失说",在死亡赔偿的实践中,都存在着差别,不可能统一标准。1988 年,最高人民法院《关于贯彻执行民法通则若干问题的意见(试行)》第 147 条规定:"侵害他人身体致人死亡或者丧失劳动能力的,依靠受害人实际扶养而又没有其他生活来源的人要求侵害人支付必要生活费的,应当予以支持,其数额根据实际情况确定。"此所谓"实际情况",通常包括城乡差别、地区差别(如受诉法院地差别)以及个案的差异等,甚至还包括法官个体的主观因素导致的不同赔偿。

1991 年的《道路交通事故处理办法》(以下简称《办法》)突显了城乡差别。该《办法》规定,交通事故造成死亡的,死亡补偿费"按照交通事故发生地平均生活费计算"(第 37 条第 8 项),而平均生活费则"是指交通事故发生地人民政府统计部门公布的,该地上一年度城镇居民家庭人均生活费支出

---

① 陈现杰:《〈关于审理人身损害赔偿案件适用法律若干问题的解释〉的理解与适用》,《人民司法》2004 年第 2 期。

② 陈现杰:《〈关于审理人身损害赔偿案件适用法律若干问题的解释〉的理解与适用》,《人民司法》2004 年第 2 期。

③ 参见《道路交通事故处理办法》第 37 条、《消费者权益保护法》第 42 条、《产品质量法》第 44 条、《国家赔偿法》第 27 条、最高人民法院《关于审理人身损害赔偿案件适用法律若干问题的解释》第 17 条第 3 项。

额或者农民家庭人均生活消费支出额"(第48条第6项)。2003年,最高人民法院《关于审理人身损害赔偿案件适用法律若干问题的解释》第29条规定"死亡赔偿金按照受诉法院所在地上一年度城镇居民人均可支配收入或者农村居民人均纯收入标准"计算,更是将"城乡差别赔偿"推广到所有的死亡赔偿领域。事实上,在最高人民法院发布此司法解释前,"城乡差别赔偿"已经存在于交通事故意外的侵权领域。例如,1999年重庆市綦江县发生彩虹桥垮塌事件,在事后的死难者赔付中,城镇户口的每人获赔4.845万元,农村户口的每人获赔2.2万元,儿童则分别减半。①

然而,在上述《办法》和最高人民法院的司法解释中,一个与"城乡差别"具有同样意义的,且容易被人们忽略的又一个因素,是地区差别("交通事故发生地"或"受诉法院地"的差别)。《办法》第37条和第48条规定,须以"交通事故发生地"为标准确定城乡居民的收入,进而计算死亡赔偿金;最高人民法院《关于审理人身损害赔偿案件适用法律若干问题的解释》第29条则要求以"受诉法院所在地"为标准确定城乡居民收入,进而计算死亡赔偿金。因此,倘若同属于城镇居民(或者同属于农村居民)的受害人,由于"交通事故发生地"或"受诉法院地"的不同,同样也会导致死亡赔偿的不同。由于不同区域之间社会经济发展的不平衡,不同的"交通事故发生地"或"受诉法院地"的城乡居民收入也有区别。这就意味着,"同命不同价"的现象不仅仅是因为"城乡差别","交通事故发生地"和"受诉法院地"的不同也是重要的原因。而且,《民事诉讼法》第29条规定:"因侵权行为提起的诉讼,由侵权行为地或者被告住所地人民法院管辖。"这意味着同一侵权案件,既可以向行为地的法院起诉,也可以向被告所在地法院起诉。如果被告所在地与侵权行为地不在同一地,且二者之间的城乡居民收入不同,那么,原告是向侵权行为地法院提起诉讼还是向被告所在地法院提起诉讼,其结果也会存在差别。

此外,个案差异则是导致死亡赔偿结果存在差别的更为普遍的因素。我们早已逾越了那种法官无须考虑个案具体差异,只需机械地适用法律的

---

① 杨立新:《对綦江彩虹桥垮塌案人身损害赔偿案中几个问题的法理评析》,《法学》2001年第4期。

时代(或许这个时代就从来没有出现过),法官需要更多地考虑个案的具体情况,才能作出符合公平和正义的裁判。而个案之间就同如"没有任何两片雪花是相同的"一样,也不存在完全相同的个案。受害人的职业、身份、年龄,加害人的赔偿能力,侵权事件的具体情节以及原告(受害人近亲属)的情况等,都彰显出具体个案的特点,也都是影响着法官作出裁判的因素。加上法官个体的主观因素(法官对案情的具体把握、对公平正义以及对法律规范的理解等),必然导致具体死亡赔偿案件的不同裁判,即便是相类似的案件,也会出现"同命不同价"的判决结果。

在上述导致"同命不同价"的诸多因素中,备受人们关注的主要是"城乡差别"。2005 年发生在重庆的"何源案"①以及其他"同命不同价"的案件,都引起公众极大的关注②和对有关"城乡差别赔偿"的规定尤其是对最高人民法院上述司法解释的普遍谴责。人们认为,有关"城乡差别赔偿"的规定是"人为地制造等级歧视","有违宪法精神";认为在"我国各地正在逐步取消城乡差别,'城里人'与'乡下人'的界限早已模糊"的情况下,"仍然沿用城镇与农村不同标准来确定死亡赔偿金,不仅违背人人平等的基本法治精神,而且与时代的发展要求不相符";有人甚至用"劣法"来指称这种规定,呼吁"以良法代之"。③

社会公众对现行死亡赔偿中存在的"城乡差别赔偿"的不满,得到了立法机关的回应。全国人大法制工作委员会副主任王胜明在 2009 年 6 月 27 日十一届全国人大常委会举办的第十讲专题讲座中,介绍了正在起草中的

---

① 根据《中国青年报》2006 年 1 月 24 日的报道,2005 年 12 月 15 日凌晨,家住重庆市郭家沱的学生何源与另外两位同学在乘坐三轮车上学的途中遭遇交通事故,三名学生死亡,由于何源为农村户口,另外两位学生为城镇户口,在事后的赔付中,何源的父母只获得 5 万元的赔偿,另外两位学生的亲属则获得 20 万元的赔偿。参见田文生:《三少女遭车祸"同命不同价"》,《中国青年报》2006 年 1 月 24 日,http://finance.sina.com.cn/xiaofei/consume/20060124/06582301037.shtml,访问时间:2010 年 5 月 2 日。

② 笔者 2010 年 5 月 1 日通过百度搜索,键入"同命不同价",获得相关网页约245000 篇。

③ 蔡双喜:《"同命不同价"叩问法律公平》,《中国妇女报》2007 年 2 月 14 日。http://www.china－woman.com/rp/main? fid＝open&fun＝show_news&from＝view&nid＝14168,访问时间:2010 年 5 月 1 日。

《侵权责任法》。在谈到死亡赔偿的标准问题时,他说:侵权责任法"倾向于原则适用统一标准,适当考虑个人年龄、收入、文化程度等差异。但统一标准,不宜以城乡划界,也不宜以地区划界,而是人不分城乡,地不分东西的全国统一标准"。① 此所谓"人不分城乡,地不分东西",意在消除死亡赔偿问题上的"城乡差别"和"地区差别"。这或许将来能够做到,但是个案差异以及在个案处理中法官个体的主观因素却无法消除,因此即便立法者立意要建立"全国统一"的死亡赔偿标准,那也只能是就"人不分城乡,地不分东西"而言,难以建立真正意义的死亡赔偿统一标准,即"同命同价"。

公平和正义,是法的核心价值。在死亡赔偿问题上,"城乡差别"导致的若干受害人于同一事件中死亡,仅仅因为户籍的不同而致死亡赔偿金出现翻倍甚至数倍的差别,②带给人们的是极大的观念冲击。于是,人们将积淀已久的对城乡二元体制的不满,集中反映在对这种"城乡差别"的死亡赔偿标准的谴责上。然而,我们需要冷静考虑的是:仅仅因为户籍差别而实行"城乡差别赔偿"固然有违公平和正义,但是在社会经济发展仍然存在着城乡差别和地区差异的现实情况下,采取"人不分城乡,地不分东西"的统一死亡赔偿标准,是否就符合公平和正义?

侵权法的精神实质是救济,作为侵权法最主要的救济手段,损害赔偿的功能是填补受害人所受的财产损失。死亡赔偿就是通过金钱赔偿以填补受害人的近亲属因受害人死亡而造成的财产损失。无论是采取"扶养丧失说"还是采取"继承丧失说",都是以其近亲属的财产损失作为确定赔偿金额的依据,所不同的是,前者是以被扶养人的生活费损失为依据,后者是以家庭的整体财产损失为依据。由于人天然存在的个体差异,其创造社会财富的能力千差万别,因而给被扶养人带来的生活费或者给家庭增加的财产也就

---

① 王胜明:《我国的侵权责任法律制度》,http://www.npc.gov.cn/npc/xinwen/2009-06/27/content_1508483.htm,访问时间:2010年5月1日。

② 例如,根据四川省公布的2010年道路交通事故人身损害赔偿计算标准,城镇居民可支配收入为12633元,而农村居民人均纯收入仅为4212元,仅为城镇居民可支配收入的1/3,这意味着按照这一标准,农村居民的死亡赔偿金仅为城镇居民的1/3。http://www.fawu365.com/Html/pcbz/2010-3/23/103231143361407991.html,访问时间:2010年5月1日。

不存在着相同的情形。因此,死亡赔偿本质上是不可能也不应该实行"同命同价"的,只有这样才能彰显法的公平和正义;反之,不问人的个体差异,不考虑受害人对被扶养人或家庭的财产贡献,实行"同命同价",采取整齐划一的统一赔偿标准,则有违侵权法的精神,并不符合公平和正义的要求。

在社会经济发展仍然存在着城乡差别和地区差别的现实情况下,城乡居民、不同地区居民的消费支出存在着较大的不同。例如,根据上海市公布的2010年道路交通事故损害赔偿计算标准,上一年度城镇居民人均消费性支出20992元,农村居民人均年生活消费支出9804元,约为城镇居民的47%;根据四川省公布的2010年度道路交通事故人身损害赔偿计算标准,上一年度城镇居民的人均年消费性支出9679元,为上海市的46%,农村居民人均年消费支出3128元,约为上海市的32%;根据陕西省公布的2010年道路交通事故人身损害赔偿计算标准,上一年度城镇居民消费性支出10706元,是上海市的51%,农村居民人均年生活消费支出3349元,是上海市的34%。① 居民人均消费支出的不同意味着相同数额的金钱在不同地区所发挥的作用不同,在上海市,城镇居民一人的消费支出够农村居民两人的消费支出,而在陕西省和四川省,城镇居民一人的消费支出够农村居民三人的消费支出;同为农村居民,上海市的农村居民一人的消费支出则够陕西省农村居民三个人的消费支出。在死亡赔偿问题上,既然是对受害人的近亲属所受财产损失的填补,就不能不考虑上述现实存在的城乡差别和地区差别,如果采取"人不分城乡,地不分东西"的统一标准,实行"同命同价",虽然顾及了城乡居民在法律面前的身份平等,但又会造成同一案件的不同受害人近亲属之间经济利益上的实质不平等:……或经济相对发展较快地区的居民所获得的经济补偿,其所具有的……要小于农村居民和经济发展相对滞后地区的居民获得……样不符合侵权法的精神,也不符合公平和正义的要求。

在死亡赔偿问题上,公众对于"……满,主要在于实践中有关机关(包括法院)不是考虑城乡和……会经济发展的现实差距,而

---

① 相关数据来源:http://www.fawu365.com/Html/pcbz/,访问时间:2010年5月1日。

是仅仅因为受害人的户籍不同,给出城乡居民不同赔偿的处理结果。例如,在重庆的"何源案"中,受害人何源虽为农村居民,但与其他两位具有城镇居民身份的受害人,生活在同一个地方,上同一所学校,他们的消费性支出至少应该是无区别的,但依据城乡差别赔偿标准,何源父母所获得的赔偿不足其他两位受害人的赔偿的一半。事实上,在现行体制下,生存在城镇的农村户籍的居民较之城镇居民,他们的生活成本可能更高,例如,他们享受不到城镇居民所拥有的各种福利待遇,需要承受子女借读费等城镇居民所无须承受的负担。生活在城镇的农村居民的这些负担,显然不在死亡赔偿标准的制定者考虑的范围,标准的制定者只考虑到他们的户籍所属。这就是人们对"城乡差别赔偿"的不满所在。因此,在死亡赔偿问题上,需要消除的是户籍因素造成的歧视,而不是城乡和区域社会经济发展水平不同的合理考量。只有这样,死亡赔偿制度才能符合公平和正义的法律的价值取向。

作为对公众不满于现行"城乡差别赔偿"体制的积极回应,《侵权责任法》第17条规定:"因同一侵权行为造成多人死亡的,可以以相同数额确定死亡赔偿金。"立法者试图以此建立一个"人不分城乡,地不分东西"的全国统一死亡赔偿标准。然而,无论是从死亡赔偿标准的确定还是单纯就法律适用技术上考量,在全国建立统一的死亡赔偿标准,使受害人获得统一的死亡赔偿,实行"同命同价",还是很困难的,这里仍有许多问题需加以考虑。

首先,本条采用的"可以"而非"应当"。从行文看,"可以"的行为主体显然是事故的处理机关或者法院,而非死亡赔偿法律关系的当事人。"可以"属于授权性规范,"可以以相同数额确定死亡赔偿金"意味着不是"必须"实行统一赔偿标准。因此,即便是在同一事故中死亡,事故的处理机关或者法院也没有实行"同命同价"的义务。这就将是否实行"同命同价"的决定权给了事故的处理机关和法院,最后给了法官。如前所述,法官个体的主观因素恰恰是引致死亡赔偿无法实现统一的因素之一。这就意味着《侵权责任法》第17条很可能只是给公众画出的暂时消除公众对"同命同价"的"饥渴症"的一块"墙上的饼"。

其次,本条只适用于"因同一侵权行为造成多人死亡"的场合,并不适用于只是造成单一死亡的侵权案件。这就意味着,"可以以相同数额确定死亡赔偿金"只是考虑多人死亡的个案中赔偿标准的统一问题,既没有考虑单一死亡的个案赔偿是否公平问题，更没有考虑到个案相互之间的死亡赔偿是否公平的问题。因此，《侵权责任法》第 17 条所追求的仅仅是个案中的赔偿标准统一，而不是死亡赔偿标准的统一。这与"人不分城乡，地不分东西"的要求相距甚远。事实上，倒是最高人民法院《关于审理人身损害赔偿案件适用法律若干问题的解释》第 29 条所确立的死亡赔偿计算标准，考虑到了个案之间的相对统一标准问题。按照这一计算标准，至少可以一定程度上确保单一死亡案件以及个案之间在死亡赔偿问题上的相对一致。

再次，"以相同数额确定死亡赔偿金"，这里存在着一个确定死亡赔偿金的标准问题。这一标准是一个确定的死亡赔偿限额（如《国内航空运输承运人赔偿责任限额规定》第 3 条确立的 40 万元人民币），还是一个确定死亡赔偿金的计算标准（如最高人民法院《关于审理人身损害赔偿案件适用法律若干问题的解释》第 29 条所确立的死亡赔偿计算标准），抑或法官依自由裁量权所确定的标准？从现实情况看，统一的死亡赔偿限额多适用于在特定领域（如空难赔偿、海难赔偿、矿难赔偿），难以在所有的死亡赔偿领域推行，法官自由裁量更加不可行，相对而言，确定一个相对统一的死亡赔偿计算标准较为可行。然而，这一标准如何制定？城乡经济发展差别、区域经济发展差别以及个案差异，恐怕是不得不加以考虑的因素。其中，剔除了单纯的城乡户籍因素后，城乡经济发展差别实际上也属于区域差别的一种情况。因此，要实行"以相同数额确定死亡赔偿金"，较为可行的还是依据不同区域社会经济发展状况确定不同的死亡赔偿计算标准，其中包括同一行政区域的城乡社会经济发展情况和不同行政区域的社会经济发展情况。

最后，在考量城乡和区域经济发展不平衡的情况下，如果在"因同一侵权行为造成多人死亡"的案件中死者的情况较为复杂，势必也给实行"以相同数额确定死亡赔偿金"带了适用何地计算标准的困难。例如，如果在一起"多人死亡"的案件中，既有城镇居民又有农村居民，既有上海居民又有四川居民和陕西居民，法官是按照就高不就低的原则，取最高者（如上海市城镇居民的人均可支配收入或人均消费生活支出）？还是就低原则，取最低者（如四川省农村居民人均消费生活支出）？或者既不就高也不就低，而取其中？这对于法官来说都是一个难题。在侵权案件中，法官判定加害人承担多大的责任，不能不考虑加害人的实际赔偿能力，这不仅是赔偿能否切实兑

现的现实问题,也是判定赔偿是否公正的问题。如果法官判定加害人承担大大超过其实际赔偿能力的责任,不仅此项判决无法实现,也会使得责任人落入背负极大经济负担的困境,从而造成新的社会问题,这也同样不符合公平和正义的要求。如果法官考虑了加害人的实际赔偿能力,从而在高与低的不同标准中,作出兼顾原被告双方利益的其认为较为合适的选择,那么个案之间的统一赔偿也就会失去平衡,结果还是"同命不同价"。

死亡赔偿,与其他人身侵权赔偿一样,是十分复杂的社会问题和法律问题。法官基于公平与正义的理念,需要考量的因素多种多样,绝非仅仅是"城乡差别"。备受谴责的最高人民法院司法解释的不合理之处仅在于其间的"城乡户籍"因素,而非城乡及地区之间社会经济发展不平衡及其他因素,消除"城乡户籍"因素并不能真正实现"同命同价",多种因素的考量也决定了死亡赔偿不可能做到"同命同价"。《侵权责任法》第 17 条所能实现的仅仅是有限的个案内的"同命同价",这种个案内的"同命同价"具有的意义仅在于减少同一案件不同赔偿给予人们的观念冲击,而无其他意义;而且,这种个案内的"同命同价"缺乏对关涉死亡赔偿的众多因素的考量,未必符合公正和正义。

当事人缔约能力之辩[*]

——评《合同法》第 9 条第 1 款

关于当事人缔约之能力，依传统民法理论，只涉及民事行为能力一项，而不涉及民事权利能力问题。我国《民法通则》秉此一传统，于第 55 条民事法律行为之要件中，亦仅规定"行为人具有相应的民事行为能力"（第 1 项），而无"应具有相应的民事权利能力"之要求。然而，《合同法》别开生面，其第 9 条第 1 款规定："当事人订立合同，应当具有相应的民事权利能力和民事行为能力。"当事人缔约之能力，不仅须有相应的民事行为能力，还须有相应的民事权利能力。

关于《合同法》这一突破传统之做法，该如何理解？立法之得失如何评价？对此，多数教科书不是避而不谈，就是语焉不详，迄今亦未见有专题论文加以讨论。全国人大法工委及其研究室组织编写的《中华人民共和国合同法释义》关于该款之解释，除了重复"应当具备相应的民事权利能力"和一般性地介绍民事权利能力的法律常识外，几无进一步的法理阐释，更无关于法律适用层面上当事人欠缺相应民事权利能力对合同将产生何种影响之意义的揭示。^①

本文拟就《合同法》该款所规定当事人缔约应具备相应民事权利能力之问题进行讨论，以辨其意，求其得失。

　＊　本文原载王崇敏、陈立风主编：《法学经纬》第 2 卷，法律出版社 2010 年版。

　①　全国人大常委会法制工作委员会：《中华人民共和国合同法释义》（胡康生主编），法律出版社 1999 年版，第 12～17 页；全国人大常委会法制工作委员会研究室编写组：《中华人民共和国合同法释义》，人民法院出版社 1999 年版，第 14～15 页。

一

《合同法》第 9 条第 1 款规定,当事人订立合同应具有相应的民事权利能力,其第一层意思是:当事人缔约应具有民事权利能力。这一层意思的既定前提是:当事人有可能存在"无民事权利能力"的情形,倘若不存在着当事人"无民事权利能力"的情形,那么要求当事人应具有民事权利能力,则纯属多余的话。那么,是否存在着当事人"无民事权利能力"之情形呢?

此合同之"当事人"做何解释?依民法之原理,应做"民事主体"解;依《合同法》第 2 条规定,合同之当事人包括"自然人""法人""其他组织"。此所谓"其他组织",按照学界通说,指合伙企业、个人独资企业等不具备法人资格的经济体。

民事主体乃参与民事法律关系而享有权利和承担义务者,因此,凡民事主体可以不具有民事行为能力,但一定具有"享有权利和承担义务"的资格,即"民事权利能力"。否则,其主体地位即受影响。

就自然人而言,在古代罗马法上,并非人人皆有民事权利能力,奴隶被认为是物而非主体,不具有民事权利能力。近代以来,法律强调人的主体性和平等性,每个人皆为独立的权利主体,均具有民事权利能力,"无民事权利能力"之自然人不能存在。自然人如变得"无民事权利能力",唯有"死亡"一种情形,此时也就不宜称之为法律上的"人"或"自然人"。我国民法依从近代以来私法之精神,亦规定自然人"从出生时起到死亡时止"具有民事权利能力,且其民事权利能力"一律平等"(《民法通则》第 9 条、第 10 条)。

就法人而言,其为法律之制度设计,法律确认其具有民事权利能力,"无民事权利能力"之法人亦不存在。德国民法上虽有"无权利能力之社团"之规定(《德国民法典》第 54 条),但"无权利能力之社团,适用关于合伙的规定",以此种社团之名义实施之行为,由行为人承担责任,社团不负责任,法律上并不承认其法人主体地位,与法人皆有权利能力之观念保持一致。我国民法亦规定了法人制度,明确法人是"具有民事权利能力"的组织,其民事权利能力"从法人成立时产生,到法人终止时消灭"(《民法通则》第 36 条)。

传统民法除了自然人和法人外,未规定第三类民事主体。我国《民法通则》将个体工商户、农村承包经营户和个人合伙统摄于"公民（自然人）"之下，将联营统摄于"法人"之下，亦不承认第三类民事主体。然而，随着体制改革的深入和社会经济的发展，合伙企业、个人独立企业等经济体不仅真实地作为"当事人"参与了经济活动，而且在法律上也有了自己的"名分"（《合伙企业法》《个人独资企业法》）。然而，由于我国民法固守法人独立责任和成员有限责任的观念，合伙企业、个人独资企业等因其成员负无限责任[①]无法纳入法人的范畴，遂有"其他组织"概念之产生，用以指称这些经济体。尽管在立法上尚未最终解决"其他组织"的一般制度构建问题，学界对此尚存争论，[②]然而，合伙企业等"其他组织"作为新类型民事主体，承认其"能够以自己的名义享有权利、承担义务"，即具有民事权利能力，逐渐成为多数人的共识。

因此，无论是自然人还是法人或其他组织，法律上既然承认其为主体，就基本法律层面而言，必有民事权利能力，不存在着与民事行为能力划分相类似的"无民事权利能力"之类的情形。

以上是对第 9 条第 1 款关于当事人订立合同应具有相应民事权利能力的第一个层面意思加以分析所得的认知。从这个层面看，当事人缔约应具有民事权利能力，逻辑上说不通，因为既为当事人，就一定有民事权利能力，法律上不存在着"无民事权利能力"的当事人。

二

《合同法》第 9 条第 1 款规定，当事人订立合同应具有相应的民事权利能力，其第二层意思是：缔约当事人具有的民事权利能力应当与其所订立合同"相应"。这层意思的必要前提是：当事人的民事权利能力存在着差异，倘若不存在差异，所有的民事主体的民事权利能力均一致，也就无所谓"相应"还是"不相应"。那么，当事人的民事权利能力是否存在着差异呢？

---

① 2006 年，《合伙企业法》修订，增加了有限合伙，有限合伙人以其认缴的出资额为限对合伙企业债务承担责任（参见第 2 条）。

② 王利明：《民法总论》，中国人民大学出版社 2003 年版，第 326～330 页。

　　首先看自然人。依民法平等之观念,自然人的主体地位是无差异的,表现在民事权利能力问题上,就是自然人的民事权利能力平等。各国民法典均规定,自然人的民事权利能力始于出生,即是此意。[①] 我国《民法通则》不仅规定了自然人民事权利能力的起止(第 9 条),而且更进一步规定自然人的民事权利能力"一律平等"(第 10 条)。

　　然而,自然人民事权利能力的平等性,旨在彰显近代私法的平等理念。从法律技术层面上看,自然人的民事权利能力平等也仅就其权利享有资格之一般而言,并非指某些特殊权利的享有资格。从某些特殊权利的享有资格角度看,自然人之间的民事权利能力是存在着一定差异的。[②] 例如劳动权的享有资格,近代以来的法律从保护儿童的利益出发,禁止使用童工,[③]未达到一定年龄的自然人,其劳动权的享有资格受法律限制;结婚权的享有资格也是如此,受到年龄和近亲属限制结婚等方面的限制。[④] 此外,为防止公权力寻租、扰乱经济秩序,法律对公职人员以及其他特定群体的商事能力也作出限制,禁止其从事经商活动。[⑤]

　　其次看法人与其他组织。关于其他组织的民事能力问题,学界未有专门之研究,法律亦无专门之规定。大体上,人们关于其他组织的民事能力之认知,源于对法人之民事能力的认知。通说认为,法人的民事能力除了受其自然性质和法律限制外,最重要的是受其章程和目的(在企业法人,则为经营范围[⑥])的限制,由于每个法人的目的范围不同,因此法人的权利能力也各不相同。[⑦] 因此,与自然人的民事权利能力以其平等为一般属性不同,法

---

　　① 《德国民法典》第 1 条、《日本民法典》第 3 条。

　　② 柳经纬:《权利能力的若干基本理论问题》,《比较法研究》2008 年第 1 期。

　　③ 《劳动法》第 15 条第 1 款:"禁止用人单位招用未满十六周岁的未成年人。"

　　④ 《婚姻法》第 6 条:"结婚年龄,男不得早于二十二周岁,女不得早于二十周岁。"第 7 条:"有下列情形之一的,禁止结婚:(一)直系血亲和三代以内的旁系血亲;(二)患有医学上认为不应当结婚的疾病。"

　　⑤ 中共中央、国务院《关于严禁党政机关和党政干部经商、办企业的决定》(中发〔1984〕27 号)。

　　⑥ 梁慧星:《民法总论》,法律出版社 2001 年第 2 版,第 134 页。

　　⑦ 佟柔主编:《中国民法学·民法总则》,中国人民公安大学出版社 1990 年版,第160 页;王利明:《民法总论》,中国人民大学出版社 2003 年版,第 396 页。

人的民事权利能力以其差异为一般属性。例如，财团法人与社团法人的民事能力不同，公益法人与营利法人的民事权利能力不同，即便是同为营利法人的公司，其间的民事权利能力也会因设立目的不同（如从事运输业务或从事建筑业务）而有区别。

由上观之，缔约当事人的民事权利能力存在着差异性，存在着《合同法》第 9 条第 1 款规定的当事人缔约应具有相应的民事权利能力之第二层意思的前提。

然而，需要进一步指出的是，缔约当事人民事权利能力的这种差异性，并非如同自然人之民事行为能力之差异，可依一定规律划分为"完全"和"限制"若干情形。在自然人方面，存有差异的民事权利能力，属于民事权利能力的特殊情形，如劳动权之享有资格、结婚权之享有资格和经商权之享有资格，其间无规律性可循；在法人与其他组织方面，因设立目的千姿百态，法律上亦无章可循，可对其间的民事权利能力加以划分。

三

由上述第二层意思以及该款所用"应当"一语可推导出，《合同法》第 9 条第 1 款规定的当事人订立合同应当具有相应的民事权利能力，其第三层意思是：缔约当事人具有相应的民事权利能力，构成合同行为的主体要件；如欠缺此相应的民事权利能力，则构成合同主体不适格问题；而主体不适格，必将影响合同的效力。那么，缔约当事人欠缺相应的民事权利能力，究竟是如何影响合同的呢？

首先从自然人来看，雇主如违反劳动法关于禁止使用童工的规定，与未满 16 周岁的未成年人订立劳动合同，该劳动合同应认定为无效劳动合同。[①] 依据《婚姻法》第 10 条的规定，有禁止结婚的亲属关系的，婚前患有医学上认为不应当结婚的疾病，婚后尚未治愈的，未到法定婚龄的，婚姻无效。公职人员违反禁止经商的规定而订立的合同，也应认定无效。

---

① 郑尚元：《劳动合同法制度与理念》，中国政法大学出版社 2008 年版，第 368 页。

其次从法人和其他组织来看,法人和其他组织应在其经核准的目的内从事民事活动,如超越其目的,合同效力亦受影响。在我国,1999 年《合同法》颁行之前,法院对于企业超越经营范围所订立的合同,均作无效合同处理。①《合同法》颁行后,法院的态度有所变化。最高人民法院《关于适用〈中华人民共和国合同法〉若干问题的解释(一)》第 10 条指出:"当事人超越经营范围订立合同,人民法院不因此认定合同无效。但违反国家限制经营、特许经营以及法律、行政法规禁止经营规定的除外。"

显而易见,上述关于超越经营范围所订立合同之效力的认知,并非基于缔约人主体资格的角度,而是从合同内容的合法性角度来考虑。1981 年《经济合同法》颁行后,最高人民法院发布的《关于贯彻执行〈经济合同法〉若干问题的意见》指出,确定合同是否有效,要从主体、内容、意思表示和审批手续四个方面审查,在审查合同内容是否合法方面,"第一是审查合同的标的是否属于法律、政策禁止生产经营的范围。……第四是审查合同的内容是否超越批准的经营范围"②。上述最高人民法院《关于适用〈中华人民共和国合同法〉若干问题的解释(一)》第 10 条,实际上也属于这种思路。

不只是法人和其他组织的情形如此,自然人不具有相应民事权利能力所从事的民事行为之处理也是如此。通常,雇主非法使用童工的劳动合同被认定无效,并非因为未满 16 周岁的未成年人的劳动权利能力之欠缺,而是因为雇主之行为违反了法律禁止使用童工的规定。婚姻无效亦非因为婚姻当事人不具有结婚之权利能力,而是因为其婚姻行为违反了法律禁止结婚的规定。因公职人员违背禁止从事经商活动的规定而认定其商事行为无效,也主要是基于行为违法性的考虑,而非基于其欠缺商事能力的考虑。

---

① 最高人民法院 1987 年《关于在审理经济合同纠纷案件中具体适用经济合同法的若干问题的解答》指出:"工商企业、个体工商户及其他经济组织应当在工商行政管理部门依法核准登记或者主管机关批准的经营范围内从事正当的经营活动。超越经营范围或者违反经营方式所签订的合同,应认定为无效合同。"全国人大常委会法制工作委员会民法室:《中华人民共和国合同法实务全书》(下)(胡康生主编),中国商业出版社 1999 年版,第 1338 页。

② 全国人大常委会法制工作委员会民法室:《中华人民共和国合同法实务全书》(下)(胡康生主编),中国商业出版社 1999 年版,第 1333 页。

对于缔约当事人欠缺相应民事权利能力所订立的合同，法律上不是着眼于主体资格的欠缺，而是立足于行为内容的违法性，其原因何在？对此，有关立法机关并未给出必要的说明，学界也未见有必要的学理阐释。笔者推测如下：

缔约当事人民事权利能力之欠缺，与欠缺相应民事行为能力一样，均应属于行为人主体资格瑕疵问题。然而，二者对行为之影响却存在着本质的差别。如欠缺民事行为能力，只影响行为的效力，而不会危及行为主体的存在，从而也不会危及行为的存在。但是，如欠缺民事权利能力，则可能危及行为主体的存在，最终危及行为的存在。因为，即便仅仅是当事人具有的民事权利能力与所从事的行为"不相应"，但在此"不相应"的层面上，与"无民事权利能力"的情形实则相同。如无民事权利能力，其作为当事人的主体地位就不能成立，其行为也就不能成立。因此，缔约当事人如欠缺相应的民事权利能力，不只是影响合同的效力，而是从根本上否定了合同的存在。例如，如果从当事人之民事权利能力角度考虑问题，那么企业超越经营范围订立的合同，法律上只能作否定合同存在的处理，绝无认定有效及成立之可能。这种处理后果显然过于绝对和严苛。

比较而言，将缔约当事人欠缺民事权利能力导致的问题，纳入行为合法性的范畴，则可避免上述处理结果的绝对和严苛。因为，行为之违法，并不导致法律上对该行为的否定，最多只发生法律上否定该行为之效力的后果。进而，行为合法性的评价尺度具有某种灵活性，行为合法与否常常会随着社会经济条件和评判标准的变化而变化。例如，在计划经济条件下，企业超越经营范围的行为，由于其对社会经济秩序构成了冲击而被认定是严重的违法行为，所订立之合同被认定无效；但在市场经济条件下，企业超越经营范围的行为，如不属于"违反国家限制经营、特许经营以及法律、行政法规禁止经营"规定的情形，并不构成对社会经济秩序的冲击，其所订立的合同也就得到了法律的宽许。因此，将缔约当事人欠缺民事权利能力导致的合同评判问题，纳入合法性的范畴加以考量，为解决这些问题留下了必要的回旋余地，彰显了立法的某种灵活性。这无疑是可取的。

既然从行为内容合法性的角度而不考虑从缔约当事人的主体资格角度解决问题，是一种可取的立法选择，那么我们即可由此得出关于传统民法不

把民事权利能力列入当事人缔约能力之成例的合理解释,亦可由此得出关于我国《合同法》第 9 条第 1 款反传统的做法为"失"而非"得"的基本判断。

四

《合同法》第 9 条第 1 款是关于当事人缔约能力的规定,是对当事人缔约资格的一般要求。

本款关于当事人应具备相应民事行为能力的内容,直接源自《民法通则》第 55 条第 1 项关于行为人应具有相应民事行为能力的规定。[①] 在《民法通则》中,与此项直接对应的是第 58 条第 1 项和第 2 项。该两项规定,无民事行为能力人实施的和限制民事行为能力人依法不能独立实施的民事行为无效。至于法人从事民事活动时欠缺相应民事行为能力的情形,《民法通则》未设专门的条款,与第 55 条第 1 项对应。由于法人的民事权利能力和民事行为能力具有一致性,此为学界通说。因此,实际上,法人欠缺相应民事行为能力的情形,通常是被归入第 58 条第 5 项"违反法律"的民事行为无效的范畴。在《合同法》中,与第 9 条第 1 款关于缔约当事人民事行为能力之规定对应的条款是第 47 条,该条规定了限制民事行为能力人所订立合同的效力。[②] 此规定虽然较之《民法通则》简单地宣布"限制民事行为能力人依法不能独立实施的民事行为无效"来得合理,但是《合同法》没有规定无民事行为能力人订立的合同之效力,显属缺漏。至于法人或其他组织欠缺相应的民事行为能力所订立的合同之效力,与《民法通则》一样,《合同法》也没有专门的条文与第 9 条对应,实践中的处理同样将其纳入合同内容合法性的范畴加以考虑,适用第 52 条关于"违反法律、行政法规的强制性规定"的合同无效之规定。

---

① 从历史渊源来看,应可追溯到德国民法关于行为人欠缺行为能力所为法律行为之效力的规定。参见《德国民法典》第 104 条以下。

② 《合同法》第 47 条第 1 款:"限制民事行为能力人订立的合同,经法定代理人追认后,该合同有效,但纯获利益的合同或者与其年龄、智力、精神健康状况相适应而订立的合同,不必经法定代理人追认。"

本款关于当事人应具备相应民事权利能力的内容并无所本。《民法通则》关于民事法律行为的规定无此内容,传统民法中亦无此成例。因此,在《民法通则》中自然无法找到与之可对应的条文来处理欠缺相应民事权利能力的行为问题。在《合同法》中,似乎也找不到与之对应的条文。因此,如果当事人违反第 9 条第 1 款的此项要求,其所订立之合同如何处理? 无效还是可撤销,抑或不成立?《合同法》均未给出具体的答案。本文开篇所述,无论是民法教科书还是合同法的释义,对《合同法》第 9 条第 1 款关于缔约人民事权利能力之规定,几乎无话可说,其缘由大致在此。

<h1 style="text-align:center">五</h1>

立法的目的无非是:彰显法的理念和规范社会生活。私法的理念不外主体平等、私权神圣、意思自治以及交易安全等。倘若以此标准衡量《合同法》第 9 条第 1 款关于缔约当事人之民事权利能力之规定,不难发现,此一规定既无法规范社会之生活,亦无从宣示私法之理念,实则无法律上之意义。

第二编

茶余饭后

凤凰树下随笔集

四中全会，我们看到了什么？*

一

鲁迅关于《红楼梦》有一段名言。他说："《红楼梦》是中国许多人所知道，至少，是知道这名目的书。谁是作者和续者姑且勿论，单是命意，就因读者的眼光而有种种：经学家看见《易》，道学家看见淫，才子看见缠绵，革命家看见排满，流言家看见宫闱秘事……"（《集外集拾遗》）这大概可以用于许多情形，用之于中共十八届四中全会通过的《中共中央关于全面推进依法治国若干重大问题的决定》（以下简称《决定》），也似无不可。

当然，这只能限于对中国法治仍有兴趣的人群。如对中国法治毫无兴趣或者已经失去信心，他可能什么都没看见或者什么都不想看见。因为，执政党作出的决定实在不算少，国家制定的法律也不算少，但在法治实践层面上，恶意欠薪、官员贪腐、冤假错案、野蛮拆迁、城管乱象、食品危害、环境污染等，诸如此类的问题依然如故，并未见由于中央文件的发布、法律的存在而得到有效遏制，或者完全受到法律的追究。

在对法治仍抱有兴趣的人群中，首先是法律职业群体，大体相当于《决定》所说的"法治工作队伍"。有专家说，"法治工作队伍"包括：立法者工作队伍、执法者工作队伍、司法工作队伍（法官、检察官）、法律服务队伍（律师），还有法学教育工作者队伍，似可称之为"法治五路军"。他们之所以对法治仍抱有兴趣，或是由于职业兴趣之所在，或是基于对自己从事的职业之命运的关注（也就是"饭碗"之所在），当然也有部分是基于对法治国家的理想和追求（这部分人估计不会太多）。

---

*　本文原载何家弘主编《法学家茶座》第 45 辑，山东人民出版社 2015 年版。

二

在上述法律职业群体中,立法者、执法者、法官、检察官、律师,从四中全会的《决定》中看到了什么？笔者不敢妄自揣测。这里只能就法学教育工作者队伍,也就是法学教授这个群体,在四中全会的《决定》里看到了什么,做一个揣测性的讨论。之所以只谈法学教授这个群体,一个原因是笔者忝列这个群体,较为熟悉这个群体的思维方式;再一个原因则是这个群体的职业是从事法学教育和研究,"传道、授业、解惑"是他们的职责,他们负有责任向学生讲清楚国家法治相关方面的问题,他们中仍有不少的人对国家法治抱有某种理想和追求,当然也不能完全排除言行不一者或功利主义者。

在法学教授这个群体中,由于法学学科和专业划分的精细,他们基于各自的专业背景,大多也只专注于四中全会与其专业领域相关的问题,而无法专注于四中全会提出的所有问题(据报道四中全会的《决定》提出了 190 多项改革任务)。因为"隔行如隔山"这一规则,对法学教授这个群体也同样适用。这也为我们讨论法学教授这个群体从四中全会的《决定》中分别看到了什么,提供了现实的基础。

《决定》提出了"中国特色社会主义法治道路""中国特色社会主义法治体系""中国特色社会主义法治理论"一系列具有宏大叙事的概念和命题,这大概是法理学教授最感兴趣的。何谓"中国特色"的法治道路、法治体系、法治理论,大概是法理学教授在教学和研究中必须面对的首要问题,否则法理学就无法讲。至于宪法学教授,我想他们肯定看到了"宪法精神""宪法实施""依宪治国""依宪执政",看到了"宪法解释机制""违宪审查",还有"宪法日""宪法宣誓制度",看到了《决定》对宪法的地位和作用所做的前所未有的高度肯定。行政法学教授大概对法治政府最感兴趣。早在 2004 年,国务院就发布了《全面推进依法行政实施纲要》,提出了十年基本实现建设法治政府的目标。然而,十年过去了,法治政府仍遥不可及。《决定》在中共十八大以来所确定的"法无授权不可为"的新思维下提出"加快法治政府建设"的任务,强调"行政机关不得法外设定权力",提出了"政府权力清单制度"等一系列改革措施。这为行政法学注入了鲜活的内容,行政法学教授无法不感兴趣。对于诉讼法学教授尤其是刑事诉讼法学教授来说，《决定》围绕着"公正司法""提高司法公信力"，提出了"依法独立公正行使审判权和检察权""实行审判权和执行权相分离的体制改革""推进以审判为中心的诉讼制度改革""建立领导干部干预司法活动、插手具体案件处理的记录、通报和责任追究制度""建立司法机关内部人员过问案件的记录制度和责任追究制度"等各项改革措施，这是他们始终追求的目标，他们从《决定》里看到了司法的愿景。

在《决定》里，民法学教授又看到了什么呢？在四中全会过后的北京APEC假期里，笔者应邀参加大连海事大学法学院举办的有关债法的小型研讨会，参会者都是民法学教授。席间，聊到刚结束不久的四中全会及其《决定》，笔者问在座的教授从四中全会的《决定》里看到了什么，有教授说，我只看到了五个字：编纂民法典。是的，对于民法学教授来说，民法典是挥之不去的话题。自从 1949 年废除了国民政府的"六法全书"后，我国曾先后四次组织起草民法典草案，但均无疾而终。2002 年年底，《中华人民共和国民法草案》提交全国人大常委会审议，不少民法学教授乐观地认为民法典呼之欲出。然而，十二年过去了，民法典草案"石沉大海"，未见立法机关再次审议，民法典不是离我们越来越近，而是渐行渐远。关于民法典，法国前宪法委员会主席、司法部长罗贝尔·巴丹戴尔在纪念《法国民法典》200 周年的文章中指出："任何编撰法典的举措要想取得成功，必须具备三个条件：有利的时机，有才华的法学家，有政治意愿。"①依此，我国 1949 年后四次起草民法典草案未果，其中一个重要的原因应该是不具备"政治意愿"。因为，从未见执政党的文件表明要编纂民法典，也未见编纂民法典被列入最高立法机关的立法计划。《决定》提出要编纂民法典，这在执政党的文献中还是第一次。因此，《决定》提出编纂民法典，算是第一次正式表达了此种"政治意愿"。这无疑给民法学教授以极大的惊喜，无怪乎他们说，只看到五个字：编纂民法典。

---

① ［法］罗贝尔·巴丹戴尔：《伟大的财产》，载罗结珍译：《法国民法典》，法律出版社 2005 年版，中译本代序第 2 页。

三

其实,在《决定》里,有八个字是我们每一个人都应该看到的:"保护产权""维护契约"。《决定》在"加强重点领域立法"项下,指出"社会主义市场经济本质上是法治经济。使市场在资源配置中起决定性作用和更好发挥政府作用,必须以保护产权、维护契约、统一市场、平等交换、公平竞争、有效监管为基本导向,完善社会主义市场经济法律制度。"为什么我们每一个人都应该看到这八个字呢? 因为在我们这样一个历经数千年封建统治和数十年高度政治经济一体化的计划经济时代的国家,缺少的恰恰是产权和契约的观念,而产权和契约则是现代社会秩序和国家治理的两大基石。

一个众所周知的事实是,法国自 1804 年民法典诞生起 200 多年来,历经两个帝国(第一帝国、第二帝国)、两个王朝(波旁王朝、七月王朝)、四个共和国(第二、第三、第四、第五共和国)、七部宪法(1814 年宪章,1830 年七月王朝宪法,1848 年、1852 年、1875 年、1946 年、1958 年宪法),然而,《法国民法典》却始终屹立不倒,被称为"法国真正的宪法"。《法国民法典》之所以具有如此的生命力,巴丹戴尔认为,原因在于其将 1789 年的《人权与公民权利宣言》所确立的自由、平等、所有权原则"移到民事领域",通过民法典的系列制度构建,奠定了新社会秩序的基石。① 在《法国民法典》中,最集中体现财产权精神的是第 544 条,该条规定"所有权是指最绝对地享用和处分物的权利";最集中体现契约自由精神的是第 1134 条,该条规定"依法成立的契约,对缔结该契约的人具有相当于法律的效力"。正是由于《法国民法典》充分彰显了财产权和契约自由精神,使得这部法典在法国发挥着构建和稳定大革命后新社会秩序的巨大作用,也赢得了巨大的荣耀。《法国民法典》的缔造者之一波塔利斯自豪地称之为"最伟大的财产",拿破仑更是自豪地说:"我真正的荣耀,不是曾经赢得了四十几场战役,滑铁卢摧毁了那么多的胜利……但真正不会被任何东西摧毁的,将永存于世的,是我的民法典。"德国

① [法]罗贝尔·巴丹戴尔:《伟大的财产》,载罗结珍译:《法国民法典》,法律出版社 2005 年版,中译本代序第 2 页、第 20 页。

比较法学家也高度评价这部民法典,认为"1804 年的《法国民法典》不仅是法国私法的核心,而且也是整个罗马法系诸私法法典编纂的伟大范例"。[①]

我国改革开放以来,社会变革最大的不是科技的发展,不是电子产品的换代更新,不是火车的提速和民航的便捷,更不是日新月异的城市面貌,而是个人财富的增长和自由空间的扩大以及相应的观念之逐步确立。然而,我们面临的最大风险也是个人财富和自由会不会重新丧失(想一想曾经的"重庆模式",就知道这并不是杞人忧天。郭道晖先生发表在《炎黄春秋》2012 年第 6 期的《警惕"文革"元素的复活》一文,值得一读),这事关每一个人的利益,也事关国家未来之命运。因此,中共十八大以来继续改革开放的执政理念,提出对企业是"法无禁止即可为",对政府是"法无授权不可为"的行为规则;强调"公有制经济财产权不可侵犯,非公有制经济财产权同样不可侵犯"的财产权观念。四中全会的《决定》进而提出"保护产权""维护契约"。对于这一事关我们每一个人也事关国家未来之命运的《决定》中的八个字,我们实在不应该忽略。

当然,稍有些遗憾的是,"保护产权""维护契约"这八个字是在"加强重点领域立法"项下提出的,在《决定》里属于"完善中国特色社会主义法律体系"的措施之一,属于立法层面的问题,而不是作为落实依法治国方略、实现国家治理现代化的法律基石,其重要性似乎有待进一步强化。如果到了哪一天,我们明确将"保护产权""维护契约"作为构建社会秩序的基石,作为国家治理之根本,将是我们每一个中华人民共和国公民更大的幸事!

---

① 〔德〕K.茨威格特、H.克茨:《比较法总论》,潘汉典等译,法律出版社 2003 年版,第 87 页。

司法公正与战争胜负[*]

——重读《曹刿论战》的体会

这是一个似乎风马牛不相及，甚至近似荒唐的话题。今天人们谈到战争时，说的主要是军事力量的对比，极少有人会把司法是否公正与战争胜负扯在一起。然而，当我们认真研读《曹刿论战》这一历史名篇时，或许会改变这种常识性的看法，不再认为本文的题目近似荒唐。

在清人编的《古文观止》中，《曹刿论战》名列其中；在今人编的中学语文课本里，《曹刿论战》也名列其中。由此可见，在已经普及中学教育的当今社会，《曹刿论战》也算是"家喻户晓""人人皆知"了。

少时读《曹刿论战》，总是被曹刿关于"肉食者鄙，未能远谋"的论断和他关于"夫战，勇气也。一鼓作气，再而衰，三而竭。彼竭我盈，故克之"的指挥艺术所折服。前者虽不尽正确（鲁庄公接受曹刿，本身就说明他不属于"肉食者鄙"），但作为一个平民百姓，曹刿能够主动请缨，为鲁国的统治者分忧，并参与指挥战役，最终帮助鲁国战胜强大的齐国，创立了"以弱胜强"的战争先例，也算是"国家兴亡，匹夫有责"的典范了。后者则说明，决定战争胜负的关键在于军队的士气，以及对敌我双方士气的准确把握，从而赢得了战胜敌人的时机。

可是，近日重读《曹刿论战》时，笔者却被曹刿关于"何以战"的论述所吸引。曹刿见鲁庄公时，首先提出了"何以战"的这一关键问题。在曹刿的一再追问下，鲁庄公先后列出了三条：一是"衣食所安，弗敢专也，必以分人"；二是"牺牲玉帛，弗敢加也，必以信"；三是"小大之狱，虽不能察，必以情"。前两条均没有得到曹刿的肯认，他认为将财富分散给他人，只是小恩小惠，不可能遍及百姓，是不会让人民为你而战的（"小惠未徧，民弗从也"）；敬奉

---

* 本文原载 2013 年 8 月 23 日《人民法院报》第 5 版"法律文化周刊"。

鬼神虽有诚意,但难以使人信服,神也是不会保佑你的("小信未孚,神弗福也")。对于第三条,曹刿给予了认同,说"可以一战",并表示"战则请从"。

所谓"小大之狱,虽不能察,必以情",是说对待大大小小的案件,虽然不能做到每一件都了解得清清楚楚,但一定要处理得合情合理。用当下的语言来说,这就是司法公正。司法公正不能停留在法律文件上,也不能停留在大法官的口头上,必须落实到具体的个案中。如果做不到个案处理"必以情",那么,司法公正就是一句空话。例如,近年来暴露的"佘祥林案""张氏叔侄案""萧山5人劫杀案"等一个个冤假错案,使得司法公正备受质疑,国家司法公信力受到极大的损害。鲁庄公十年是公元前684年,距今约2700年,当时的鲁国统治者能够认识到个案处理要做到"必以情",实在是很难得的。曹刿作为一个平民百姓,能够充分认识到,小恩小惠和敬鬼神并不是取得战争胜利的保障,只有做到个案处理得合情合理,实现司法公正,才是决定战争胜利的保障,就更加难能可贵了。

那么,司法公正又何以成为决定战争胜利的保障呢?这还得回到曹刿的见解上来。他说:"夫战,勇气也。"那么,军队的士气又从哪里来?显然不是曹刿接下去所说的"一鼓作气,再而衰,三而竭",通过指挥得当获得的,尽管指挥得当也很重要。按照曹刿的见解,如果能够做到个案处理"必以情",这是"忠之属也",也就是国家对人民尽到了本职的事。因此,曹刿说,就凭这一点可以"一战"。这里道出了军队士气的来源,国家在司法方面对人民尽到了应尽的职责,从而赢得了民心。这才是战胜敌人的根本。

仔细想来也是,打战靠的是人民,而不只是先进的武器,尽管后者不可缺少。如果生活在这个国家的人民没有享受到司法公正带来的安宁,相反,由于司法不公正,蒙受冤假错案,他能够为这个国家冲锋陷阵吗?他能够在战场上勇于牺牲自己吗?如果不能,谈何士气!又何以战胜敌人!

话说红楼第一案 *

《红楼梦》第四回"薄命女偏逢薄命郎,葫芦僧乱判葫芦案",生动地描写了贾雨村审理薛蟠怂恿家奴打死冯渊一案的过程。《红楼梦》述及的案件还有王熙凤"弄权铁槛寺"介入张家退婚案(第十五回)、贾赦强买扇子不成勾结贾雨村诬陷石呆子"拖欠官银"案(第四十八回)等。但对案件背景交代得最为深透、案件审理过程描写得最为生动、司法裁判最为荒唐、让红楼读者"一读难忘"的,当属葫芦一案。因此,说葫芦案为红楼第一案,实不为过。

葫芦一案本不复杂。一是案情简单,豪门公子薛蟠与多情公子冯渊为争夺英莲(香菱)发生纠纷,薛蟠倚财仗势,怂恿家奴打死冯渊,冯家人请求贾雨村为民做主,"拘拿凶犯,剪恶除凶,以救孤寡";二是法律适用明确,杀人偿命,天经地义,以致贾雨村听说凶手薛蟠主仆逍遥法外之后,大怒道:"岂有这等放屁的事!打死人命白白的走了,再拿不来的!"

然而,这个案件之复杂则大大超出贾雨村的预料。正当贾雨村要缉拿凶犯族人、签发海捕文书时,站在边上的门子"使眼色儿不令他签发"。贾雨村的反应十分敏锐。他"心下甚为疑怪",立即"停手""退堂""至密室""退去"侍从,"只留门子服侍",询问门子"何故有不令发签之意"。于是,贾雨村与门子的一番交谈,将此案的复杂性全盘托出。

葫芦案的复杂性在于凶手的背景,这是一张十分庞大的权贵关系网。一张朗朗上口的"护官符"为读者揭示了这张权贵关系网:贾不假,白玉为堂金作马(贾家);阿房宫,三百里住不下金陵一个史(史家);东海缺少白玉床,龙王来请金陵王(王家);丰年好大雪,珍珠如土金如铁(薛家)。门子还告诉贾雨村,"这四家皆联络有亲,一损皆损,一荣皆荣,扶持遮饰,具有照应的"。凶手薛蟠就是这薛家的。而且,门子还进一步指出:这薛家"也不单靠这三

---

* 本文原载何家弘主编《法学家茶座》第 41 辑,山东人民出版社 2014 年版。

家,他的世交亲友在都在外者,亦本不少"。在这样一个庞大的权贵关系网面前,门子直截了当地问贾雨村:"老爷如今拿谁去?"从根本上否定了贾雨村试图缉拿凶手、伸张正义的初衷。

在这张庞大的权贵关系网面前,贾雨村的想法显得十分幼稚。在缉拿凶手的初衷遭到门子否定之后,这位依靠"贾府王府之力"谋得复职的应天府父母官,只能听从门子的建议,决定"顺水行舟,作个整人情,将此案了结",以便"日后也好去见贾府王府"。法律在这里变成了权贵的奴仆,成为贾雨村报答贾家、王家提携之恩的"人情"。案件审理的结果也就是,贾雨村"徇私枉法,胡乱判断了此案,急忙作书信二封,与贾政并京营节度使王子腾,不过说些'令甥之事已完,不必过虑'等语"。一桩命案就此了了。

葫芦案是《红楼梦》所处时代法治状况的一个缩影。从法的层面看,葫芦案至少告诉我们一些那个时代法治的信息:

一是法的地位和作用如何,并不取决于法本身,而取决于社会阶级力量的对比。在《红楼梦》所处的时代,并非没有法,否则贾雨村用不着"徇私枉法",也不会对薛蟠逍遥法外"大怒"。杀人偿命,法的规定是很明确的。但问题是,为什么法对薛蟠就不起作用呢?这显然不是法本身的问题,而是社会的问题,是社会阶级力量对比的问题。对权贵集团来说,法不过是一种"玩意儿",薛蟠作为权贵集团的一分子,他完全无视法的存在。《红楼梦》是这样描写薛蟠的:"薛蟠见英莲生得不俗,立意买他,又遇冯家来夺人,因恃强喝令手下豪奴将冯渊打死。他便将家中事务一一的嘱托族中人并几个老家人,他便带着母妹竟自起身长行去了。人命官司一事,他竟视为儿戏,自以为花上几个臭钱,没有不了的。"这不只是一个豪门公子对待法的态度,也是权贵集团对待法的基本态度,还是权贵社会里法治的基本现实。对于受害人冯家来说,他们身处社会下层,根本无力与薛家抗衡,他们打这场官司也"不过赖此多得些烧埋之费"。在这种社会阶级力量对比之下,贾雨村按照门子所说的"大丈夫相时而动""趋吉避凶者为君子",将法的天平完全倾向薛家,根本无须考虑冯家的诉求。

二是在一个权贵社会里,法官很难有所作为,而且也很容易同流合污,包拯、海瑞只能是个案,并不具有普遍意义。贾雨村并非不想做个好官,他也想依法办事、伸张正义。这一点从他听原告冯家陈述后勃然大怒的表现即可看出。他在听了门子叙说案件的背景情况后,仍然说:"但事关人命,蒙皇上隆恩,起复委用,实是再生再造,正当殚心竭力图报之时,岂可因私而废法?"但是,面对薛家的权贵关系网,贾雨村感到无能为力,加上他的复职仰赖于与薛家有着亲戚关系的贾家和王家,他不仅无力伸张正义,而且最终选择了同流合污,听从了门子的建议,将法律作为回报贾府、王府的"人情"。因为如果不是这样,他将自身难保。门子听说贾雨村竟然不知道护官符时告诫过他:"这还了得! 连这个不知,怎能作得长远!""倘若不知,一时触犯了这样的人家,不但官爵,只怕连性命还保不成呢!"这对贾雨村产生很大的心理威慑力。

三是在案件未经审理就已经确定结果的情况下,司法的过程就难免成为一场由权贵或其代言人导演、法官主演的一场戏,只不过这场戏演得感人不感人,就看导演的水平和演员的演技了。在葫芦案里,由于这是一桩命案,人命关天,不得不重视,因此,在私底下已经决定将此案"作个整人情"后,一场由门子导演(在葫芦案中,贾、王、史、薛四家权贵并未出面,门子实际上充当了一回权贵的代言人)、贾雨村主演的司法大戏就此展开。从第四回回目用了"乱判"一词,可知这场戏演得不怎么样。贾雨村在庭审过程中装神弄鬼,扶鸾请仙,说冯渊与薛蟠是"凤孽相逢",薛蟠已"被冯渊追索已死",算是以命抵命了,这不仅演技十分拙劣,整个审理过程也显得十分荒唐。

"求其生"还是"求其死"？*

——读欧阳修《泷冈阡表》有感

　　欧阳修在为其父欧阳观逝世六十年而撰写的墓表——《泷冈阡表》中，记叙了欧阳观担任司法官员（欧阳观先后任过州判官和推官，均为司法官员）之时为死刑犯"求其生"的事迹。欧阳观去世之时，欧阳修只有四岁，尚未记事，当然不可能知道其父是如何为死刑犯"求其生"的。那是他母亲后来告诉他的：

　　　　汝父为吏，尝夜烛治官书，屡废而叹。吾问之，则曰"此死狱也，我求其生而不可得尔！"吾曰："生可求乎？"曰："求其生而不可得，则死者与我皆无恨也；矧求而有得耶！以其有得，则知不求而死者有恨也。夫尝求其生，犹失之死，而世尝求其死也。"

　　这段话为后人展现了欧阳观这样一位北宋初期司法官员"尝夜烛治官书，屡废而叹"的勤勉形象，同时也为我们揭示了古代司法官员面对死刑犯时两种截然不同的态度："求其生"和"求其死"。

　　"求其生"者，千方百计为死刑犯寻找可不死的理由；"求其死"者，则是千方百计地为死刑犯寻找其必死的理由。当然，欧阳观所说的"求其生"，并非毫无原则，而是有法律的底线。这一点从他所说的"求其生而不可得"中即可明了。从"世尝求其死也"这句话可以看出，"求其死"者不在少数，像欧阳观这样的"求其生"者则不在多数。这大概符合我国古代社会司法的基本情况，这也就进一步说明了"求其生"者——欧阳观这样的司法官员之难能可贵。

　　欧阳观为什么不随波逐流，像其他司法官员那样对死刑犯"求其死"，而想方设法（"屡废而叹"）要"求其生"呢？这来自他寻求心理上的平衡和对其

---

　　*　本文完成于 2015 年 10 月。

时司法状况的认知。就前者而言,他说:"求其生而不可得,则死者与我皆无恨也;矧求而有得耶! 以其有得,则知不求而死者有恨也。"意思是说,我为罪犯寻找可不死(生)的理由而没有找到,那么被处死的罪犯和我都没有遗憾和怨恨了,何况经过寻找确有可不死(生)的理由呢? 正因为有时可以找到罪犯可不死(生)的理由,如果我们不去寻找,那么被处死的罪犯必有遗恨啊。就后者而言,欧阳观认为:"夫尝求其生,犹失之死,而世尝求其死也。"意思是说,即便我们为罪犯寻找可不死(生)的理由,还会出现错杀的失误,何况世上还有些官员经常在寻求罪犯必死的理由,我怎么能不尽力寻找其可不死(生)的理由呢? 总归起来,这是欧阳观的良知的体现,他深知人的生命之可贵,不可随意剥夺,即便是犯了死罪的人,只要能找到可不死(生)的理由,就要尽力去找。这不仅对罪犯负责,更是对自己的良心负责。在欧阳观身上,我们看到了一种非常朴素的尊重生命的人权观念和同样非常朴素的"无罪推定""疑罪从无"的司法理念。

今天的刑事司法同样面临着古代司法官员所面临的问题,面对着犯罪嫌疑人,是"求其生"还是"求其死"? 然而,在现代社会,当"人权保障""无罪推定""疑罪从无"等已经成为法治和司法的基本观念之时,司法人员应持的态度当然是"求其生",而不是"求其死"。然而,现实却不完全如此。从近年来披露的触目惊心的冤假错案情况来看,对嫌疑人"求其死"的司法人员大有人在。例如,在"念斌案"中,嫌疑人念斌四次被判死刑,属于"再三""求其死"的典型。在"呼格案"中,公安机关将前来报案的呼格吉勒图锁定为犯罪嫌疑人,且仅仅在案发 61 天后,呼格吉勒图就被内蒙古高级法院核准并执行死刑,属于"速""求其死"的典型。出现这种现象的原因,不能仅仅从法制(法治)的不健全或者"有案必破""命案必破"之类的考核压力来解释,更为深层的原因在于,司法人员的良知出现了问题。在欧阳观的时代,不会有现代社会的"人权""无罪推定"或"疑罪从无"等法治观念,欧阳观也没有像今天的司法人员一样受到过哪怕是最原始、最粗浅的法学教育和法律专业训练,但是他却能因为死刑犯"求其生而不可得"而"屡废而叹",能够客观地认识到"夫尝求其生,犹失之死"的司法状况,从而尽力去为罪犯"求其生",求得"死者与我皆无恨"的心理平衡,凭的只是其内心所存有的那点人之为人的良知,那点对他人生命尊重的良知。

　　"求其生"还是"求其死"的问题,不仅存在于刑事法领域,也存在于民事法领域。面对一个有瑕疵的合同,是尽量加以挽救,使其有效,还是彻底给予否定,否定其效力？这也是"求其生"还是"求其死"的问题。例如,受欺诈、胁迫或乘人之危而签订的合同,存在着意思表示的瑕疵,依 1986 年的《民法通则》第 58 条第 3 项之规定,应认定无效,属于"求其死"的情形;依 1999 年的《合同法》第 54 条之规定,则为可撤销的合同,是否撤销取决于表意不真实的一方,属于"求其生"的情形。前者认定合同无效,体现的是立法者的意志,而非合同当事人的意愿;后者则将合同的效力的决定权交由当事人去行使,体现的是对当事人意志的充分尊重。又如,企业超越经营范围所订立的合同,在 1993 年全国经济审判工作会议之前,通常会被法官认定无效。1993 年,最高人民法院作出的《全国经济审判工作会议纪要》(简称《纪要》)特别指出:"人民法院在审理经济合同纠纷案件时,要尊重当事人的意思表示。……合同约定仅一般违反行政管理性规定的,例如一般地超范围经营、违反经营方式等,而不是违反专营、专卖及法律禁止性规定,合同标的物也不属于限制流通的物品的,可按照违反有关行政管理规定进行处理,而不因此确认合同无效。"《纪要》还指出:"不要以企业法人超越经营范围、事业法人未经工商登记或者被批准成立时未明确资金数额、社会团体法人从事营利活动等为理由,确认技术转让合同无效。"1999 年,《合同法》颁布后,最高人民法院作出的《关于适用〈中华人民共和国合同法〉若干问题的解释(一)》第 10 条更加明确规定:"当事人超越经营范围订立合同,人民法院不因此认定合同无效。但违反国家限制经营、特许经营以及法律、行政法规禁止经营规定的除外。"可见,对于企业超越经营范围所订立的合同,1993 年之前的司法实践属于"求其死"的情形,1993 年全国经济审判工作会议召开之后,属于"求其生"的情形。上述两例民事法律领域从"求其死"到"求其生"的变化,反映了市场化改革背景下法律对合同当事人意愿的尊重,体现了促进交易的法律观念,反映了法治的进步。

　　尽管随着国家法治的进步,"人权保障""无罪推定""疑罪从无"等现代法治观念已经得到确立,并通过法律的制定和修订得以制度化,"念斌案""呼格案"等一批冤假错案也逐渐得到平反,民事领域的立法和司法日益凸显对当事人意愿的尊重,"求其生"越来越成为立法和司法的主流,但是"求其生"还是"求其死"的问题依然在拷问着我们的立法和司法,仍然是法律人所面临的问题。例如,在备受关注的"许霆案"中,许霆是在与银行进行交易时由于银行柜员机的程序出现错误而获得不当利益,并非撬开柜员机而获得不当利益,这与以"秘密窃取"为表征的盗窃行为"风马牛不相及"。然而,就是这样一件本可以通过民事方式(不当得利)予以解决的问题,法院却以盗窃罪判处许霆5年有期徒刑(广州市中级人民法院原审判处许霆无期徒刑,在强大的社会舆论压力下,法院不得不"从轻发落")。这是以"莫须有"的罪名"求其死"。又如,发生在四川彭州的"天价乌木事件",一些学者无视当事人是在自家承包地挖出乌木的事实,也不顾民法上最古老的无主物"先占取得"的规则,以"土地孳息"(如果说存在于地里的乌木是土地的孳息,那么地里的一切也是孳息,它们都随土地"原物"归国家所有;我们天天行走在土地上,把尘土带回家,岂不是每天都在干着窃取国家财产的勾当?)、"埋藏物"(持此观点的学者没有告诉我们,是谁把乌木埋藏在地下的,如果没人把它埋藏在地下,又如何可称之为"埋藏物"?)、"价值巨大"(价值大就该归国家所有,价值小就可以不必归国家所有,这是哪门子的法律?)等完全违背法理的理由,为当地政府的巧取豪夺作法律上的辩解,为"求其死"寻找依据,几乎到了"不讲道理""不择手段"的程度。因此,对于"求其生"还是"求其死"的问题,我们仍然不可轻视。为此,笔者郑重建议,如果我们对"求其生"还是"求其死"的问题还在犹豫不决,那就好好读一读欧阳修的《泷冈阡表》吧!

"我家住在小河边……"*

——关于民商事立法中的国有财产情结问题

什么是情结?《现代汉语大词典》说,情结是"心中的感情纠葛",是"深藏心底的感情";心理学上说,情结是指深层次的心理积淀,是长久积聚在心灵深处的难以解开的情感纽结。情结,属于情感层面上的东西,常常挥之不去,难以释怀。人各式各样,因而有着各式各样的情结。抗金名将岳飞的一曲《满江红》表达的是作者抗击侵略、收复家园的强烈愿望,激励着后世多少仁人志士,为着国家的安危和民族的利益,抛头颅洒热血,可谓之爱国情结。台湾诗人余光中先生的《乡愁》抒发了作者对故土的无尽思念,引发了多少海外游子的思乡之情,可谓之乡土情结。曹雪芹的不朽之作《红楼梦》"着意于闺中""几个异样的女子","满纸荒唐言,一把辛酸泪",可谓之女儿情结。当代红学大家周汝昌先生历经 56 年的艰辛,完成八十回的汇校本《红楼梦》,力图还原曹雪芹原作的面貌,可称之为红楼情结。当然,还有复仇情结、恋母情结、恋父情结、权力情结、追星情结以及奥运情结等各种各样的情结。

法律是立法机关制定的,而操刀者是人,当然也有情结的问题,人所具有的各式各样的情结也会被带到立法中来,并体现在法律的制度及条文的设计之中,成为法律中的什么什么情结。例如,宪法宣布"一切权力属于人民",追求的是人民当家做主的社会,可以说是民权情结;消费者权益保护法鲜明地表达出对处于弱势的消费者群体给予特殊保护的态度,可以说是消费者情结。

当前,我国正处在社会转型时期,从经济结构上说,从改革前的追求单一的公有制向公有制为主体、多种经济成分并存的经济结构转变,是我国经

---

* 本文原载何家弘主编《法学家茶座》第 19 辑,山东人民出版社 2008 年版。

济体制转型的基本特点。由于固有的社会主义公有制的观念，以及社会转型时期引发的如何防止国有资产流失和保护国有财产的社会问题，人们对国有财产的忧虑也会反映在立法上。这就规定了我国民商事立法的一个基本特色：重视对国有财产的规定，这可谓立法中的国有财产情结。例如：

1986 年的《民法通则》第 73 条规定："国家财产属于全民所有。""国家财产神圣不可侵犯，禁止任何组织或者个人侵占、哄抢、私分、截留、破坏。"1993 年的《公司法》第 4 条第 3 款规定："公司中的国有资产所有权属于国家。"1999 年的《合同法》第 52 条规定："一方以欺诈、胁迫的手段订立合同，损害国家利益"的合同无效。2007 年颁行的《物权法》是一步关于财产的归属和利用的基本法，有关国有财产的规定就更多了。例如，第 45 条："法律规定属于国家所有的财产，属于国家所有即全民所有。"第 46 条："矿藏、水流、海域属于国家所有。"第 48 条："森林、山岭、草原、荒地、滩涂等自然资源，属于国家所有，但法律规定属于集体所有的除外。"第 49 条："法律规定属于国家所有的野生动植物资源，属于国家所有。"第 50 条："无线电频谱资源属于国家所有。"第 56 条："国家所有的财产受法律保护，禁止任何单位和个人侵占、哄抢、私分、截留、破坏。"

情结有可取的，也有不可取的，立法中的情结也是如此。我国民事立法中的国有财产情结，反映了人们对社会转型时期国有财产的忧患意识，这对我国这样一个公有制占主体的社会来说，或许是必要的。然而，民事法律毕竟是以调整平等主体之间的财产关系和人身关系为主要对象，以平等为其基本理念和价值取向，平等地确认和保护所有主体的财产（包括国有财产）是民事法律的基本任务，民事法律不应当也没有必要片面强调国有财产的特殊保护。例如，《物权法》第 4 条已经规定"国家、集体、私人的物权和其他权利人的物权受法律保护，任何单位和个人不得侵犯"，第 56 条又规定"国家所有的财产受法律保护，禁止任何单位和个人侵占、哄抢、私分、截留、破坏"，这纯属不必要的重复。又如，《物权法》第 45 条规定："法律规定属于国家所有的财产，属于国家所有即全民所有。"这实在更是"多余的话"。难道说"法律规定属于国家所有的财产"，还依据本条规定才能确认属于国家所有吗？否则，就会发生所有权归属不明的情形吗？

当然,上述这些法律条文,由于其宣示的意义远大于其规范的意义,对于人们的社会生活和法律生活,不会发生任何影响,因此,规定也无妨。然而,有些条文则并非如此。这些条文会造成人们的困惑,给社会生活和法律生活带来不利的影响。例如,《公司法》第4条第3款规定"公司中的国有资产所有权属于国家",容易造成人们对公司财产法律属性的误解,误认为公司财产在法律形态上属于共有财产或联合财产,其间可以划分为哪些是国有财产,哪些是非国有财产;且这与《公司法》关于股东认缴出资时应当将出资财产的权利移转给公司的规定明显抵触,造成新的产权关系不明晰。又如《合同法》第52条规定"一方以欺诈、胁迫的手段订立合同,损害国家利益"的合同无效,容易产生欺诈、胁迫所订立的合同如果不损害国家利益,将是有效合同的误解。而且由于《合同法》第54条采取的是撤销主义立法例,因此,第52条的上述规定还会导致法律适用中的不平等:如果是国有企业欺诈非国有企业,属于可撤销的合同(依据第54条);如果是非国有企业欺诈国有企业,则属于无效合同(依据第52条)。倘若欺诈和被欺诈的双方都是国有企业,合同的效力又将如何判定呢?

《物权法》中的有关国有财产的特别规定也存在着类似的问题。请看第46条:"矿藏、水流、海域属于国家所有。"该条明白无误地规定着"水流"属于国有财产。《物权法》通过后,笔者参加了2007年报考中国政法大学法律硕士专业的考生的面试,在面试的民法试题中有这么一道题目:《物权法》第46条规定:"矿藏、水流、海域属于国家所有。"请问:如果你家住在小河边,天天从河里取水,是否侵害了国家对水流的所有权?

几乎所有抽到这道题目的考生都感到十分困惑,不知如何作答。一方面,从法律的逻辑出发,既然水流属于国家所有,任何人未经所有权人同意,从河流中取水,当然构成侵权行为;但是另一方面,经验又告诉我们,居住在河边的人,从河里取水,乃是天经地义的事情,怎么可以违法行为论处!然而,作为考试题目,考生又不能不尽力作出自己的解答。当然,解答自然是五花八门的,且令人哭笑不得。例如,有的考生回答,取水的行为构成侵权,但如果他不去取水,水也白白流走,因此不会造成国家财产的损失,取水人无须承担赔偿责任；有的考生回答，国家所有本质上是全民所有，作为全民一分子的河边住户，自然也对河流享有权利，因而从国家所有的河里取水不构成侵权。真是难为了这些考生！

　　确认和保护国有财产，是法律的基本任务。然而，不考虑具体情形，不考虑法律制度构建的科学性和合理性，一味地在法律上强调国有财产的特殊性，这种情结实在是不可取的，也是要不得的！

当"好莱坞"（HOLLYWOOD）
标志遭遇开发商时*

据媒体报道,洛杉矶市政府官员 2010 年 4 月 26 日召开记者会正式宣布,政府已筹措到 1250 万美元资金,可以买下周边土地的所有权,当地著名地标——好莱坞（HOLLYWOOD）标志景观得以保留,政府买下这块土地后,这里将成为洛杉矶市格里菲斯公园的一部分。（中国新闻网 2010 年 4 月 27 日）洛杉矶政府之所以筹集巨款买下好莱坞（HOLLYWOOD）标志周边的土地,是因为拥有该土地的开发商计划在这里建设山顶豪宅,当地政府和民众认为在著名地标旁大兴土木会破坏景观。

当因暴力拆迁而导致的流血事件一次又一次发生时,来自大洋彼岸的这一消息无疑会给我们许多的联想。

其一:洛杉矶市政府站在公共利益一边。好莱坞（HOLLYWOOD）标志位于洛杉矶市中心以北的山顶,始建于上世纪 20 年代,最初是一个由英文"Hollywoodland"组成的房地产广告牌。1944 年,好莱坞商会接收该广告牌,并改成由字母"HOLLYWOOD"组成的钢结构标志。60 多年来,由于这里美国电影产业的兴起,好莱坞标志已成为世界电影之都的象征。正如当年的好莱坞明星、加州州长施瓦辛格出席记者招待会时所言,好莱坞（HOLLYWOOD）标志是"梦想、机遇和希望的象征"。不仅如此,好莱坞电影所占据的国际市场还给美国带来了巨额的商业利益,并且成为美国向世界各国输出其价值观的重要途径。因此,好莱坞（HOLLYWOOD）标志不只是归属于好莱坞商会的财产(这一标志已经成为洛杉矶市著名的景观,它的图案被印在纪念帽、衬衫、杯子以及其他一些小装饰品上,每年带来千万美元的收入),而且具有了某种"公共利益"成分。正因为如此,当开发商计

---

* 本文原载何家弘主编《法学家茶座》第 31 辑,山东人民出版社 2010 年版。

划在其周边建设山顶豪宅时,遭到了民众的强烈反对。一边是开发商的利益,一边是"公共利益",政府该站在哪一边?在这一事件中,人们看到,洛杉矶政府并没有站在开发商一边,而是站在了"公共利益"一边,与民众一起保护好莱坞(HOLLYWOOD)标志。政府在这里扮演着公共利益维护者的角色,而不是开发商利益的代言人。这与我们的某些地方政府时不时地站在开发商利益一边,扮演着开发商的代言人的情形,形成了较大的反差。

其二:洛杉矶市政府采取的手段是购买土地,而不是强制征收。美国也有财产征收制度,政府基于公共利益的需要,拥有强制取得私有财产、将其转作公共使用的固有权力。但是,在素有重视私权、防范政府权力传统的美国,政府的此项权力是受到宪法及其他法律的严格限制的。美国宪法第5条修正案规定:"未经正当法律程序,不得剥夺任何人的生命、自由或财产。凡私有财产,未有公平补偿,不得收为公用。"宪法第14条修正案规定:"无论何州,不得制定或施行剥夺合众国公民之特权或特点的法律;亦不得未经正当法律手续前使任何人丧失其生命、自由或财产,并不得不予以该州管辖区内之任何人以法律上的同等保护。"在保护好莱坞(HOLLYWOOD)标志的事件中,洛杉矶市政府为了保护好莱坞(HOLLYWOOD)标志,买下周边土地作为公园的一部分,显然属于"公共利益",完全有理由动用公共利益征收的权力。在这一事件中,洛杉矶市政府是否动用了这一权力,我们不得而知。但从媒体的报道来看,显然洛杉矶市政府没有采取无视土地所有权人是否愿意让出土地的强制性手段,而是与土地所有权人进行谈判,最终达成了以1250万美元购买好莱坞(HOLLYWOOD)标志周边138英亩土地的协议。这样,既达到了保护好莱坞标志的目的,土地所有人的利益也得到了公平的补偿,充分彰显了美国宪法对私人财产的保护。这是一种"两全其美"的做法。这与我们某些地方政府并非基于"公共利益"需要而强行征收农村集体土地或者私有房屋,或者虽然是基于"公共利益"的需要而征收,但未能充分尊重被征收人的意愿,未能给予公平的补偿,甚至因强行征收拆迁而导致政府和被征收拆迁人对峙,最终酿成伤亡惨剧的情形,也形成了极大的反差。

其三:洛杉矶市政府没有谋取"私利"。我国近年来城市的疯狂扩展中,屡屡发生强制征收和暴力拆迁事件,给人们印象最深的是政府基于土地财

政的思路,通过低价补偿强征土地和强拆房屋,将土地出让给开发商,创造
了一个又一个的"地王",谋取了巨大的经济利益,不断推高的地价也成为城
市商品房价格暴涨的主要因素之一。政府成了土地商品化的最大赢家。以
至于出现了像扬州市政府那样为了多得20亿的土地出让金,背着业主将居
民小区土地再次挂牌出让的"偷卖土地"现象。① 在保护好莱坞
（HOLLYWOOD）标志事件中,洛杉矶市政府显然没有这么做,而是反其
道而行之,通过"公共土地信托基金会"积极筹措资金,买下周边的土地,开
辟为公园。这既保护了好莱坞（HOLLYWOOD）标志,也为当地市民和游
客增加了一个休闲游玩的好去处,满足了社会公众的需要。

其四:洛杉矶市政府的"文物"保护意识。美国的历史较短,没有千年古
迹,矗立在洛杉矶市以北山顶上的好莱坞（HOLLYWOOD）标志不过数十
年历史,估计也算不上"文物"。但它是好莱坞这个世界电影之都的标志,更
是洛杉矶市著名的景观,至少可以成为未来的"文物"。对这样的标志性建

① 《我的房子怎么说拆就拆》,央视《焦点访谈》2010年4月4日。

筑,是拆还是保护? 这是检测政府乃至民众"文物保护"意识的标准。显然,在这个问题上,洛杉矶市政府选择了后者,坚决站在民众一边,与民众一道保护住了这一著名景观。诸多媒体用"拯救""成功拯救""成功保卫"等来表达洛杉矶市为保护好莱坞(HOLLYWOOD)标志所做的努力,也是对洛杉矶市政府的这一举动的褒奖。相比之下,我们的一些地方政府在经济建设中,不仅对有纪念意义的标志性建筑,而且对已经被列入文物保护的古建筑,说拆就拆,给子孙后代留下了多少不可挽回的遗憾。例如,云南大理具有千年历史的唐代城墙,当年忽必烈的铁骑未能将之荡平,却因为地方政府扩建修路被拆得面目全非,以至于媒体发出了"忽必烈也斗不过拆迁办"的感叹。①

由于国情不同,大洋彼岸的所作所为未必都值得我们效仿,否则即有"东施效颦""邯郸学步"之嫌。然而,在涉及公共利益、私人权利等问题时,政府应采取怎样的行动? 什么是该做的? 什么又是不该做的? 这些应该有个基本的尺度。相信这则来自大洋彼岸的洛杉矶市政府保护好莱坞(HOLLYWOOD)标志的报道,会给我们的政府以必要的启示,从中知道自己该做什么,不该做什么。

---

① 《重庆商报》,http://news.163.com/10/0420/03/64MDGH1L00014
AED.html;访问日期:2010 年 4 月 20 日。

漫议"非公益性用地退出征地范畴"[*]

一

来自国土资源部的信息称,2012 年 5 月 22 日,国土资源部部长徐绍史主持召开了第 13 次部长办公会,提出"要缩小征地范围,控制征地规模,积极稳妥推进缩小征地范围试点工作,让明显属于非公益性的用地退出征地范畴"。[①]

在因征地引发的"官民"矛盾和冲突日趋激烈的形势下,这是一个颇具安慰性的信息。它至少表明,政府愿意采取积极的措施,来缓解因征地尤其是非公益性征地引发的社会矛盾和冲突。

然而,问题是,在现行体制下,"非公益性用地退出征地范畴"是否具有可行性? 如果要让"非公益性用地退出征地范畴",应该怎么办?

二

1982 年宪法(以下简称"82 宪法")第 10 条规定:城市的土地属于国家所有;农村和城市郊区的土地,除由法律规定属于国家所有的以外,属于集体所有。这是我国宪法第一次规定了二元土地公有制,即国家土地所有制和集体土地所有制,此前的 1954 年宪法、1975 年宪法和 1978 年宪法均无此项规定。

从学理上看,82 宪法的这一规定可作两种解释。第一种是:宪法制定

---

* 本文原载何家弘主编《法学家茶座》第 36 辑,山东人民出版社 2012 年版。

① http://www.mlr.gov.cn/xwdt/jrxw/201205/t20120523_1101988.htm,访问时间:2012 年 5 月 13 日。

于 1982 年,宪法关于土地公有的规定仅是对宪法制定之时城市土地和农村土地归属的确认;第二种是:宪法关于土地公有的规定不仅是对宪法制定之时城市土地和农村土地归属的确认,也确定了宪法颁行之后城市土地的归属,即城市土地只能是国有,即便城市扩张了,其所到之处的土地也必须国有,而不能是集体所有。

对此,《土地管理法》第 43 条第 1 款规定,除了兴办乡镇企业和村民建设住宅以及乡(镇)村公共设施和公益事业建设可以使用集体土地外,"任何单位和个人进行建设,需要使用土地的,必须依法申请使用国有土地"。这也就是说,即便是在城市扩张需要增加建设用地时,也只能使用国有土地,集体土地不能直接用作城市建设用地。因此,宪法第 10 条应作第二种解释才能符合现行的法律安排。

按照第二种解释以及《土地管理法》第 43 条第 1 款规定,意味着国家(政府)在法律上垄断了城市建设用地的供应,从而排除了集体土地直接用于城市建设之可能。当下各地普遍存在的"小产权房"之所以被认为不具有"合法性",其原因就在于它直接损害了国家(政府)对城市建设用地的垄断权。

三

在二元土地公有制下,土地要么是国有,要么是集体所有,不存在着第三种情形。因此,在城市土地只能国有,城市建设用地必须使用国有土地的制度安排下,城市扩张所需新增土地的来源只有一种途径:将集体土地变为国有土地。因此,城市扩张也就意味着国有土地增加和集体土地相应的减少。

将集体土地变为国有土地的途径可以有多种,既可采取交易方式购买集体土地,亦可采取"以地换地"的互易方式,用位于农村的国有土地换取城市规划范围内的集体土地。当然,由于国家(政府)掌握着公权力,还可以采取强制的方式,如通过立法和行政手段将集体土地变为国有土地。前者如82 年宪法,国家立法机关通过一个法律条文,就将城市范围内的所有非国有土地变为国有土地,甚至用不着向失去土地的权利人支付任何补偿。后

者如政府依据城市规划,对规划所到之处的集体土地实行强制性征收(过去称征用),使之成为国有土地。

在现行法律体制下,政府将集体土地变为国有土地所采取的方式,既不是购买,也不是互易,当然也不合适采取立法的方式,而是采取强制征收的方式。82宪法第10条第3款原规定:"国家为了公共利益的需要,可以依照法律规定对土地实行征用。"2004年修改为"国家为了公共利益的需要,可以依照法律规定对土地实行征收或者征用并给予补偿。"与原规定不同的是,它将"征用"改为"征收或征用",再就是加上了国家(政府)应给予被征收人以"补偿"。《土地管理法》(第30条)和《物权法》(第42条)也都有此规定。

征收是一种行政行为。根据《物权法》第28条规定,因政府的征收决定导致土地权利变动的,自政府的征收决定生效时发生效力。这也就是说,政府一旦对土地作出征收的决定,那么,该决定生效之时,被征收的土地立即归国家所有,被征收人一句话都没得说,更不用说进行讨价还价了。至于"补偿",也是国家说了算,这就是国家立法机关通过的《土地管理法》第47条所规定的"按照被征收土地的原用途给予补偿"。

因此,在现行体制下,城市扩张所需新增用地的唯一途径,也就是国家(政府)对集体土地的强制性征收。除此之外,别无途径。《土地管理法》第43条第2款紧接第1款关于城市建设必须使用国有土地的规定,进而规定:"前款所称依法申请使用的国有土地包括国家所有的土地和国家征收的原属于农民集体所有的土地。"这也直接表明了城市扩张所需建设用地的这一来源。

四

82宪法和《土地管理法》《物权法》均规定,征收农民集体土地必须基于"公共利益"。因此,非基于"公共利益"而征收集体土地则属违法行为。既为违法征地行为,就应属于法律所禁止之列。然而,国土资源部的信息是政府正在考虑让"非公益性用地退出征地范畴"。这也就是说,目前"非公益性用地"还在"征地范畴"之内。从法律上看,这显然是对违法征地行为的一种认可,或者至少是一种默许。作为国家土地管理部门,对政府的违法征地行为,表示一种默许,尽管有多种原因,实在不是法治社会所应有的现象。

然而,问题还不仅在于此。问题还在于,在现行法律体制下,在城市新增建设用地只有征收这一途径的前提下,国土资源部所谓"非公益性用地退出征地范畴"本身就不具有可行性。因为,在城市不断扩张(这是国家推行城市化政策的必然)的情况下,城市建设不可能单纯是公益性的,也有大量的非公益性建设,如商业区建设、住宅区建设、工业区建设,等等。公益性建设需要土地,非公益性建设同样需要土地。如果让"非公益性用地退出征地范畴",那么,这些非公益性建设用地从哪里来? 当然,这里有一种可能性存在,就是城市扩张中,只有道路、公园、学校、医院这些公益性建设,而没有商业区、住宅区这些非公益性建设。由于没有非公益性建设,自然也就不需要非公益性建设用地,这样也就自然"退出征地范畴"了。然而,这种城市实在不可想象。由于国土资源部的信息并没有指明"非公益性用地退出征地范畴"后,非公益性建设用地从何而来,因此,我们实在不清楚,在现行体制下,国土资源部如何让"非公益性用地退出征地范畴"。

在现实生活中,人们看到的是,伴随着城市化步伐的不断加快,政府大量征收集体土地用于城市建设,其中又有大量的土地被用于非公益性的商业开发。而且,正是因为非公益性的商业开发之需,政府通过"低价征收、高价出让",从征收集体土地和出让土地使用权中获得了巨大的经济利益,即所谓"土地财政"或"卖地财政"。国土资源部 2011 年 5 月发布的《国土资源"十二五"规划纲要》表明,2006 年—2010 年,政府通过出让土地获得出让金高达 7 万亿元;另据媒体报道,许多地方政府卖地收入占其财政收入最高可达到 80%以上①。正是由于征收集体土地用于商业开发有着巨大的经济利益,政府才会对征地有如此的热情,如此的亢奋,甚至于不惜冒引发"官民冲突"、"丢乌纱帽"的政治风险。因此,我们难以想象,如果将"非公益性用地退出征地范畴",征收的土地只是用于公益性建设,政府是否仍保有像现在一般的征地热情。如果没有了现在这般征地热情,那么,"非公益性用地退

① 于猛:《经济热点:土地财政不可持续》,http://opinion. people. com. cn/GB/13599348. html,访问时间:2012 年 5 月 13 日。

出征地范畴"也就没有了实质性的意义。

<h2 style="text-align:center">五</h2>

因此,笔者认为,在不改变现行体制的情况下,"非公益性用地退出征地范畴"实际上不具有可行性,或许,这只是国土资源部暂时缓解公众对政府征地行为不满的一剂安慰剂。

按照以上的分析,笔者认为,要让"非公益性用地退出征地范畴",必须彻底改革现行土地制度,即:废除宪法关于城市土地国有和农村土地集体所有的规定,废除《土地管理法》关于城市建设必须使用国有土地的规定,打破国家(政府)对城市建设用地的垄断地位,允许在城市规划范围内的集体土地直接用于城市建设,尤其是用于非公益性建设,以满足城市化过程中非公益性建设用地之需,从而避免将来的城市变成只有道路、公园、学校、医院等公益性建设的畸形城市。

谁喜欢诉讼？*

　　在我国传统的思想观念里，诉讼绝不是什么美善之事，人们对诉讼不抱好感，"恶人告状""讼棍"等都表达了一种对诉讼的鄙视态度；对于涉己之诉讼，更是避之如避瘟疫。因此，依国人的传统观念，是不会有人喜欢诉讼的。然而，在今日之社会，法治昌明，情形有所改变，虽然不是人人都喜欢诉讼，但至少有些人是喜欢诉讼的。

　　一是通过诉讼获得了本来无法获得的利益的当事人。人是趋利避害的动物，只要有利可图，什么事都有人干，无论它是香是臭，道德还是不道德。诉讼也一样，如果能够通过诉讼获得好处，乃至发财，即便被认为是"恶人告状"，也是值得的。笔者曾经见过某法院在 1999 年的《合同法》颁布之前审理的一起案件，如果读者先生经历过这样的案件，保准多半也会喜欢诉讼。该案的案情是：某运输公司为筹备春运，向某进出口公司购买 N 辆某国产大巴，总价款几百万元。合同约定买方应支付卖方定金 75 万元。如任何一方违约，须向守约方支付违约金 25 万元。在运输公司支付了 75 万元定金后，进出口公司也从产地国进口了大巴。交付之时，运输公司发现大巴的颜色与合同约定不符。于是，在几经交涉未果后，运输公司向法院提起诉讼，请求：(1)解除合同；(2)判令被告进出口公司加倍返还定金合计 150 万元；(3)判令被告进出口公司支付违约金 25 万元。受理的法院依法作出了判决，支持了原告的全部诉讼请求，原告运输公司因此赢得了近 100 万元(75万加倍返还的定金加上 25 万违约金)的利益。我们完全可以设想，倘若被告进出口公司交付的汽车符合合同要求，原告运输公司并无理由解除合同，只能接受该车并将所购车辆投入当年的春运，但即使苦心经营，且不发生任何营业、交通事故等风险，也不可能获得百万元的利润。可是，仅仅是因为

---

　　*　本文原载何家弘主编《法学家茶座》第 15 辑，山东人民出版社 2007 年版。

被告进出口公司所交车辆颜色不符合约定,原告通过法院的一纸判决书就可获得如此巨大的利益。这样的诉讼,除了抱有不占他人便宜之坚定信念的人以外,恐怕没人不喜欢。上述案件在笔者所接触的案件(包括代理的案件以及接受咨询的案件,上述案件就是笔者接受败诉的被告咨询的案件)中,并非绝无仅有。当然,出现这样的案件须具备两个条件:一是法律不健全,1999年的《合同法》颁行之前,我国法律既未对单方解除合同的法定事由作出限定,也未对违约金和定金是否可同时请求作出规定。倘若此案发生在1999年《合同法》颁行之后,法官断无支持原告请求的法律依据,因为《合同法》第94条第4项规定,只有在一方违约"致使不能实现合同目的"时,才能单方解除合同。本案卖方交付的汽车颜色不符合合同约定,虽构成违约行为,但不足以导致"不能实现合同目的",买方解除合同的理由不能成立。依第116条的规定,当事人既约定违约金又约定定金的,一方违约时,他方只能选择其一,而不能同时请求违约金和定金责任。二是承审的法官对何谓公正缺乏基本的判断。倘若审理的法官知道何谓公正,也断不会作出如此利益失衡的判决。随着国家法制的健全,法官素质的提高,相信上述类型的判决将越来越少,通过诉讼来获取本不该获得的利益的可能性也将越来越小。因此,这一类喜欢诉讼的人也必将越来越少,越来越多的人则因诉讼"费时费力费钱"而不喜欢诉讼,避之唯恐不及。

二是律师。律师以代理诉讼为业,打官司是律师的生存之道。因此,律师属于最为喜欢诉讼的群体。法治昌明时代,法律越来越复杂,诉讼也越来越重程序。诉讼成为一种专业性极强的社会活动。倘若诉讼不是委托身怀绝技的律师代理,一般民众恐怕难以应付,尤其是在对方当事人委托了律师的情况下,更是如此。律师也因为具有法律和诉讼的专业技术,而在接受当事人的委托中获得可观的代理费收入,进而成为较为富裕的阶层。律师也因此成为诸多法科学生未来择业的目标之一。不仅如此,同样精通法律和诉讼技巧的法官有时也对律师的收入多有羡慕,不少的法官毅然脱下法袍,加入律师的队伍,喜欢起诉讼来。由于律师在接受当事人的委托中能够获得可观的收入,因此,作为别无所长,只拥有法律和诉讼专业技术的律师,喜欢诉讼是理所当然的,完全在情理之中。在市场经济年代,律师之喜欢诉讼,犹如丧葬业者之喜欢丧事,希望纠纷越多越好(这当然不是指自家的诉讼,犹如丧葬业者不可能喜欢自家丧事一样,律师是不会喜欢自己或自家人涉讼的)。例如,有的律师在开发商交房时,当场向购房者发放名片和自己的专业介绍广告,希望购房者一旦发现开发商交付的房屋有问题,联系自己;有的律师在接受当事人咨询时,极力怂恿当事人诉讼;有的律师鼓动当事人提高诉讼标的金额,无论合理还是不合理,尽量往高写,于是,常常出现狮子口大开的诉求。道理很简单,律师的代理费也因此水涨船高。如果说上述这些律师以刚出道者居多,并不能代表律师群体的形象的话,那么,绝大多数律师尤其是成功的律师在他的职业履历中,都会介绍自己成功代理过哪些重大疑难案件,其对喜欢诉讼之情则溢于言表。然而,在笔者与众多律师接触的过程中,又着实感受到律师其实也不是很喜欢诉讼,一些成功的律师甚至表示了对诉讼的厌恶,少部分有条件的律师则远离诉讼而转向非诉讼代理。律师不喜欢诉讼的原因大体有二:一是案件的胜负常常无法从自己的专业上加以把握,按照国家法律规定认为必将胜诉的案件,可能因为其他因素的存在而遭受败诉;认为胜诉而法律依据不足的案件却有可能因其他因素而胜诉。因此,律师即便自觉精通法律,也无法准确预测诉讼的结果,这就使得律师在接受当事人的委托时缺乏底气,显得"九分"的不专业。二是法院的门难进,法官的脸难看,律师为了中长期的利益,一般不愿得罪法官,因此,在法官面前总是战战兢兢、唯唯诺诺,无法施展自己的专业才能,更无法彰显自己的人格。倘若遇到有些很不专业的法官或者已经无法保持中立的法官,律师会感到自己其实也很无能。上述两方面对于自认为是法治社会精英的律师们来说,感觉都很不好。因此,除了大学刚毕业的法科学生还会感到法庭上那种唇枪舌剑带来的兴奋以外,多数律师是不喜欢诉讼的,他们之所以喜欢诉讼实在是因生计所迫。一旦他们的生计有了充分的保障,他们中的多数人就会远离诉讼。

三是法官。法官与律师一样,都是靠自己的法律和诉讼专业技术吃饭的群体。与律师不同,法官靠纳税人养活,吃国家财政的饭,不必像律师那样为生计而挣扎,即便法院没有案件可办,法官整日看报、喝茶、聊天,也不会发生生计问题。因此,法官对于诉讼的态度与律师有别。一方面,从内部竞争来看,大多数法官都希望自己成为办案的能手,成为一名优秀的法官,进而获得晋升的资格。衡量一个法官是否优秀,除了人为的因素外,办案的数量和质量是最重要的指标。因此,法官希望自己能遇到易办的案件和典型的案件,前者可以在案件的量上反映自己的办案能力,后者可以在案件的质上展示自己的办案能力。不仅法官如此,法院也是如此。同级法院之间也存在类似的竞争,各法院处理的案件情况都会在上级法院的月份或季度简报中得到反映,法院办理案件的数量和质量也是考核法院的指标之一,从地域先进一直到全国优秀法院,都离不开案件的量和质。而且,按照我国现行政治体制,人大监督法院,法院院长须于每年人大会议上向同级人大报告工作。在院长的工作报告中,我们常常会看到这样的情形:当年受理民事、刑事、行政、执行各类案件多少,与上一年相比,同比增长多少,以此说明法院工作的业绩,并希冀得到人大代表们的赞许和获得人大的通过。由此可见,一方面,法官之喜欢诉讼,不似律师那样纯属于金钱的驱动,而是来自法院内部的竞争机制。这种竞争机制有时也会发生畸形的变化,有的法院为了造就明星法官,在统计数字上做文章,培育出年审数百案件的"高产法官";有的法院为了增加案件数量,将一个案件分拆成数个乃至十数个案件;甚至有的法院为了办案指标,干脆造假案,以增加案件数量。有的法官之喜欢诉讼,到了无所不用其及的地步。但是,另一方面,法官其实也不是很喜欢诉讼,尤其是对那些棘手的诉讼案件,法官绝无喜欢的理由。例如,法院得靠同级政府的财政拨款吃饭,"拿人的手软,吃人的嘴软",法官是不喜欢以同级政府或其部门为被告的诉讼的,这会使法院很为难:其一,法院肩负着主张正义的神圣职责,其二,法院又绝不敢得罪政府。又如,权大还是法大的问题在理论上虽无争议,但是当个案中的原被告双方都持有某些权势领导的"条子"时,法官就会感到左右为难,因为两头都得罪不得呀!这样的案件,法官是绝对不喜欢的。还有执行难的案件、具有社会群体性的案件(例如拖欠农民工工资的案件),法官通常也不喜欢,因为这会把法官推到社会舆论的风口浪尖上去,稍有不慎,即会招来社会舆论的谴责,常常是吃力不讨好。还有,当诉讼案件如潮水般涌进法院,当卷宗材料堆满法官的案头时,法官也会因为不堪重负而不喜欢诉讼。

人有生老病死,这是不以我们的意志为移转的自然规律。有社会就会有纠纷，有纠纷就会有诉讼，这也是不以我们的意志为转移的社会规律。因此，喜欢也罢，不喜欢也罢，诉讼总是会发生的，不是发生在你我之间，就是发生在张三李四之间，而且诉讼无论是从量上还是从类型上看，必将呈现出不断增长的态势。伴随着诉讼的增长，律师和法官这样的法律职业群体作为社会纠纷的寄生物，也不会消失，而会越来越壮大，成功的律师和法官还是法科学生的楷模。因此，谈论喜欢还是不喜欢诉讼，其实是多余的。

漫谈"禁令" *

一

在我国当下的吏治以及行风建设中,"禁令"大概是最具有震慑力也是最受媒体关注的治理方式。一个又一个具体且明确的"禁令",表明了吏治机关或行业部门坚决整治歪风邪气的决心。例如,公安部 2003 年年初颁布的"五条禁令"规定:"严禁违反枪支管理使用规定,违者予以纪律处分;造成严重后果的,予以辞退或者开除。""严禁携带枪支饮酒,违者予以辞退;造成严重后果的,予以开除。""严禁酒后驾驶机动车,违者予以辞退;造成严重后果的,予以开除。""严禁在工作时间饮酒,违者予以纪律处分;造成严重后果的,予以辞退或者开除。""严禁参与赌博,违者予以辞退;情节严重的,予以开除。"直截了当,毫无含糊之词。人们把这些"禁令"形象地比喻为"高压线"或者"紧箍咒",谁要是触犯了"禁令",定然会受到严厉的处罚。在实践中,"禁令"也确实取得了一定的效果,例如在公安部颁布"五条禁令"后,公安系统中存在的违纪现象得到了一定程度的遏制,民警在民众心目中的形象也得到了一定程度的改善。因此,"禁令"也得到人民群众的赞许,而且为更多的吏治机关或行业所仿效。一时间,上至中纪委、公安部,下至地方各级权力机关以及一些行业部门,纷纷推出了各种各样的"禁令",出现了"禁令热"现象。例如,2003 年,公安部推出"五条禁令"后,江苏省某市 63 个部门和行业同时推出了 63 个"禁令",令人目不暇接,以致招来媒体"作秀"之嫌的质疑。

---

* 本文原载孙国栋主编《律师文摘》2009 年冬辑,群众出版社 2009 年版。

二

　　"禁令"的显著特点是针对性强，"禁令"无不是针对本系统或者本单位存在的违纪行为或者不良现象。例如，中纪委的"八项禁令"针对的是国家工作人员"利用职务便利牟取不当利益"的八种违纪行为；公安部的"五条禁令"针对的是公安系统中存在的"违反枪支管理使用规定""携枪饮酒""酒后驾车""工作时间饮酒"和"赌博"五种违纪行为；浙江省机关效能建设的"四条禁令"针对的是全省公务员中存在的"擅离岗位，擅离职守"、上班时间"网上聊天、炒股、玩电脑游戏""中餐饮酒""在办理、办证中接受当事人宴请和礼品、礼金"等行为；北京市高院的"六条禁令"是针对法官"接受当事人及其律师的宴请等""泄露合议庭评议等""私自会见当事人及其律师"等违纪行为；四川省德阳市针对"中招春招"出台的"五条禁令"则是针对招生存在的"用经济手段组织生源""强行将学生分流"等违纪行为；中国石油天然气集团公司的"六条禁令"则是针对生产过程中的"无证上岗""脱岗、睡岗和酒后上岗""违章指挥、强令他人违章作业"等违反安全生产的行为；浙江省苍南县灵溪镇宫后陈村的"十条禁令"针对的是"在公路、沿河和街道两旁堆放杂物垃圾""在公路、沿河两侧砍伐林木""在河道内捕捉、轰炸、电击或药毒天然鱼儿""食用国家保护的动、植物"等行为。由于不同的行业、不同的部门的实际情况不同，因此，"禁令"大多特色明显、内容各异。

　　然而，也有一些共性的"禁令"，尤其是公权力机关颁布的"禁令"，不少的内容是相同或者近似的。例如，公安部的"五条禁令"、司法部颁布的监狱、劳教系统警察"六条禁令"、浙江省的"四条禁令"、河南新乡法院的"五条禁令"、驻马店市教育局的"六条禁令"、宁波市机关效能建设的"四条禁令"石嘴山市行政行风建设的"十二项禁令"中，都有"严禁工作期间饮酒"或"严禁中餐饮酒"的规定；中央政法委的"四条禁令"、国家药监局的"八条禁令"、浙江省的"四条禁令"、重庆市检察机关的"十条禁令"、山东省检察机关的"六条禁令"、北京市高院的"六条禁令"、姜堰市地税局的"六条禁令"、石嘴山市的"十二项禁令"里，都有"严禁接受当事人宴请、礼物、礼金"或类似的规定；而姜堰市地税局的"六条禁令"和石嘴山市的"十二项禁令"则有"严禁

穿着制服进入娱乐场所"之类的规定。这大概是这些行业或单位都遇到了相同的行风建设问题的缘故。

<h2 style="text-align:center">三</h2>

在众多的"禁令"中,浙江省丽水市机关效能建设的"五条禁令"中有一条禁令颇耐人寻味。该"禁令"第一条规定:"严禁有令不行,有禁不止"。从众多的"禁令"的具体内容来看,它们无不是国家的法律、法规或者行业的规章早有规定的内容,许多则属于"警察之所以为警察""法官之所以为法官""税务官之所以为税务官"乃至"人之所以为人"所应该遵守的职业准则和道德准则,这些"禁令"不过是再一次声明而已,并无新鲜的东西。例如,公务人员不得利用职权"吃拿卡要",法官不得为当事人介绍律师,警察或检察官对待嫌疑人不得"刑讯逼供",工作期间不得玩游戏、打麻将、打牌,这些都是最基本的职业准则。公安部"五条禁令"规定的"严禁参与赌博",姜堰市地税局"六条禁令"规定的"禁止嫖娼或参与色情活动",湖南省益阳市两个区的教育局颁发的"教师准则"规定的"中小学教师严禁奸污猥亵女生",这已经涉及刑事犯罪的问题,乃至一个公民应具备的基本法律意识。至于中央政法委"四条禁令"规定的"绝对禁止政法干警打人、骂人",则属于幼儿启蒙教育的内容。这些人所共知的职业准则和道德准则,以各级机关的"禁令"方式被反复地宣示,这说明了什么呢?笔者认为,说明了在我们的社会生活中,尤其是在权力机关执行公务的活动中,存在着"有令不行,有禁不止"的现象,而且这种现象还十分严重,甚至成了一种风气。正是由于存在着"有令不行,有禁不止"的严重现象,使得从中央到地方的各级机关不得不以"禁令"的形式,有针对性地重申这些作为一个公职人员或从业人员应当遵守的职业准则甚至是为人的基本道德准则。因此,"禁令"现象的存在,只能说明我们的吏治和行风建设存在着严重的问题,而不是别的。

<h2 style="text-align:center">四</h2>

"禁令"的另一个特点是简单明了,其所使用的语言通俗易懂,绝无法律

术语的晦涩难懂。例如,山东省检察机关颁布的"六条禁令"规定:"凡办案中对犯罪嫌疑人和证人违法拘禁、打骂体罚、变相刑讯逼供的,予以辞退;情节严重的,一律开除。""凡办案中接受涉案单位、涉案人员及其亲友宴请、财物和办私事的,一律开除。""凡酒后办案、接访的,给予记过处分;酒后驾驶机动车的,予以辞退。"但是,这些"禁令"制定之时往往迫于形势,制定者也只考虑到眼下的紧迫问题,而无法像制定法律那样深思熟虑,因而也就难免存在着有失严谨甚至使人费解的情形。按照人们通常的思维习惯,"禁令"所禁止的行为是不可为的,而未加禁止的则是可为的。因此,人们常常可以从"禁令"中得出一些令人啼笑皆非甚至荒唐的结论。例如,湖南省益阳市两区教育局的"禁令"规定"中小学教师严禁奸污猥亵女生",有评阅者就质问道:"难道可以奸污猥亵男生?"姜堰市地税局的"禁令"规定"禁止(税务人员)着税服进入歌舞厅、游戏机房、网吧等娱乐场所进行娱乐活动",石嘴山市行政行风建设的"禁令"也规定"严禁(行政机关工作人员)穿着制服到娱乐场所消费",这岂不是意味着只要不穿制服进入娱乐场所就没事!如果是这样的话,"禁令"所约束的对象也就很容易规避"禁令","禁令"的震慑力也必然大打折扣。而且,"禁令"还存在着不分青红皂白的一刀切现象。例如,姜堰市地税局的"禁令"规定:"禁止驾驶不属于本人所有的汽车。如有违反,扣发当事人一个季度的奖金。"这就意味着该局税务人员驾驶其妻子、父母以及兄弟所有的汽车,也是不允许的。倘若某一税务人员的妻子生病须送医院,车子属于妻子的,且其与妻子之间有分别财产的协议,他如果开着妻子的车把妻子送到医院,岂不违反了单位的"禁令",应遭到扣发奖金的处罚!这样的"禁令"简直是置人于不仁不义!又如,《江苏省暂住人口管理条例》曾经规定"严禁无婚姻证明的男女混住在一起",有评阅者质问道:父女、母子、兄妹都没有婚姻证明,也不会有婚姻证明,他们也不能同住吗?这样的"禁令"显然置人伦于不顾,甚是荒唐!在众多的"禁令"中,有的存在着某种类似上下级的关系,如果它们的内容不一,也容易使人产生误解。例如,在机关效能建设中,浙江省订有"四条禁令",宁波市也订有"四条禁令",被称之为"双四"禁令。然而比较一下就会发现两个"四条禁令"之间还是存在区别的。浙江省的"四条禁令"规定:"严禁网上聊天、炒股、玩电脑游戏";宁波市的"四条禁令"只规定"严禁上网聊天、玩电脑游戏",而无严禁"炒股"的内容,是否意味着宁波市的机关人员上班时间炒股不在禁止之列？有的"禁令"则显然违反法律的原则。例如,四川省政府曾规定"不准为男领导配女秘书",主要理由是女秘书与男领导容易发生生活作风问题。这显然是对女性的一种歧视,有违男女平等的宪法原则。

五

作为一种吏治及行风建设的治理方式,"禁令"的运行模式是:"禁令"一发,系统内上上下下掀起学习贯彻"禁令"的热潮,而且大会小会,电视报纸,大造"禁令"之势。一时间,人人谈"令"色变,唯恐触犯"禁令"而吃"眼前亏",那些往时有"禁令"所禁止的行为的人暂时也会收敛一些(当然,也不排除某些无视"禁令"存在的"顶风作案"者,但他们中的多数会成为"禁令"制裁的对象,从而成为彰显"禁令"权威最好的证明)。而且,在"禁令"颁布之初,所有规章制度甚至法律的规定,在"禁令"面前都得退避三舍,一切以"禁令"为行为准则,不论本来该办不该办的事,均由"禁令"说了算,那些往时并无"禁令"所禁止的行为的人也变得更加小心谨慎。于是乎,"禁令"所到之处,风气顿时好转,平时的"臭脸"换成了"笑脸",酒楼以及歌舞厅的生意也变得清淡起来。倘若有哥儿们问道:这几天怎么叫也不来吃饭、洗桑拿,怎么啦？瞧不起哥儿们啦？答曰:实在对不起,单位里刚刚宣布了"禁令",紧得很呢! 因此,从实际情况来看,"禁令"大多也能收到立竿见影的效果。这就使得"禁令"治理方式为越来越多的系统或单位竞相仿效。

然而,"禁令"本身也存在着一个"令不行,禁不止"的问题,尤其是当"禁令"颁布一段时间后,所在系统或单位不再像"禁令"颁布之初那样"齐抓共管"了,于是乎"禁令"也就会逐渐淡出人们的视野,而被一些人抛置脑后,落得个与"禁令"之前已有的法律规章同样的下场。此时,为了应对新一轮的行风问题,所在系统或单位不得不又一次颁布"某条禁令",或者再次重申"某条禁令",如此反复,于是不断有"禁令"或类似"禁令"的"禁令"出现。当然,何时再颁布新的"禁令",大体取决于如下:人们对该系统或单位滋生的不良风气的忍受程度。一般说来,只有当人们已经无法忍受时,矛盾激化,问题频生,于是新的"禁令"也就出现了。倘若人们对不良行风尚可忍受,问题不是到了非解决不可的地步,即便是强势的领导,也不会冒着风险颁发这些总是要与某些人过不去的得罪人的"禁令"。

从建设社会主义法治国家来看,从吏治及行风建设来看,"禁令"之治实足不是高明之举。笔者相信任何有识之士都会有此共识,即便是那些"禁令"的始作俑者。然而,在当下转型期的中国社会,"禁令"之所以成了人们竞相仿效的吏治和行风建设的治理模式,实在是"无奈之举"。究其原因,就在于法律的权威没有得到彰显,法律之治尚未真正实现。倘若真正实现了法律之治,法律权威得到应有的彰显,"禁令"也就没了存在的空间。但愿,在未来法治之路上,"禁令"之治能够逐渐淡出人们的视野,法律之治能够真正发挥作用。当然,法律之治实现之日,也应该是"禁令"之治淡出之时!

法律人，你为什么不争气?!*

本文标题的著作权无疑应归同属法律人的陈长文先生。陈先生与其助手罗智强先生在《法律人，你为什么不争气》一书中，历数同属法律人的陈水扁当选台湾地区领导人以后，台湾社会族群撕裂、弊案丛生，社会对法律人的信任跌入低谷，并以一个法律人的身份对法律人群体"不争气"的现状，发出了此怒其不争的责问：法律人，你为什么不争气?!

陈长文先生发此责问的前提是：法律人，理应争气。因为，在民主法治社会，国家治理讲究的是规则之治。法律人，无论是从其专业知识角度还是从其职业精神角度看，都是担当规则之治的最佳人选，理应有所作为。这在近代以来的历史舞台上不乏典范之例。远的如亚当斯父子、林肯、罗斯福，近的如克林顿、布莱尔、普金、奥巴马，都属于法律人，他们都在各自的政治舞台上，长袖善舞，充分展示了法律人治国的风采，为国家的强盛和社会的进步作出了贡献，也为法律人群体树立了榜样。然而，同样身为法律人的陈水扁，在社会为其已经提供了施展抱负的舞台后，本可有所作为，为台湾地区的社会进步作出法律人应有的贡献，然而，这些法律人不仅在社会治理方面无所作为，而且贪腐成性，视法律为玩物，这就难怪陈长文先生发此"法律人，你为什么不争气"的责问了。

陈长文先生在此书的大陆版(法律出版社 2007 年版)序言中说："台湾地区，是预照大陆的一面镜子。"其意在引起大陆法律界及法学界的警醒，可谓用心良苦。

其实，就社会的历史进程及政治环境来说，大陆尚未能为法律人提供施展治国本领之舞台，因为大陆法治之历史进程不过 30 年时间，虽然经济体制改革取得了令世人瞩目的成就，但政治体制改革之滞后也是有目共睹的，

---

* 本文完成于 2010 年 12 月。

社会之发展距离法律之治尚有很长的路要走。然而,民主法制之潮流不可逆转,在经历了改革开放前30年尤其是"文革"十年几近无法无天的历史惨痛教训后,进而在建设社会主义法治国家成为既定的社会发展目标之后,应该说历史是会给法律人提供这样的机遇的。因此,问题不在于历史会不会给法律人这种机遇,而在于法律人是否做好了准备?法律人是否能够在机遇到来之时担当此历史大任?会不会到了那一天,当历史现实地为法律人提供了这样的机遇时,我们的法律人却重蹈今日台湾地区法律人的覆辙?

当然,谁也无法准确回答这样的问题。也许"船到桥头自然直",我们大可不必如杞人之忧天。然而,就当前法律人之表现而言,上述的疑虑也绝不会是多余的。

首先,请看一组数据。2008年,各级法院查处违纪违法案件,共查处违纪违法人员712人,其中追究刑事责任105人(2009年最高人民法院工作报告);2009年,各级法院共查处违纪违法人员795人,移送司法机关处理的137人(2010年最高人民法院工作报告)。而来自最高人民检察院工作报告的数据则更加惊人。2008年,依法查处涉嫌贪赃枉法、徇私舞弊等犯罪的司法工作人员2620人(2009年最高人民检察院工作报告);2009年,立案侦查涉嫌贪赃枉法、徇私舞弊等犯罪的司法工作人员2761人(2010年最高人民检察院工作报告)。

其次,看法院系统发生的若干典型"窝案"。武汉中级人民法院:2002年爆发震惊中央的"腐败窝案",包括常务副院长在内的12名法官和1名书记员落网;2007年,当年临危受命的周文轩院长因犯受贿罪被判有期徒刑10年;2010年,武汉中院再爆"窝案",6名法官落马。阜阳中级人民法院:2005年爆发腐败窝案,2名副院长、10余名庭长、副庭长涉嫌受贿被查处;2006年,前后三任院长同时被起诉,103名黑心法官和相关人员涉案。深圳中级人民法院:2006年,包括副院长在内的5名法官因涉嫌巨额受贿相继被捕。浙江高级人民法院:早在2008年即有数名法官因违纪受到处分,2010年以来更有多名高级法官先后"出事",包括原民一庭某副庭长受记大过处分,刑一庭原庭长被"双规";立案第一庭原副庭长潘华山因杀害申请再审民事案件的当事人而被判处死刑,副院长则"非正常"自杀身亡。

再次,看部分法官因贪腐被追究刑事责任的个案:北京西城法院原院长郭生贵被判死缓;深圳中院原副院长裴洪泉被判无期徒刑;湖南省高级法院原院长吴振汉被判死缓;辽宁高级法院原院长田凤岐收受贿赂被判处无期徒刑;广西高级法院原副院长潘宜乐被判有期徒刑 15 年;广西高级法院原副院长杨多铭被判 10 年有期徒刑;广东省高级法院原院长麦崇楷一审被判 15 年;长沙中院原副院长唐吉凯一审被判 7 年;原三亚中院副院长陈大利受贿一审被判 13 年;石嘴山市原中级人民法院副院长杨金标受贿被判 5 年;阜新中级人民法院原副院长王晓云一审被判 3 年;宜宾中院原院长阮世能一审被判有期徒刑 12 年。其中,最令人震惊的当属最高人民法院原副院长黄松有,因贪污受贿终审被判无期徒刑。

当然,法律人不争气,不仅仅是法官,律师也难辞其咎,法官的不争气常常伴随着律师的不争气。例如,武汉中院 2002 年爆发的"腐败窝案",涉案人员就包括 44 名律师。阜阳中院"腐败窝案"涉及 10 多位律师,其中 6 人被吊销律师执业证。黄松有受贿案,其 390 余万元受贿款则主要来自一些律师事务所的律师。

按照惯常的思维,成绩总是主要的,缺点总是次要的,人们完全可以说上述这些法律人"不争气"只是个别现象,而不能代表法律人的整体。然而,如此触目惊心的法律人"不争气",又怎么能够使得广大的民众对法律人群体抱有信心呢?

自改革开放以来,经过了 30 多年的努力,我们的法治有了长足的进步,但是司法之权威未能得到有效确立,民众法律信仰存在着某种危机,也是不争之事实。而司法权威之未能有效确立,民众对法律缺乏信任,则又与上述法律人之"不争气"有着密切的关系。甚至可以说,上述法律人的"不争气"极大地刺激了民众的感官,快速消解了民众经过 30 年好不容易养成的对法律的有限信任,是构成民众法律信仰危机最为直接的原因。

让我们永远记住陈长文先生的责问吧:法律人,你为什么不争气?! 这或许对推进社会主义法治多少有些好处!

法学教授应该要有法律的信仰[*]

《师说》曰："师者，所以传道授业解惑也。"依此，法学教授者，乃传法律之道、授法律之业、解法律之惑也。《现代汉语词典》曰：信仰是"对某人或某种主张、主义、宗教极度相信和尊敬，拿来作为自己行动的榜样或指南"。依此，法律信仰，则是指对法律的极度相信和尊敬，并以法律为自己行动的指南，这也就是"信法""敬法"和"践行法治"。法学教授以传法律之道、授法律之业、解法律之惑为己任，理应要有一定的法律信仰。

首先说"信法"，即相信法律，相信法治。法学教授的首要工作是向法科学生教授法律的知识和法治的理念，为国家和社会培养专业的法律人才。因此，法学教授首先必须具有法治的信念，做到相信法律，相信法治是当下人类社会最好的治理方式。如果法学教授自己都不相信法律，不相信法治，那么，他又如何能使学生相信法律呢？如何能够培育学生对法律专业的爱好，培养出社会和国家所需的法律人才呢？这自然是很难的，甚至是不可能的。笔者曾经在一所大学的法律系做过管理工作，每学期定期举行教学座谈会，有较多的机会与学生交换教学意见。记得在一次期中教学座谈会上，有学生代表就某位教授的课堂教学提出意见。学生说，这位教授可能是代理案件多的缘故，本可理论联系实践，丰富课堂教学的内容，提高教学质量，但是他却在课堂上大谈自己办案中遇到的"先判后审""领导批条""花钱买司法批复"等司法的负面现象，甚至说自改革开放以来法制建设不是进步而是退步的灰心的话。由于这位教授过多地从自己的个人经验出发，过度地渲染司法实践中的负面现象，学生因此对老师"信法"产生了怀疑，并发出了这样的质问：我们是抱着对法律的憧憬报考法学专业的，如果老师自己都不相信法律，又如何让我们相信呢？如果法律是不可信的，那我们学习法律又

＊ 本文原载何家弘主编《法学家茶座》第 17 辑，山东人民出版社 2007 年版。原文署名"军都山下"。

有什么用呢？学生发出的质疑确实发人深省！作为一位法学教授，应该怎样培养好法科学生而不至误人子弟呢？这是摆在每一个法学教授面前的问题。在我国法制建设、法制环境还不健全和不完善的情况下，作为法学教授当然不可能对这种不健全和不完善的问题熟视无睹。但是，以什么样的态度对待法制进程中的这些问题，效果却大有不同。如果法学教授们以积极向上的态度面对这些问题，努力探索这些问题的社会根源，寻求解决问题的对策，将自己的思考通过课堂传授给学生，这不仅有利于学生对法律的认知，而且能够培养学生对现实法律问题的独立思考的能力，这对于培养学生的法律信仰无疑是重要的。如果法学教授们一味地渲染法制进程中的负面现象，甚至无视我国改革开放以来法制建设的巨大进步，放大法制进程中的负面现象，这不仅不利于学生对法律的认知，更为严重的是势必动摇学生对法治的信念。一个对法制缺乏坚定信念的人，不可能成为国家和社会所需的法律人才。

其次说"敬法"，即尊敬法律，也包括敬畏法律的意思。建设社会主义法治国家，需要人们对法律有尊敬和敬畏的态度。如果人们不尊敬法律，对法律缺乏敬畏的态度，结果可能是"秃子打伞——无法无天"。新中国成立后的前一个二十九年（1949—1978），法律虚无主义盛行，政治运动代替了法律的治理，带给国家和民族的是惨痛的历史教训；后一个二十九年（1978年至今），法制得到逐渐的恢复与发展，依法治国国策的确立，带给我们的是对社会主义法治国家的憧憬和希望。要实现建设社会主义法治国家的目标，必须在全体人民中培养对法律的尊敬和敬畏的态度。法学教授担负着培养法律人才的任务，更需要有对法律的尊敬和敬畏的态度。如果法学教授们视法律为玩物，无敬畏之情感，又如何培养学生对法律的敬畏呢？这当然也是很困难的。笔者在担任大学法律系的管理工作时，曾经在一次法律硕士专业研究生的开学式上，针对学员均来自公、检、法等实务部门的具体情形，讲过这样与学员共勉的话："法学是一门神圣的学问，法的公平和正义是人类社会最基本的价值理念，法律则是法律人唯一的'上帝'。"记得当时有位教授作为教师代表发言，他不同意笔者的这一观点，他在发言中说：我们是社会主义国家，法律人也不能"只顾拉车，不看路线"，我们不仅要讲法律，更要讲政治（大意如此）。呜呼，笔者似乎又感受到1978年之前二十九年"政治挂帅"年代的气息！这位教授的话之本意并非单纯地强调政治,而在于将政治与法律割裂开来,甚至对立起来,强调政治高于法律。如果这话出自于政治家之口,出自于官员之口,我们或许并不感到怪异,或许,它正是我国法制进程中法制不健全和不完善的客观情况的反映;但它出自一位法学教授之口,出自一位以"传法律之道""解法律之惑"为己任的法学教授之口,这就不能不使人感到悲哀！经过近三十年社会法制的发展和法学理论的更新,法学教授竟还坚持政治挂帅的观念！我们不知道这样的教授将如何向法科学生"传法律之道",又将如何为法科学生"解法律之惑"！

再次说"践行法治",即身体力行地去遵守法律,成为法律之治的楷模。关于法律之遵守,西方先哲苏格拉底以生命为代价而信守法律的故事不断地被后人传颂着。公元前 399 年,苏格拉底被雅典的统治者以"不敬神""腐蚀青年"为罪名判处死刑,他的学生和朋友们多次劝他越狱,并为他安排了万无一失的越狱计划;统治当局也乐于睁一只眼闭一只眼,期待着他们中的一些人已对判决感到后悔,不能付诸实施。但,苏格拉底就是苏格拉底,他坚决拒绝了学生和朋友们的建议,选择了死亡。他认为,尽管加给他的罪名纯属诬陷,但他既是雅典的公民,就应该遵守雅典的法律。行刑的那天,来看望他的学生和亲友都十分悲痛,而他却镇定自若,谈笑依旧,最后从行刑官手里接过毒酒,一饮而尽,从容赴死。纵然法律不公,也要以生命的牺牲为代价去遵守它,这多少有点极端,苏格拉底的死为后人塑造了一个多少有点"堂吉诃德式"的践行法治、信仰法律的典型。在当下之中国社会,法学教授们多数不可能成为苏格拉底,他们也不可能有苏格拉底那样的历史境遇！但是,身体力行地践行法律确是可以处处存在的,法学教授们成不了苏格拉底,但可以成为法律之治的楷模。法学教授们只有在成为法律之治的楷模时,才能成为言行一致的人,才有资格在法学的讲堂上向法科学生"传法律之道""授法律之业"和"解法律之惑"。如果法学教授们都不能成为践行法治的楷模,则难有底气在法律讲堂大讲特讲"法律之道"。例如,一个有抄袭他人学术成果的学术不端行为的法学教授,怎么有底气在法学讲堂上教授著作权法和财产法呢？一个同时为兼职律师的法学教授,如在代理案件过程中代当事人向法官、检察官行贿,又怎能有底气在法学讲堂上讲授刑法呢？据说某法学院曾有这样一件事,某法学教授出任系主任时,曾经信誓旦且地向全体教师宣布,今后凡出国或晋升等涉及教师利益的事均应公开,按照规定的条件和程序处理。这本是件好事,法学教授云集的地方理应成为规则之治的典范。可是,不久,这位法学教授领导却将自己的信誓旦旦置于脑后。学校组织评特聘教授,全系有名额少许,而全系符合条件者众多,许多教授的学术成就均在其之上。他为了确保自己能够获得特聘教授岗位,借口是学校定的(有教师事后向学校证实,并无此事),一应程序俱免,私下将本系特聘教授名单报给学校,导致其他教授失去了公平竞争的机会,该教授领导也顺理成章地获得了此特聘教授岗位。这样的法学教授显然在事关自己利益的问题面前,就忘了"践行法治"的理念,规则不过是他的工具,而不是他的行动指南。

我国正处在社会转型的过程中,从人治到法治,需要在全体人民中逐步确立法律的信仰,只有全体人民都"信法""敬法"和"践行法治",社会主义法治国家的目标才能实现。在这个过程中,担当着"传法律之道""授法律之业"和"解法律之惑"的法学教授们,理应先于民众具有法律的信仰。上述虽属个案,但足以说明法学教授们的法律信仰存在着问题,与社会主义法治国家的要求存在着差距。如果法学教授们都不能树立对法律的信仰,社会主义法治之路必定更加艰难而漫长!

法律人与签名[*]

鲁迅先生笔下的阿 Q，留给读者最为深刻的印象，大概是他在被砍头之前画押的情景。阿 Q 由于"不认得字"，被要求画个圈圈也行。于是，"阿 Q 伏下去，使尽了平生的力气画圆圈。他生怕被人笑话，立志要画得圆，但这可恶的笔不但很沉重，并且不听话，刚刚一抖一抖的几乎要合缝，却又向外一耸，画成瓜子模样了"。阿 Q 为自己画的圈圈不圆而感到"羞愧"。

画押，换成法律语言，也就是签名。签名，望文生义，就是在涉及自己利益的法律文件上，亲笔写下自己的姓名。不会书写自己姓名的，摁手印或者画个圈圈也可以，例如阿 Q。

凡具有一定法律意识的人，尤其是具有法律专业教育背景的人，都应该知道签名的意义和重要性。因此，法律人对自己出具的文件，一般是不会忘记签名的。因此，写这篇短文议论法律人与签名，似乎多此一举。然而，非常不幸的是，笔者屡屡遭遇此种事情：不知道是有意还是无意，总有些法律人没有在自己的文件上签名。因而，议一议法律人与签名的问题，似乎又是有必要的，至少是一个善意的提醒。

第一次也是印象最深的一次，发生在原单位工作期间。一位省属科研机构的法学教授想调进我所在的法律系，给我们寄来一份电脑打印的申请报告。此位教授在某学科领域颇有造诣，凭借其学术成就，调进应该是没大问题的，因为其时我所在的法律系也正缺这个领域的学科带头人。然而，问题是申请报告上没有这位教授本人的签名。因此，在讨论是否接受这位教授的申请以及是否申请学校发出商调函时，我对这位教授的诚意表示怀疑，理由是调动申请报告没有教授本人的签名。然而，有同事认为这位教授的诚意没有问题，这位教授多次与他联系并商谈调动的事，因而极力主张申请

学校发出商调函。由于求贤若渴,在这位同事的坚持下,学校给这位教授发出了商调函。之后的情况是,这位教授拿到了商调函后却去了另一所大学。

第二次也是在原单位工作期间,一位年轻的同事完成博士学位后要去在京的研究机构做博士后,借此要求调离学校。他本人送来一份电脑打印的辞职申请报告。同样的问题,在申请报告上没有本人签名。由于是同事的关系,我也就直说了:这份报告上没有你的签名,你的真实想法是想走呢,还是不想走? 这位同事说:确实想走。我说:如果是这样,就请你签上大名。这位同事补签了名,之后如愿调离了学校。

第三次遇见法律人没有在文件上签名,是在我调进新单位的管理部门之后。一日,一位法学教授派助手给我们送了一份关于申请经费资助的报告。同样的问题又出现了:申请报告是电脑打印的,没有申请者本人的签名。所不同的是,申请报告虽然没有教授本人的签名,但却有单位领导签署的建议给予资助的意见。我们对教授的助手说,既然领导已经同意资助了,我们肯定会给予资助,但要求教授本人在申请报告上补签个名。可能是老师们平时到昌平校区办事不容易的缘故,助手在电话里请示教授时,教授说:领导都签字同意了,还要我签名干什么? 难道领导的意见还不能算数? 真是哭笑不得! 我们只好耐心地解释签名之重要性。后来,教授补签了名,也顺利获得了有限的经费资助。

第四次遇见的是"准法律人"不在期末考试作业上签名。我担任授课任务时,一般都会要求选课学生在提交的书面作业上签字,不接受电子版代替书面作业。有个学期,我承担了法律专业硕士班的一门民法专题课程,期末考试时要求每位同学交一份案例分析报告。鉴于以往的经验,我在课堂上特别讲了一通签名的法律意义,强调同学们作为"准法律人",应当在自己的作业上签名,这是对自己和自己的作业负责。结果却是:全班仍有 10 多位同学交来的作业(电脑打印)没有签名。当然,按照事先的约定,我也没有给这几份作业打出成绩。

类似的情形还有一些,这里不一一叙述。

签名在法律上之所以重要,是因为它能起到确认行为人或者表意人的作用。例如,在上述的调动申请报告上,由于无教授本人的签名,法律上就无从确认该调动申请是否是申请人所为或者是否为申请人的真实意思;在上述的经费申请报告上,如无教授本人签名,也不能确认是教授本人的真实意思。这一点在民事法律上就更加凸显。例如,合同文本上如有甲和乙的签名,则可确认该合同是甲和乙之间的合同,而不是甲和丙之间的合同或是乙和丙之间的合同;在遗嘱文本上,如有甲的签名,则可确认这是甲的遗嘱,而不是乙或者丙的遗嘱。如果合同文本和遗嘱文本上,无当事人的签名,原则上则不能认为该合同或遗嘱成立。

签名在法律上之所以重要,还在于它具有表明行为人或者表意人对自己的行为或意思表示负责的作用。在上述调动申请报告中,无教授本人的签名,意味着该教授并无对此调动申请报告负责的意思,因此,学校给其发出商调函,其可以认为"这是你学校的一厢情愿,我可以不必理会";在上述"准法律人"的案例分析报告上,无同学的签名,则意味着这几位同学并无对自己的作业负责的意思,倘若查出抄袭问题,他或她完全可以说这不是他或她的作业,进而推脱责任。在民事法律上,情形就更加明显,如借条上没有甲的签名,甲自然不对此借款负责;担保函上,如无乙的签名,乙自然也不对债务负担保责任。

笔者认为,上述所列情形或许与现在电脑普及、文件均出自打印机有关,倒不是出具文件的法律人有意为之。但是,鉴于签名的意义,笔者还是郑重提醒人们,尤其是法律人,还有"准法律人",千万别忘了在自己出具的文件上签名,不会签名的话,像阿Q那样画个圈圈也行,除非你另有企图。

"法学幼稚"与"白卷"*

近读李林先生的《成绩与问题并存:中国法治在改革中曲折前行》一文(京报网,2008年7月28日),对作者关于中国法治现状的分析颇有同感,然而,对该文关于改革开放头十年法学的幼稚和法学界交白卷的说法却难以全部认同。该文写道:"如果说在改革开放头十年,'法学幼稚'、法学界基本上交了一张白卷的话,那么今天,法治时代呼唤法学家、法律人必须对中国现代化建设、全面小康社会建设以及法治国家建设交出一张合格的答卷,法治时代要求法律和制度在未来中国改革开放和科学发展过程中发挥更大的引导和保障作用。"显而易见,作者尽管采用"如果说"的假设表达方式,但是所要表达的观点却是十分确定的,这就是改革开放的前十年,法学是幼稚的,法学界(基本上)交了一张白卷。

改革开放的头十年,我国的法学研究刚刚得以恢复,法学理论刚开始摆脱阶级斗争理论的桎梏,处在中国法学的初生时期。如果用人生阶段划分来比喻,这个时期的中国法学应处在幼年和启蒙教育的阶段,法学的不成熟性是客观存在的,也是难以避免的。因此,用"幼稚"来描述这个时期法学的总体状况,应该说是比较客观的。这一点早在二十年前就有人指出过①。这一时期法学的幼稚性主要表现在以下几个方面:

1.法学界引起争论的一些重大理论问题,大多是"旧题新作"②,主要是苏联法学以及50年代我国法学研究留下来的未决之问题,如法理学界讨论的法律面前人人平等问题、人治与法治问题、法的本质问题、政策与法律的

---

* 本文原载何家弘主编《法学家茶座》第23辑,山东人民出版社2008年版。

① 杜飞进、孔小红:《转折与追求——新时期法学论析(中)》,《中国法学》1989年第2期。

② 赵震江:《中国法制四十年(1949—1989)》,北京大学出版社1990年版,第67页。

关系问题等,民法学和经济法学讨论的调整对象问题、国有企业财产权问题,刑法学讨论的罪刑法定原则问题。法学研究的其他方面,则多为法学的ABC问题,大多处于补课或普法的知识层次。

2.法学研究总体上未能彻底摆脱阶级斗争理论的思维定式和诠释马克思等经典作家的语录的研究范式,缺乏自身独立的学术品格。法学研究仍然充满着浓厚的意识形态色彩,社会主义法律及法学与资产阶级法律及法学之间森严的壁垒仍然存在于研究者的思维定式中,并成为法学诸多理论问题研究得以展开的既定前提。马克思主义法学理论(实际上是苏联的维辛斯基法学)几乎是我国法学唯一的知识来源,研究者为了使自己的观点不至受到意识形态方面的攻击,总是从马克思等经典作家那里寻找直接或间接的理论依据,因而,常常出现"语录战"这样见怪不怪的现象:同一问题的论战双方,最主要的理论依据都是经典作家的语录,而不是别的。

3.法学研究过于依从和追随政治形势,"唯上"风气盛行,"紧跟形势成了法学界热闹喧嚣的主旋律",法学研究在政治形势面前表现得"六神无主",从而弱化了法学理论自身的价值①。

4.从学术层面看,这个时期的许多法学论著的议题常常大而不当,内容空泛,视野不够开阔,研究方法简单,欠缺必要的论证,总体学术水平偏低,许多成果甚至欠缺应有的学术规范和学术品味。今天,如果不是因为研究我国法制发展史和法学理论发展史的需要,恐怕很少有人愿意阅读这个时期的法学论著。

中国法学的幼稚性,不只是存在于改革开放的头十年,恐怕我们谁也不敢断定,二十年后的今天,中国法学已经成熟到脱离了幼稚性。然而,幼稚不等于无知,只是不够成熟而已;幼稚也不等于谬误,只是少了点真知灼见而已。幼稚有时亦显得单纯和可爱。因此,对这十年的法学既不能简单地加以肯定,也不宜简单地加以否定,因为其"幼稚"而认为法学界交的就是一张"白卷"就更加不妥。

所谓"白卷",大体是两种情形:一是答卷人没有答题,卷面"空空如也";

---

① 杜飞进、孔小红:《转折与追求——新时期法学论析(中)》,《中国法学》1989年第2期。

二是答卷人答了,但"文不对题,谬误丛生"。从改革开放的头十年法学研究的状况看,显然不应该属于前者。笔者通过中国知网(CNKI)检索,中国期刊全文数据库收录的法学论文中,从1980年到1988年,法理学2903篇,民商法2032篇,经济法1915篇,刑法2859篇,行政法2177篇,诉讼法及司法制度3467篇,宪法595篇,国际法628篇,中国法制史328篇。这大量的论文以及其间所反映出来的法学界围绕着国家法治发展重大理论问题而展开的前所未有的大争论(例如,有关民法、经济法调整对象的争论,就不仅仅是民法学界和经济法学界的学者参与,法理学界等诸多学者也积极参与其中,其热闹程度几乎可以说是"前无古人,后无来者"),足以说明这个时期法学研究还是相当活跃的,绝不是"空空如也"。当然,上述李文所谓的白卷,应不是指这种情形。那么,从第二种情形来看,这十年的法学研究情况又如何呢?是否因"幼稚"而真的"文不对题、谬误丛生"呢?答案同样也是否定的。尽管存在着幼稚性,但中国法学仍有诸多可书之处。

首先,法学理论的禁区逐渐被突破,"旧题"有了"新作"。尽管这十年法学界讨论的许多重大理论问题多属"旧题",但却是"新作"。改革开放后,法学界不满以往对法制建设重大理论问题所做的简单化的阶级分析和由此所得出的结论,通过对这些"旧题"的重新讨论,一方面逐渐摆脱了阶级斗争理论的思想禁锢,突破了过去人为设置的一些理论禁区,纠正了以往对社会主义重大法律理论问题存在的错误认识;另一方面也对这些问题作出了符合现代法治精神的诠释,并逐渐成为我国学界主流的观点,直接影响着当代中国的法治发展。从我们今天的认知水平来看,这些"新作"对"旧题"所作的符合现代法治精神的诠释,多属于现代法治的个中之意,也许会被认为不过是法学的ABC,但是对于当代中国的法治以及法治理论建设来说,则具有非同一般的意义,有的至今仍具有积极的意义。例如,80年代初法学界对法律面前人人平等、实行法治而非人治的崇尚,关于法律本质的讨论中对工具论的批判,对阶级斗争理论的法学反思和权利本位的倡导等,仍然是我国当前乃至今后相当时期内国家法治发展所必须正视和解决的重要问题。

其次,为改革开放的伟大实践和国家的法制建设提供了一定的理论支持。改革开放的头十年,我国的体制改革主要是在经济领域,尽管1984年十二届三中全会提出的"有计划的商品经济"存在着试图糅合新旧体制的问题,但市场化的改革方向已见端倪。围绕着经济体制改革,法学界以极大的热情,展开了关于商品经济的法律制度构建的理论研究,为这一时期的社会主义法制建设作出了突出的贡献。民法学在与经济法学之间关于调整对象的论战,逐渐申明了民法与商品经济之间的内在联系,这不仅为民法争取到了生存的空间,解决了长期以来困扰法律界的疑难问题,而且为国家的法制提供了直接的理论支持,其直接的立法成果就是 1986 年的《民法通则》。二十多年来,《民法通则》在调整民事关系和规范社会生活方面,始终发挥着民事基本法的作用。这一点应该说当时的民法学者功不可没。改革开放的头十年,也是我国法制建设恢复并取得很大成绩的十年,《宪法》《民法通则》《婚姻法》《继承法》《刑法》、三部诉讼法、三部合同法、三部外资企业法等构成国家法治基础的重要法律几乎是在这个时期颁布的。在法学理论水平不高且没有受到全社会普遍认同的情况下,我们当然不可夸大法学对改革开放和国家法制建设的贡献,但是,如果说没有法学的理论支持和法学家所做的贡献,则是不可思议的。

再次,法学理论研究得到全面的复兴。十一届三中全会之后,国家开始重视法制建设,提出了"有法可依、有法必依、执法必严、违法必究"的社会主义法制方针,法学理论研究也逐渐得到全面的复兴。前引中国知网(CNKI)检索的各法学学科的论文数,虽然存在着研究方法简单、视野不够开阔、学术水平偏低以及议题重复等"幼稚性"问题,但从其所涉及的领域和范围来看,应该说基本涵盖了法学各个学科的所有研究领域,这与 50 年代的法学研究只关注一些基本问题、论文屈指可数的状况形成了鲜明的对比。值得一提的是,在这一期间,各种专业的法学研究团体迅速组建,并在法学研究中发挥着越来越重要的作用。中国法学会下属的法学主要学科研究会基本上是在这个时期组建的,它们在组织和开展法学理论研究方面发挥了积极的作用,这也为构建中国法学提供了一定的组织保障。无论是我国法治建设的重大理论问题,还是改革开放过程中出现的各种实际问题,既给这些学术组织提供了组织学术活动的缘由,同时也使得这些学术组织在中国法学理论的成长过程中担当着越来越重要的角色。

复次,随着对外开放的深入,法学理论研究的视野逐步得到拓展。尽管改革开放之初,法学研究还存在以划分社会主义法学和资产阶级法学为前提的幼稚性,但是随着对外开放的逐步深入,法学研究也逐步突破了对资本主义国家和地区的法律以及法学理论所设的禁区,改变了对资产阶级法律和法学采取一味批判的简单化态度,转而以积极借鉴的态度对待资本主义国家和地区的法律和法学理论,承认资本主义法律制度尤其是调整经济关系的法律制度的先进性和对我国法制建设的借鉴意义。早在 1980 年,吴大英先生在《应该重视比较法的研究》一文中即指出:"随着社会主义现代化建设的发展,法律规范中规定技术规范的部分将越来越增加,因而,学习、借鉴外国立法和法学的情况将不断增加,这也可以说是一种必然的趋势。"①对于被新政权当作"旧法"加以否弃的民国时期的法律,即现今的台湾地区"法律",法学界也一改过去的态度。1988 年在福建召开了全国首届台湾法律问题研讨会,与会学者达成这样的共识,即"台湾法在体系上的完备、成熟等诸方面,是值得我们借鉴的"。② 研究视野的拓展,不仅为探索我国各项法制建设提供了可供参考和借鉴的对象,而且也丰富了我国的法学理论,推动了我国法学理论的发展。

改革开放头十年中国法学所取得的成绩,离不开法学界所做的努力。而且,在改革开放的初期,意识形态方面的禁锢还没有完全解除,诸多学者敢于突破理论上的禁区,敢于提出变革主流法学理论,重建法学理论;敢于提出消除义务本位的影响,树立权利本位的思想;敢于提出学习和借鉴资本主义法律和法学理论;甚至敢于提出学术问题学术解决,力图划清学术与政治之间的界限,其间所表现出来的理论勇气令后辈钦佩。他们是这个时期法学界的杰出代表,是法学界的良知所在。如果我们从历史发展的角度看,把改革开放头十年的法学放到这个特定的历史时期来考察,我们将会对后来的人说:尽管这个时期的中国法学存在着幼稚性,但法学界交出的并非一份白卷,而是一份相当不错的答卷;尽管我们可以不满足于这一时期法学的学术水平,但不能否定这一时期法学界诸多学者所做的理论贡献。

---

① 《江淮论坛》1980 年第 4 期。
② 杨新华、丘建东:《首次台湾法律问题研讨会综述》,《理论学习月刊》1989 年第 4 期。

法大印象[*]

　　此法大非"法大还是权大"之法大,乃是我现在供职的中国政法大学。细数起来,我从厦门大学调进法大已三年。三年来,常常会遇到法大的一些同学或老师问我:你对法大的印象如何?我不知道是否所有新到法大的人都遇到过这样的发问,更不知道是否每一个工作调动的人到新单位后都会遇到这样的发问。三年时间应该说不算短,对法大的了解也逐渐多起来,但是要回答这样的发问,至今还是觉得有点困难,不知从何说起为好。这里只能花絮般地说点感受。

　　先说校园和教学设施。法大有两个校园,这在我调入法大之前,是知道的。但是两个校园的具体情形如何,却并不了解。蓟门桥的老校园,曾经因为米健兄在此工作的缘故,来过一次,但印象不深;昌平区的校园没有来过,丝毫没有印象。我想,我也算是吃法学这碗饭 20 年的老教师了,近年来与学界打的交道也不算少,对于这个被称之为"中国最高法学学府"的大学校园竟是如此的陌生,说来有点不可思议!工作调动时,由于办手续的需要,倒是两个校园都跑了几趟,有了点印象。蓟门桥的校园给我的第一印象是狭小、破旧和杂乱,无论是面积、布局还是建筑物的气派,都比不上地方的一些名牌中学,更不用说与厦门大学、武汉大学这样一些花园式的京外大学相比了。我没有法大求学的经历,蓟门桥的校园难以给我留下舒国滢教授具有的那种"小月河边"的情怀^①。昌平区的校园倒是整洁有序,建筑物也新得多,但校园之小却是令我想不到的。办入校手续的那一天,是我第一次到昌平区的校园。人事处的工作人员让我到校医院去办理公费医疗证,我问校医院在哪里,远不远,工作人员说不远,就在北门。于是,我就去找北门的校医院。在我的想象中,人事处所在的地方是南门,到北门得穿过校园,想

---

　　*　本文原载何家弘主编《法学家茶座》第 21 辑,山东人民出版社 2008 年版。
　　①　舒国滢:《小月河边,有一所大学叫政法》,《法制日报》2007 年 5 月 29 日。

必总得走好长一段路吧？可是，我找到校医院时，才发现从南门到北门不过三四百米的距离，走了不到五分钟时间。环顾校园，也就那么几栋不算高的建筑物，实在小得可怜。这就是我对法大本部校园的第一印象。

当年9月，我开始承担本科生的课程，才知道昌平校区近万名本科和部分法硕学生全挤在一栋高仅四层、被区分为A、B、C、D、E五段的连体建筑里（2007年改名为：端升楼、厚德楼、明法楼、格物楼、致公楼，端升楼是为了纪念法大的前身北京政法学院首任院长钱端升先生而命名，其余则是以法大的校训"厚德、明法、格物、致公"命名）上课，几乎所有的教室都排上了课，难得有轮空的教室，教室之紧缺大大超出我的想象。如此紧张的教室，造成了法大较之其他高校尤为突出的学生占座现象。学生不论是上课还是自修，都得占座，否则就没有位置。课桌上也总是摆满了各种各样占座的东西，可以是一支笔或一本书，也可以是一本杂志或者一张报纸。有时学生之间还会因为占座而发生争执，在我上的课堂上就发生过类似的事。一些特别受学生欢迎的老师开的课，如果排在上午第一大节的话（上午八点到十二点，分为五小节，前两小节为第一大节，后三小节为第二大节），不少的学生会在凌晨五点多就起床去教室占座，然后再回宿舍小睡（小女读大一时常常如此）。法大学生如此般占座，实在是特别的辛苦，同时我也为他们的勤奋所感动。因此，有同学问我法大的印象，我总是说，校园太小了，如此"袖珍式"的校园（杨玉圣教授称法大校园乃京城最小的"袖珍式大学"），实在对不起从祖国各地以及海外慕名而来的学子！

校园之小，教学设施之紧缺，辛苦的不仅仅是学生，还包括老师。法大两个校园没有一间教师的个人工作室，教师只能"以家为校"，在家里从事研究和备课工作。这种情况在目前的知名法学院里已经很少见。京城的北大、清华、人大法学院，都有教师的工作室。京城外的许多知名大学法学院也都有教师的工作室。有一次听校领导的报告，说到法大老师辅导学生，无论严寒酷暑，只能在露天或教学楼的过道里进行，很是感慨。然而，法大校园之小、教学设施之紧缺以及不尽如人意的待遇，似乎对教师队伍没有多大的影响。近年来随着专业的扩展，一批在学界具有较高学术地位的人文社科专业的教授，纷纷加盟法大，其间不乏学问大家，如李德顺教授、蔡拓教授、丛日云教授、郭世佑教授、单纯教授等，还有以学术批评著称的杨玉圣教授。即便是法学专业,法大已经是人才济济,但近年来仍有许多来自国外和国内知名大学的知名教授加盟其间,如宪法学的王人博教授、蔡定剑教授,国际法的莫世健教授、许浩明教授,知识产权法的张楚教授、薛虹教授、来小鹏教授、冯晓青教授、张广良教授,民商法的刘新熙教授、高祥教授,法与经济学的席涛教授、刘纪鹏教授,等等。

其次说学生。我对法大学生的印象特别深的有三点:第一,法科学生专业色彩比较明显。这并不是说其他学科的学生专业色彩不明显,而是我接触的多是法科学生,只对法科学生有所了解。举两个例子来说:我到法大的第二个学期,给一年级法学专业的本科生开"民法总论"课。为了便于课外交流,我经常通过电子邮件回答同学提出的包括课程内容在内的法律问题。他们提出的问题,具有较强的专业性,时常给我的感觉是不像大一同学提的问题。有一次,我给一位提问题的同学回复邮件,顺便问是不是大三或者大四的同学(在法大,大三或大四的学生重新听大一的课是极为正常的现象),该同学回复我,说就是选我的课的国际法学院的同学,就坐在教室前面的第二排。这大大出乎我的意料。再一个例子是,由学生团体主办的讲座特别多,议题多为社会关注的热点法律问题,如去年以来发生的"重庆钉子户事件""肖志军事件""华为职工集体辞职事件""徐霆恶意取款案""艳照门事件"等,他们几乎都是在媒体报道后的第一时间邀请有关专业的老师或法官律师,举办专题讲座,解读其中的法律问题。

第二,追捧老师。我到法大的第一学期给本科生开"债与合同法"课,选修的不到20人,来听课的大概四五十人,多为其他年级以及其他专业旁听的同学,还不算太冷清。时常看到有的教室学生爆满,教室外的过道都挤满了人,于是有同学告诉我,这是某某老师的课,特别火爆(法大所有的课程都是完全开放的,让学生自由选修,因此,同样内容不同老师讲授的课,有的爆满,有的冷清,是很正常的现象)。久而久之,我逐渐了解到法大有相当部分的老师在同学心目中如同明星一样受到追捧,他们的课堂总是被挤得满满的。到了第二学期,我给本科同学开"民法总论"课,选修的同学120人,教室里只有116个座位,但是来听课的足足两百多人,有半数的人是自己带小凳子来听的,课桌之间的过道、讲台前和门口都挤满了人,用水泄不通来形容,一点都不夸张。为了确保选修的同学有位子,我不得不请学生班长在课桌上贴上学生的名字,并请旁听的同学原谅我的这种做法。这种现象一直持续到课程结束。我感慨地对同学说,我教了 20 年的民法,自信课也讲得不错,但从没有遇到这样的情景。2008 年年初法大发生了"杨帆门事件",网上有篇"听课凳"的帖子,说我被这种"天上的星星参北斗"般的类似超女、明星的待遇感动得不行,连连表示要以高质量的教学回报学生。帖上说的基本属实。还有一件事,也足以说明法大学生对老师的追捧。我到法大不久,有一次学生团体的负责人找我,希望我和同学们举行一次类似央视"会客厅"的座谈,我答应了,并约定了时间。第二天还是第三天,就读于法大民商经济法学院的女儿要我去看一看座谈会的广告。我说这有什么好看的,她说还是去看看,很有意思。于是我跟她到学生食堂前去看广告,原来广告有我的一幅漫画像,很是传神,广告的标题是:"名师访谈之二:走进柳经纬,一位来自厦门大学的儒雅的教授"。上面还有关于我的学术介绍,也不知道学生是从哪里找来的资料,竟然有我于 1987 年在厦门大学给学生开"消费者权益保护法"课程的内容。面对如此可爱可亲的学生,能不感到站好三尺讲台的责任吗? 能不为作为一位教师感到荣耀吗?!

第三,社团组织活跃。法大本部有学生社团近七十家,既有像准律师协会、电子商务学会、德语社这些带有专业性色彩的社团组织,也有武术协会、电影协会、轮滑协会、摄影协会、网络家园这样的文体社团组织,还有以连接两个校区的公交线路命名的"345 诗社"和关注女生修养气质的"丁香淑苑"这样的特色社团组织。从我的感受来看,有三个方面很能说明法大学生社团组织的活跃。一是每年新生报到时,校园里到处是学生社团积极分子的身影,他们或负责接待新生,或给新生发放宣传单,宣传他们的社团,为他们所在的社团物色新生力量。二是校园里的许多讲座(包括学术讲座),是由学生社团组织的,专家也是他们自己邀请来的。而且,他们邀请的专家极为广泛,例如法律方面的讲座,他们邀请的专家既有本校的老师,也有京城的知名法官、检察官和律师,甚至某些部门的官员;既有本校的名师,还有京城其他高校院所的大家。三是每天中午和傍晚,在学生食堂前,总是可以看到许多学生社团打着横幅或广告牌,它们的成员站在路边向来往的同学派发各式各样的宣传品,或者向同学介绍他们社团正在组织的活动,力邀同学参加。即便是寒冷的冬日,有的同学衣着单薄,站在刺骨的寒风里,认真履行着自己的职责,很令人感动。

最后说老师。我对法大老师的印象亦有三:第一,法大有许多享受明星般待遇的教师。首先是四位终身教授,即江平先生、陈光中先生、张晋藩先生和李德顺先生,德高望重。他们在法大学子心目中享有极高的地位,大概是法大学生最为追捧的明星教师了,尤以江平先生为甚。小女刚入学时,学生礼仪社团想吸收她加入,说如果加入她们的社团,将有机会给江平教授献花,足见江平先生在学生心目中的地位!有一次学术讲座,我也参加了,当江平先生进入会场时,欢呼声和掌声连成一片,其状犹如粉丝们见到自己的偶像一般!据说,只要江平先生出场,情形总是如此。除德高望重的终身教授外,法大还有一批中青年教师,也很受学生追捧,如宪法学的王人博教授,刑法学的田宏杰教授、洪道德教授,社会学的马皑教授,民法学的龙卫球教授(后任北京航空航天大学法学院院长)、李显冬教授、李建伟博士、于飞博士等,都是学生心目中的明星老师。也许是我少见多怪,这种情形在其他高校恐怕是很少见的。

第二,法大教师的多元性。法大教师的多元性体现在:一是职业背景多元。在许多高校,尤其是地方高校,绝大多数教师像我这样,从学校到学校,阅历简单。法大多数教师也是如此,但也有相当部分的教师职业背景比较多元。他们中间,有的有在中央国家机关任职的经历,如宪法学的蔡定剑教授长期供职于全国人大常委会,官至副局级;证据法学的张保生教授任职于教育部,多年从事高校人文社科研究的管理;"杨帆门事件"的主角、中国"非主流经济学"代表人物的杨帆教授也曾经在国家物价局涉外价格司等部门任职;从事系统法学研究的熊继宁教授曾任国家体改委处长;从事劳动法研究的郑尚元教授则在劳动和社会保障部供职多年。有的是律师和法官,前者如诉讼法学的顾永忠教授,乃京城知名律师,后者如从北京市高院调进的在知识产权审判方面颇有成就的张广良教授,商法学的高祥教授曾任最高法院法官、秦皇岛市中院副院长。还有的是国际组织或我驻外机构人员,如诉讼法学专业的杨宇冠教授先后在中国司法部外事司、联合国预防犯罪和刑事司法处任职;国际法学的凌岩教授则担任联合国卢旺达国际刑事法庭法律官员长达六年。这些来自立法、司法、执法等领域的教授,有着不同于从学校到学校的教师的思维方式和处世风格,对于营造多元化的校园文化

和学生培养,是很有益的。此外,法大还有一批有着双重职业背景的教师,如米健教授曾任澳门政府法律事务专员和青海高院副院长,林灿铃教授则担任广西防城港市副市长,赵旭东教授则兼任最高人民检察院民行厅副厅长。二是教育背景多元。法大拥有一批为数不少的具有海外名校留学和任教经历的教师,如国际法学的莫世健教授、许浩明教授、林灿铃教授、辛崇阳教授,法理学的郑永流教授、程春明教授,商法学的高强教授,比较法学的米健教授、丁强博士、迟颖博士,法与经济学的张卿博士以及被评为2007年度"十大杰出青年"的许传玺教授等。三是学缘多元。近亲繁殖,学缘单一,是我国多数高校师资队伍建设普遍存在的顽症。然而,法大的情形有所不同,据校方统计,全校约九百位教师,来自国内外近三百高校,具有外校学缘的教师超过三分之二。近年来,学校专业扩张,更是从海内外招进了大批的人员,充实教师队伍,教师队伍结构不断得到优化。

第三,教授给本科生上课不是新闻。我国许多高校,教授以从事科研或带研究生为由不给或者少给本科生上课的情形普遍存在,最近一期的《法制资讯》还刊登了浙大林来梵教授等人关于教授是否应该给本科生上课的讨论文章。但在法大,似乎不存在这个问题,也很少听到本科同学抱怨见不到知名教授。教学楼里设置的当日全校本科课程电子显示屏上,可以见到许多教授的名字。在我的印象中,好像学校对教授给研究生上课并没有硬性要求,但对给本科生上课却有要求。在教学工作任务考核表上,有专门一栏是填写昌平校区的上课时数。我到法大三年,只给法律硕士上过两轮的"民法总论",主要的教学任务是本科生的课。法大好像还有个规矩,就是单纯指导研究生论文不得充抵授课工作量,这也堵住了教师以带研究生为由不给本科生开课的口。

对法大的印象还有许多,学生选课之自由、学术讲座之频繁、校园文化之浓烈、法学学科之特色以及个性化的教师等也都颇有可书之处。然,本文早已超出《法学家茶座》约定的篇幅,只好就此打住!

法大印象(续)[*]

——狭小校园里的法制景点^①

无论是学院路校区还是昌平校区,法大校园之狭小,人所共知。然而,狭小的校园也颇有特色,这就是点缀其间的法制景点所散发出的浓浓的"法意"。

"法"字墙

昌平校区的图书馆有两处:一是位于后院由食堂改造成的"文渊阁",藏书以法学以外的人文社会科学书籍为主;一是原来的图书馆,后更名为"法渊阁",藏书以法学书籍为主。"法渊阁"里最吸引人们眼球的是"法"字墙,一个巨大的中文"法"字占据了两层高的整个墙面,以世界数十种文字书写的"法"点缀其间,颇具美感。当我们你步入"法渊阁"时,由"法"字所营造的"法"的气息顿时扑面而来,仿佛置身这"法"的家园中,感受着"法"的家园的温馨。在"法渊阁"里,我们不仅

---

* 本文原载何家弘主编《法学家茶座》第34辑,山东人民出版社2012年版。

① 2008年何家弘主编的《法学家茶座》第21辑刊发笔者的《法大印象》一文,法大学生及校友反映不错。虽然进法大已逾六年,对法大也有了较为深入的了解,但相比于老法大人,我的感受仍属于"印象"之类,故将此文作为《法大印象》之续。

可以阅读到法律的书籍,汲取法律的素养,而且还可时刻呼吸着"法"的空气。这对于法大这样一所"法"的高校,无疑具有极大的烘托作用。

谢觉哉和钱端升像

"端升楼"前是一个较为开阔的广场,广场的两旁,分别安放着新中国法制先行者谢觉哉和钱端升的半身塑像。

谢觉哉(1884—1971),湖南宁乡人,清末秀才,1925年加入中国共产党,人民司法制度的奠基者。1933年,他在中央苏区任内务部长时,主持和参加起草了中国红色革命政权最早的《劳动法》《土地法》等法令。1945年,谢觉哉负责的边区宪法研究会,起草了《宪法草案大纲》。1946年6月,中共中央书记处批准在边区宪法研究会基础上成立中央法律问题研究委员会,谢觉哉任主任;1947年2月又成立中央法制委员会,谢觉哉为副主任。中央法制委先后起草了宪法、民法、刑法和土地改革法等草案。1949年后,谢觉哉担任中央人民政府内务部部长,1959年二届全国人大一次会议上,谢觉哉当选为最高人民法院院长,1965年任全国政协副主席。谢觉哉先生是新中国法制的创建者之一,其遗著《谢觉哉文集》《谢觉哉日记》《谢觉哉杂文集》等,是研究新中国法制珍贵的文献史料。例如,只有在《谢觉哉日记》里,方有幸保留了新中国成立之前就已经起草民法典的珍贵记载。

钱端升(1900—1990),上海人,1919年清华大学毕业,入美国北达科他州立大学,不久转入哈佛大学研究院,1924年获哲学博士学位。归国后,先后在北京大学、清华大学、中央大学任教。抗日战争爆发后,应北京大学之聘随校西撤至昆明,参与筹建西南联大法学院。新中国成立后,任北大法学院长,1952年参与创建北京政法学院(现中国政法大学)并首任院长。1954年,被聘为全国人大宪法起草委员会顾问,参加新中国第一部宪法的起草。钱端升先生是享誉中外的法学家、政治学家,著有《比较宪法》(与王世杰合著)、《中国政府与政治》等。为纪念钱端升先生对我国法学事业的卓越贡献,中国政法大学于2006年发起并设立了"钱端升法学研究成果奖",现已举办了三届评奖活动,成为与霍英东奖、孙冶方奖、安子介奖、吴玉章奖、陶行知奖并列的"部级奖"。

谢觉哉和钱端升,教育背景一"中"一"西",身份地位一"官"一"学",但他们同为新中国的法制建设而努力,为新中国初期的法制创建作出了杰出的贡献。然而,历史并没有沿着他们所向往的法治之路向前迈进,他们所遭遇的却是"反右""文革"这样一种法制荡然无存的残酷现实。钱本人于1957年被打成右派,深受法制缺失之害。因此,1978年之后,当共和国迎来了改革开放的春天时,人们无不倍感法制对于国家、民族和人民的意义。在中国政法大学这样一所法科高校的校园里,安放两位法制先行者的塑像,自然具有强烈的象征性和感化意义。

谢觉哉像

宝鼎和法镜

宝鼎和法镜均建于2007年,均为法大校友捐建。前者为79级校友彭雪枫律师任主任的大成律师事务所捐建,后者为83级校友捐建。

宝鼎坐落在校园西南侧的大礼堂边上,鼎身铸有铭文"厚德、明法、格物、致公"八字,为法大校训,故又称"校训宝鼎"。宝鼎的基座刻有:

钱端升像

"吾学之兴历五十余载,训育之文初无所定。然大学精神,递传不替。二〇〇二年四月,校训初成。厚德明法,格物致公。恒追高远,永为仪则。吾学之宗,由是灼然。今铸鼎勒铭,明著来者。"有介绍说,鼎器上方,融合中华传统文化中的龙纹、环带纹、蟠璃纹等图形,象征中国政法大学校园文化一脉相承,以及"法"在中华民族各项事业鼎盛发展中的特殊作用;宝鼎底座高 30 厘米,由 9 块方石拼合而成,意为三九之尊,更显其庄严厚重。宝鼎的创作以"法"为核心,借助"鼎"的形象,将校训融合其中,彰显学校在中国法学教育的重要地位。

法镜位于主楼前的草坪上,黄铜铸就,外方内圆,呈菱形立状。其创意说明:法镜,源于"明镜高悬","镜"在古代象征着吏治清明,如今则象征着法律公正;在造型上将方圆结合,取自《孟子·离娄上》"不以规矩,不成方圆"之意,体现法律的威严。

鼎和镜,在中国传统文化中,均被赋予特殊的含义。鼎意为尊,镜意为明。这也是法制所应具有的寓意。在现代法制理念中,法律具有普遍的约束力,任何人都必须遵守法律,法官必须依法审判,政府必须依法行政,一切权力都必须置于法之下,而不是凌驾于法之上,讲的都是法具鼎之尊;法是人们的行为规范,人们(包括人民和统治者)可以

用法来对照自己的一言一行,评判是非,讲的是法有镜之明。在法大这样一所"法"的高校里,以宝鼎和法镜点缀校园,意味着这所学校不只是推崇现代法制的理念,而且从悠久的中国历史传统中寻求法的"本土"资源,融古今于一脉,为法治昌明而努力探索。

法治广场

法治广场位于图书馆"法渊阁"后。所谓广场,其实"不广",不过是一块数百平方米的休闲场所。在广场中生长的两棵高大柳树的衬托下,广场就更显得"不广"了。这里建有两面一人多高的墙:

一面以"苏格拉底之死"为主题,再现了苏格拉底临刑的场面。公元前399年,苏格拉底被雅典的统治者以"不敬神""腐蚀青年"为罪名判处死刑,他的学生和朋友们多次劝他越狱,并为他安排了万无一失的越狱计划,但苏格拉底谢绝了学生和朋友们的好意,选择了死亡。他认为,尽管加给他的罪名纯属诬陷,但他既是雅典的公民,就应该遵守雅典的法律。行刑当天,来看望他的学生和亲友都十分悲痛,而他却镇定自若,谈笑依旧,为后人塑造了一个信仰法律、追求法律正义的先贤形象。

一面以"世界人权宣言"为主题,将1948年12月10日第三届联合国大会通过了的《世界人权宣言》全文镌刻在墙面上。"人人生而自由,在尊严和权利上一律平等。""人人有权享有生命、自由和人身安全。""任何人不得使为奴隶或奴役。""任何人不得加以酷刑,或施以残忍的、不人道的或侮辱性的待遇或刑罚。""人人在任何地方有权被承认在法律前的人格。""法律之前人人平等,并有权享受法律的平等保护,不受任何歧视。""任何人当宪法或法律所赋予他的基本权利遭受侵害时,有权由合格的国家法庭对这种侵害行为作有效的补救。""任何人不得加以任意逮捕、拘禁或放逐。"……简洁的语言宣示了20世纪全世界人民对自由、人权、法治的追求。

从苏格拉底到《世界人权宣言》,历史跨越了24个世纪。在法大校园这"不广"的法治广场,一"古"一"今",一"个体"一"群体",昭示着对法律的信仰,对人权的保障,对法治的追求,是人类永恒的主题;从苏格拉底到《世界人权宣言》,人权、法治已成为全人类共同的目标。

"法治天下"碑

以上所述法制景点均在昌平校区。在学院路校区也有一处，即位于东门北向路旁的一块刻有江平先生手书"法治天下"四个大字的石碑，立于2005年7月，由81级校友捐建。

江平，浙江宁波人，1948年入燕京大学新闻系，1951年入莫斯科大学法律系，1956年回国任教于北京政法学院，1957年被打成右派，1983年—1990年先后任中国政法大学副校长、校长，曾任全国人大法律委员会副主任委员。江平先生是当代中国著名的法学家、教育家，著有《西方国家民商法概要》《罗马法基础》《私权的呐喊》等。他深为法大师生所爱戴，被誉为"永远的校长"，其名言"只向真理低头""为私权呐喊""四年四度军都春，一生一世法大人"等影响着一届又一届的法大学子。

2008年5月4日上午，温家宝总理应法大学生之邀来到法大学院路校区,在与师生座谈社会主义法治时,他说:"你们学校门口的一块大石头上写着'法治天下',这就抓住了法治精神的核心。"对于法治精神,温总理解释说:"一是宪法和法律的尊严高于一切;二是法律面前人人平等;三是一切组织和机构都要在宪法和法律的范围内活动;四是立法要发扬民主,法律要在群众中宣传普及;五是有法可依,有法必依,执法必严,违法必究。"他还说:"天下之事,不难于立法,而难于法之必行。"总理还语重心长地对身旁的学生说:"你们将来要做法官,要断案,要执法,能否做到公正,十分重要。对一个学法的人来说,要对国家、对社会、对人民有高度的责任感,要有一颗公正的心,首先要爱这个国家。"这里留下了共和国总理对国家法治的思索和对法科学生的殷切期望。

"法治天下"碑系着一位共和国总理和一位法学家的故事,尽管他们的身份不同,担当不同,但他们共同的是,都在为国家法治的命运而忧、而努力。

一次难忘的讲课经历[*]

新世纪之初,有一次受邀到厦门云顶岩给市属某国有企业中层干部讲授公司法。讲到公司治理问题时,针对当时频频发生的国有企业领导涉嫌经济犯罪的现象,我做了如下的分析:

根据 1982 年宪法的规定,国有企业从基本经济制度上看,属于全民所有,但从法律上看则属于国家所有。国家是一个抽象的概念,国家所有的财产实际上是由政府具体行使权利,因此,国家所有便转化为政府所有,政府有中央政府与地方政府之分,因而,国有企业也有中央国企与地方国企之分。但是,无论是中央政府还是地方政府,其主要职能是行使行政管理权,任何一级政府实际上都不可能直接管理国有企业,某一级政府的国有企业通常是由政府下设的具体部门来管理的,工业类、农业类、建设类、外贸类等不同类别的国有企业被分别归口到相应的政府部门管理,由这些部门直接对企业行使国有资产所有权人的权利,也就是说,这些部门才是国有企业的投资者,是所属国有企业的真正"股东"。于是,国有企业就从政府所有变成了部门所有。尽管公司法规定,公司的领导须依据公司法的规定产生,例如,董事长由董事会选举产生、总经理由董事会聘任;但是,在现有的体制下,国有企业的董事长、总经理等领导往往是由主管部门直接任命的,虽然也有主管部门"推荐"、公司董事会选举产生和聘任产生的情形,但"推荐"对于国有企业来说同样具有决定性意义,选举和聘任不过是一种形式而已。进而,担任国有企业领导的,绝大多数来自主管部门或者政府的其他部门,他们同时具有官员的身份,他们实际上是主管部门委派到企业的官员。他们对企业的一切(人、财、物)拥有着绝对的支配权。于是,国有企业就可能从部门所有演变为官员所有,或者说法律上国家是企业的所有权人,但实际上这些派到企业的官员才是实实在在的支配者,他们才是国有企业的"老板"。这也

---

[*] 本文完成于 2010 年 9 月。

是自 80 年代后期以来国有企业中"老板"一词流行起来的真正原因。

另一方面,自国企改革强调企业自主权以来,随着全员劳动合同制的推行,职工的法律地位发生了变化,职工丧失了国企改革前所具有的企业主人公地位,而成为企业雇佣的对象,也可以说是被称之为"老板"的国企领导人雇佣的对象,他们构不成对企业领导的监督。与此同时,在现有体制下,国有企业要么不设监事会,要么国有企业的监事会形同花瓶,无法实现对企业领导的有效监督。即便是董事会本身,由于董事长、总经理的特殊身份,也无法形成对他们的有效监督。

绝对的权力意味着绝对的腐败。当国有企业的主要领导大权在握而无有效的监督,腐败也就在所难免了! 单纯靠这些国企领导的自律和党性是无济于事的。

对于上述的分析,听众有表示赞成的,有的甚至说他们的感受就是这样,但也有不赞成的。

课间休息时,从最后一排站起一位身材魁梧、气度不凡的学员,向我走来。一看就知道他并非一般中层干部,估计是位领导。负责与我联系的人赶忙介绍道,这是他们公司的某某某总经理。

简单寒暄后,这位总经理很客气地对我说:老师,你的课讲得很好,内容丰富,贴近实际,很受启发,但是有一点我不太同意。他说:你关于国有企业领导腐败现象的分析,虽然不无道理,但并不是国有企业的领导都像你分析的那样,大权在握,不受监督,腐败成性,许多国有企业的领导还是兢兢业业、克己奉公、遵纪守法的。顿时,我为自己过于简单化的推断感到心虚,也为自己不知道企业主要领导就在台下听课而大放厥词感到鲁莽。我赶忙解释说:是的,我的意思并不是说所有的国企领导都是腐败分子,只是说目前国企领导涉嫌经济犯罪的现象比较严重,可能与我们的体制有关,这也仅仅是我个人的看法,不一定对。

大概过了两个多月,媒体报道,这位总经理因为涉嫌经济犯罪被"双规"。由于这家国有企业是市里当时最大的国有企业,市里的利税大户,颇为全市上下引以为豪,总经理被"双规"自然也就闹得沸沸扬扬,成为人们茶余饭后的谈资。大概又过了若干时间,媒体报道,这位总经理因涉嫌经济犯罪数额特别巨大,被法院处以重刑。

因有这样的"巧合",这次讲课至今仍记忆犹新。今突然想起此事,特记之。

军都山下说掌故[*]

客居昌平多年,一次偶然的机会,获赠昌平档案馆组织编写的《昌平掌故》(李国棣主编)、《十三陵地区景物与传说》等书籍,颇为其中的历史故事与传说所吸引,并感到身处这样一个有故事的地方,亦不负老天的安排和当年所做的抉择。现摘取若干,与读者分享。

一、军都山下多战事

"四年四度军都春,一生一世法大人"。这是江平先生为法大学子题写的一副对联,意在告诫法大学子勿忘母校。"军都"即军都山,位于昌平北部,属燕山山脉。它西起关沟,与太行山脉相接,东到昌平、延庆、怀柔、密云等境内,呈东西向延伸,横亘百余公里。这里重峦叠嶂,构成了一道天然的屏障,军事和交通地位均十分重要。

历史上,这一带战事频繁,《昌平掌故》所记载的规模大小不同的战斗就有数十次。著名的有:其一,宋辽高粱河之战。宋时,这里属辽(契丹),太平兴国四年(公元979年),宋太宗试图收复后晋割让的燕云十六州,在昌平境内的高粱河,与辽军大战,宋军全军覆没,宋太宗逃往涿州,北宋国势自此渐弱。其二,明松园伏击战。明时,这里是京畿之地,嘉靖二十九年(公元1550年),蒙古俺答部进犯京师,在昌平遭遇松园官兵匠役的伏击,终逃出古北口。其三,南口保卫战。1937年7月,日军占领平津后,集结重兵,进攻南口,中国军队迎面抗击,1万多将士流血负伤,约6000军人为国捐躯,气壮山河。

这一带还流传着许多关于杨家将的故事,许多村名和地名与杨家将抗

---

* 本文完成于2013年8月。

击辽军的传说有关。如,昌平东边不远处的香堂文化村,有座"箭穿山",相传杨六郎伏击辽将韩昌时一箭将山石射穿一个大洞,韩昌惊恐地逃回辽营,山因此得名。昌平境内有两个地点分别叫作"了思台"(原来叫"撂子台")和"望儿坨",相距 30 里(15 公里),相传,前者因穆桂英临阵生下杨文广、将小文广撂在这个台子、重新杀入敌阵而得名;后者因穆桂英在战斗中思子心切、登上小山远望"了思台"而得名。昌平西部的崇山峻岭中有个村叫"狼儿峪"(现为"郎儿峪"),原名"养儿峪",相传因樵夫收养杨文广而得名,辽军探知樵夫收养杨文广后,火烧了樵夫的房子,并将石上刻的"养儿峪"的"养"改为"狼"字,意为狼吃羊(杨、羊同音),"狼儿峪"也就成为村名。后来,明成祖朱棣亲选陵址时,因忌讳"狼儿峪"村名(朱、猪同音,狼会吃猪)而改选现在的十三陵。

二、松园无松

法大昌平校园所处位置是明朝皇陵附属机构松园苗圃旧址。永乐七年(公元 1409 年),明成祖朱棣钦定昌平东北的黄土山(后改称天寿山,今十三陵地区)为陵址后,专为帝陵培育松桧等长青乔木的苗圃也随之建立。历经百多年的经营,至嘉靖时,这里已经形成方圆数里尽是郁郁葱葱、莽莽苍苍、四季常青的松树林,景象十分壮观,被选定为"燕平八景"之首——"松盖长青"。当年苗圃管理人员在此居住,逐渐形成村落,叫作松园村。

1644 年,李自成攻进北京,途经昌平,焚毁定陵(万历皇帝朱翊钧的陵墓)享殿和昌平县的大小衙署。满族入主后,为了稳定政局、缓和民族矛盾,于顺治四年(1647 年)命工部修葺明陵。清政府重建衙署、修葺明陵,就地取材,明王朝经营两百多年的松园苗圃在一片斧锯声中逐渐消失,"松盖长青"之胜景不复存在。如今,这里已不见松之园林,唯有松园路、松园派出所、松园邮局、松园小区这些与松园有关的地名和机构名称。

三、思陵本非陵

十三陵乃明朝十三位皇帝的陵寝所在地,因埋葬着十三位皇帝而得名。

十三陵离法大昌平校区不远,三面环山,景色秀美。明时,十三陵乃皇家禁地,有驻军护卫。如今,十三陵则是闻名于世的旅游胜地,吸引着来自世界各地的游客。

十三陵的最后一座皇陵是思陵,即明朝亡国之君——崇祯皇帝朱由检的陵墓。其实,思陵原本不是为崇祯皇帝修建的,而是他的妃子田氏的坟墓。朱由检当了皇帝后,看到陵园内已经没有可供他修陵的地方,曾另选遵化马兰峪为自己的陵地,但是由于国势渐衰,未及动工。崇祯十七年(公元1644年),李自成军队攻进北京,崇祯皇帝紧急召集群臣议事,文武大臣竟无一人到场。绝望之际,崇祯皇帝带着太监王承恩离开紫禁城,自缢于煤山(景山)。之后,他的尸体和周皇后、王承恩的尸体被运到昌平待葬。由于是亡国之君,当时既无人给他修建陵墓,又没人给他加封谥号,人们只好掘开田妃的墓,将崇祯皇帝、周皇后一并草草埋葬了。由于是借用田妃的坟,具有暂时的性质,所以叫作"攒宫",而不能称为"陵"。满族入主后,崇祯皇帝被谥为怀宗端皇帝,后又改谥为庄烈愍皇帝。顺治十六年(公元1659年),清政府为了缓和民族矛盾,将崇祯皇帝的坟墓按照帝陵的规格简易修缮,命名为"思陵"。与他一同缢死的太监王承恩陪葬于思陵右侧,以表其忠烈。田妃墓由此变成了帝陵。

四、小汤山裁兵会议

对于今天的大多数人来说,小汤山之闻名,不是由于它优质的温泉("汤"),而是由于2003年春的"非典"。"非典"之际,北京市政府在小汤山建立"非典"定点医院,一批又一批的"非典"患者被送往小汤山医院治疗。那段时期,小汤山的媒体曝光率极高,人们方知北京郊区有个小汤山。

小汤山位于昌平东南,因其优质的温泉而被明清两朝辟为皇家禁苑,清康熙时在此修建汤泉行宫,为皇家休闲之所。1900年,汤泉行宫毁于八国联军的炮火。1919年,人们在此修建了汤山饭店。

1928年6月,北伐战争胜利后,蒋介石(国民革命军总司令兼第一集团军总司令)为了削弱其他各路军事将领的势力,加强中央的力量,于7月11日至12日在汤山饭店召开裁兵会议,冯玉祥(第二集团军总司令)、阎锡山

（第三集团军总司令）、李宗仁（第四集团军总司令）、白崇禧（国民革命军总司令部副参谋长兼东路军前敌总指挥）参加了会议。会上，蒋介石提出了《军事整理案》，主要内容是：撤销各集团军总司令；军队以师为单位留国防军 50～60 个师；编宪兵 26 万人直属中央；各集团军总司令到京师供职。蒋介石提出的裁兵方案遭到其他人的反对。冯玉祥、李宗仁、阎锡山主张保留总司令、总指挥，白崇禧则明确反对裁兵，小汤山裁兵会议未能取得任何效果。

1929 年 1 月，国民党全国军队编遣会议在南京召开，制订了《国军编遣委员会进行程序大纲》，规定：全国军队一切权力归中央，取消国民革命军总司令部和各集团军总司令部。8 月 1 日，第二次编遣会议通过《全国编遣实施会议宣言》，要求各派交出军权，否则武力征服。编遣会议彻底激化了蒋介石与各派之间的矛盾，导致中原大战。这是一场国民党内各派之间最大的战争，战事蔓延河南、河北、山东、两湖，各方投入兵力超过 130 万，造成官兵伤亡在 30 万以上，最终以冯玉祥、阎锡山的下野为代价，国民党中央政权得到了加强。

五、"时代不同了，男女都一样"

"时代不同了，男女都一样。"毛泽东主席的这句话对许多国人来说，再熟悉不过。然而，这句话的出处，包括笔者在内的许多人过去并不清楚。其实，这句话出自毛泽东 1964 年 6 月 6 日畅游十三陵水库时与青年的谈话。

十三陵因分布着十三座帝陵而闻名。1954 年春天，周恩来总理视察十三陵地区时指出："北京名胜古迹甚多，风景优美，但有山无水是美中不足。尤其是十三陵这个名胜古迹，是外宾必游之地，有山无水是一大遗憾。若能修个水库，有个大的水面，那就更美了。"1957 年冬，中共昌平区委提出了修建十三陵水库的计划。1958 年 1 月 21 日，十三陵水库工程正式动工。5 月 25 日，毛泽东、刘少奇、周恩来、朱德、邓小平等中央领导率出席中共八大二次会议的中央委员和中央各部委办的负责人来到十三陵水库工地参加义务劳动。毛泽东还题写了"十三陵水库"。

    1964 年 6 月 6 日，毛泽东、刘少奇等中央领导在罗瑞钦、杨成武、杨勇、杨得志等人的陪同下，利用检阅中国人民解放军大比武的工作间隙，在十三陵水库游了近一个小时。回到岸边休息时，毛泽东会见了来水库游泳的男女青年，他问女青年："你们也游了吗?"当得到肯定回答后，他高兴地说："时代不同了，男女都一样。男同志能够做到的事，女同志也能做到。"他还鼓励身边的工作人员："大江大海并不可怕，你们要到大江大海去锻炼。"

第三编

良师益友

凤凰树下随笔集

我们永远的老师:李景禧先生[*]

近来读《法学家茶座》,多有弟子回忆老师的佳文,字里行间流露出浓浓的师生情谊,倍感亲切。今年秋季,我给中国政法大学法律硕士学院 2008 级新生讲授"民法总论",多次就如何学习民法问题提起自己的恩师——李景禧先生。先生离开我们即将 13 个年头,作为先生的入门弟子同时也是关门弟子中的一员,毕业后又留在先生身边工作,我对先生有着更多的了解,多年来总想写篇纪念先生的文字。2005 年离开厦门后,这种意愿更为强烈。今值《法学家茶座》约稿,我亦借此之便利,向各位茶座的读者说说恩师李景禧先生。

一、不平凡的一生

先生系福建闽侯人,生于 1912 年,1933 年毕业于朝阳学院法律学系,翌年赴日留学,先入明治大学,后转入东北帝国大学法学部攻读研究生。抗战爆发后,1937 年 8 月,先生毅然卒业回国,受聘为南京中山文化教育馆副研究员,撰写了《抗战必胜论》(1937)、《封锁海峡与对策》(1938),由中山文化教育馆印行。国民政府迁都重庆后,先生曾任《星渝日报》主笔,中央陆军军官学校(黄埔军校)第 16、17 期政治法律教官,著有《法学教程》(与彭昌国、季灏合著)、《法律学教授纲要》(与季灏合著)。1939 年至 1940 年,先生兼任朝阳学院法律系教授,讲授民法课程。1945 年 11 月,先生被任命为国民政府最高法院民庭推事,1947 年 7 月受朝阳学院夏勤院长之邀,兼任朝阳学院主办的《法律评论》主编。1948 年年底,人民解放军逼近南京,国民

＊ 本文原载何家弘主编《法学家茶座》第 25 辑,山东人民出版社 2009 年版。

政府最高法院人员纷纷请假走避,先生也携家人返回福州,从事律师业务,并兼任福建学院教授。

新中国成立后,先生任福建学院教授、法律系主任、教务主任、厦门大学法律系教授,1953年因全国高校院系调整而转任厦门大学经济系教授。1957年,反右运动开始,先生被错划为"右派",遭受开除公职的处分,"文革"期间又被错定为"现行反革命""国民党特务",惨遭更为严重的迫害,可谓九死一生。1979年平反昭雪后,时值厦门大学法律系复办,先生回到法律系任教授、民法教研组组长,以极大的热情投入了复办工作,并于1982年开始招收民法专业研究生,为厦门大学法律系的复办和民法学学科的重建作出了突出的贡献。

先生还兼任民革(中国国民党革命委员会)中央委员和监察委员,中国法学会名誉常务理事,中国消费者协会理事、中国法学会民法学经济法学研究会顾问、福建省法学会副会长等诸多社会职务,积极参与社会事务。1983年,先生以法学教授的身份当选为第六届全国人民代表大会代表,后又连续两届(第七届和第八届)当选为全国人大代表,积极参与国是,为国家法治献言献策,为人民代言,1995年12月5日在人大代表任上辞世。

二、社会法治的推进者

先生担任全国人大代表后,始终不辱使命,认真履行职责,积极为中国的法治建设献言献策。在长达13年的代表生涯中,先生的法治建言颇多,包括消费者权益保护法(1983)、民法典(1985)、冤狱赔偿法(国家赔偿法,1986)、廉政立法(1988)、公司法、票据法(1992)、"阳光法案"(公务员财产申报制度,1994)等十多项,大多被立法机关采纳。

记得1983年春,先生刚当选为全国人大代表,就在六届全国人大一次会议上提出制定消费者保护法的建议。此时,离1984年中国消费者协会的成立还有一年多时间,离1993年的《消费者权益保护法》颁行则有10年,消费者保护对于刚刚进入改革开放的国人来说还是相当陌生的社会问题,先生即以法学家的敏锐提出立法建议,不能不让人敬服。

1986年4月,六届全国人大四次会议审议《外资企业法草案》,先生在审议中指出："仔细研究、推敲之后，有两点意见我不能不提。其一，外企法共 23 条，用'必须'、'应当'语词的有 15 处之多，而享受应有权利的规定却只有 1 处。'必须'、'应当'都是要求对方承担义务，受我方法律约束的。这个法看来不是开门法，而是关门法。其二，外国投资者来中国目的是赚钱，不是纯粹来帮我们搞建设的，相反，他会十分担心投资被国有化。如果不给他一颗不实施国有化或实施国有化时给予适当补偿的定心丸，外国投资者就不会来了。"这一意见尤其是关于国有化问题的意见受到彭真委员长和彭冲副委员长、陈丕显副委员长的高度重视，并派专人到福建代表团听取先生的意见。先生的意见很快被吸收进法律草案。会议最后审议通过的《外资企业法》第 5 条明确规定："国家对外资企业不实行国有化和征收；在特殊情况下，根据社会公共利益的需要，对外资企业可以依照法律程序实行征收，并给予相应的补偿。"之后，1990 年七届全国人大三次会议修订通过的《中外合资经营企业法》第 2 条也作了同样的规定。明确对外资不实行国有化，在今天已经不是什么新鲜事，但是在上个世纪 80 年代中期，我国法学界持对外资不放弃国有化观点的仍大有人在，在外资企业法制定的过程中，关于是否明确对外资不实行国有化，更是存在着激烈的争论。先生顺应国家改革开放的大潮，在国有化问题上进言献策，是他为推进国家法治进步描下的最为浓重的一笔。

三、人民的代言人

先生是我国"著名的老一辈民主革命家"——国民政府主席林森的外甥（1983 年春季，厦门大学法律系的江文老师、齐树洁老师，还有我们几位先生的弟子，正在西南政法学院民法师资培训班学习，还代先生到歌乐山拜祭林森先生的衣冠冢，拍了一些照片寄给先生，先生又转寄给海外亲友），家世不凡。但由于特殊的人生阅历，尤其是 1957 年被打成右派之后的惨痛经历，他对百姓的疾苦有着深刻的体验。或许正是这个原因，先生当选为全国人大代表之后，即以"人民的代言人"自励，自觉把反映群众的疾苦作为自己应尽的职责。他在接受记者采访时说："（我）是人民选出来的代表，为民说话，替群众办事义不容辞。"

在担任人民代表的十多年间，先生共处理了一千多封人民来信。对每封来信，他都认真给予回复，并且把来信反映的问题转给有关部门，提议调查处理，有时还查阅相关的政策法律资料，提供有关部门参考。先生备有一个特殊的本子，详细记录着每封人民来信反映的问题和处理情况。我留校后经常到先生家里看望先生和师母，或请教问题，常常遇见先生手拿着放大镜（先生晚年视力不好，看字体小的书信需借助放大镜）阅读群众来信，伏案处理人民来信的情形，那情景至今依然历历在目。有时人民来信多，他忙不过来，便请师母协助，偶尔也叫我协助。师母肖素彬与先生同为留日学生，民国时期曾担任重庆地方法院的庭长，具有丰富的法学专业知识和处理实际问题的能力，自然就成了先生处理人民来信的好帮手。在处理人民来信时，如遇到一些比较复杂且棘手的问题，先生也会与我们晚辈交换意见。记得有一次拜访先生，他取出一封来自贵州的反映计划生育问题的来信，与我讨论。来信人反映其尚未生育，但丈夫属再婚者，已有两个子女，当地有关部门强制其做了终止妊娠手术。来信人提出了她作为尚未生育的女性有无生育权的问题。这种涉及"国策"的重大问题，自然非一般法律所能解决，更非先生能力所及。但先生仍本着负责的态度，回信给予安慰，并将此问题反映给领导部门，要求查处，还当事人以公道。

先生处理人民来信、关心群众疾苦的事迹传开后，受到人民群众的拥戴，有的群众来信称他为"李青天"，《人民日报》和《法制日报》等媒体也先后对先生的事迹作了专门报道。当然，"为民代言"并非易事，对于其间的苦与乐，先生自有自己的认识。他曾说："十年代表，接信逾千封，反映的多半是民间苦情，虽克尽绵薄，但心有余而力不足，所以我写了一首自嘲诗：寒斋夜诵千家信，半是民间疾苦声，十年愧为'代言士'，一枝一叶难关情！"至今读来仍令人感慨不已！

四、法学领域的探索者

先生毕业于民国时期著名的朝阳学院，继而留日继续法学专业学习，回国后任中央陆军军官学校（黄埔军校）政治法律教官、朝阳学院民法教授、民国政府最高法院民庭推事、朝阳学院《法律评论》主编，新中国成立后任福建学院和厦门大学教授,除了高校院系调整后到"文革"结束这段期间外,主要从事法学的理论教学研究和司法工作。在法学理论研究领域,先生虽然说不上著作等身,但却是诸多领域的探索者和开拓者。

民国时期,先生对理论法学、民法学、社会法学、司法制度等多有涉猎,先后出版了《法学通论》(与刘子嵩合著,商务印书馆1937年版)、《法学教程》《法律学教授纲要》等著作,发表了《读中国法系之权利思想与现在有感》《社会法的基础观念》《近代法之姓名权》《法史学的重要性》《物权行为论》《买卖史的沿革》《中国法系与韩国法》《法官超党与司法独立》《司法独立之真谛》《近代法的成年制度》《制定法的缺陷》等学术论文。1935年留日期间,先生还翻译了《十二表法》,成为中国最早翻译《十二表法》的学者之一。先生于1936年发表的《社会法的基础观念》(《法学杂志》第9卷第6期),近年来被许多研究者认为是我国最早介绍和研究社会法的论著而反复引用。

改革开放以后,先生的学术研究主要集中在民法尤其是台湾地区民法领域和在消费者保护法领域,发表了许多很有见地的论文。例如,先生与连宁兄合作的《我国民法应建立消灭时效制度》(《中国法学》1985年第2期)一文,至今仍具有重要的学术参考价值。由于先生年事已高,加之视力不好,先生的学术研究主要是在我们的协助下进行。台湾地区民法领域的研究主要由先生早年的助手林光祖教授协助进行,消费者保护法领域的研究则主要由我协助进行。通常,先生提出基本思路和框架以及基本的资料,经与我们讨论后,再由我们组织成文。

在消费者保护法领域,我与先生合作,先后发表了《我国保护消费者立法刍议》《简论消费者权利》《消费者保护法的对象与特征》《〈民法通则〉与消费者保护》等文,后来结集题为《中国消费者权益保护法研究》由江西人民出版社出版(1992)。先生在消费者保护法领域所进行的开拓性研究得到了中国消费者协会的高度评价,林亨元先生也著文认为该书"填补了消费者保护法研究中的多项空白,为开拓消费者保护法学这一新法学领域作出了积极的贡献。"[①]这一成果还获得福建省人民政府社科优秀成果二等奖。

---

① 林亨元:《开拓与探索——评李景禧、柳经纬的专著〈中国消费者权益保护法研究〉》,《东南学术》1992年第5期。

先生与林光祖教授合作,先后发表了《台湾"公司法"的特色及其配套立法》《台湾"票据法"的运转机制及其国际化走向》《台湾"海商法"的变革及其特色》《海峡两岸海商法的比较》及《台湾"民法"立法与运作》《台湾"民法"的一大变革——不占有标的物的动产担保制度的创设及作用》等文。这些文章后结集由法律出版社出版,题为《台湾民商法研究》(1996)。台湾地区"民法"是民国时期的民法的延续,先生在民国时期曾担任最高法院民庭推事,又任朝阳学院民法教授,对台湾地区民法自然有许多独到的见解,像"台湾民法的运作"这样的议题,也只有具备先生这样经历的学者才能说得明白。关于台湾地区民法的体制问题,通说主张民商合一制,先生则认为是"折衷道路的'民商合一'形式"。先生指出:台湾"民法""从形式上看,只编制民法典,不另立商法典,貌似民商合一;实则只把一般性商法问题在民法典中规定,商法的特殊问题则指定特别法加以规定,而特别法之运用又优于民法之运用,实质上又似民商分立"。这一见解无疑更具有合理性。

五、我们永远的老师

先生从担任中央陆军军官学校(黄埔军校)和朝阳学院教职到去世时,从教达50多年,教师乃先生终身的职业。我入先生门下时,先生年事已高,不再担任具体的课堂教学任务,对先生的课堂教学情况没有亲身的感受。但从先生五十年代的学生那里,我得知先生是一位课堂教学非常出色的教师。1983年春,全国高校民法师资培训班在重庆歌乐山下的西南政法学院(现西南政法大学)举行,我和连宁兄、胜明兄以研究生的身份参加了这期培训班。当时,江平教授担任商法的讲授,其授课之精彩博得全体学员的认同。同行的福建政法干部管理学院的金老师告诉我,当年先生的授课也是这般精彩,非常受同学欢迎。

先生非常注重教师的教学规范,厦门大学法律系复办之初,先生主持民法教研组的工作,立下一个规矩:年轻教师上讲台前必须认真备课并试讲,讲稿须先生认可后才能进入试讲,先生亲自主持年轻教师的试讲,教师试讲通过后才能给学生上课。在试讲过程中,先生不仅对试讲者的授课内容,而且对授课者在讲台上的位置、板书、语速以及授课内容的时间安排等都提出非常具体的改进意见。当时，厦门大学法律系招收研究生，目的是为了培养师资，因而也要承担一定量的教学任务。虽然担负的课程任务不是很多，但也必须试讲通过后才能上讲台。我们民法专业研究生的试讲都由先生主持，民法教研组的全体老师参加。我上大学前当过中学老师，有过一定的教学经验，但是面对的全是老师，还是比较紧张，因此，第一次试讲没有通过。为此先生又为我组织了第二次试讲，这样才获得通过。因此，对这种手把手地指导年轻教师"站好三尺讲台"的做法，我有着深刻的体会。我毕业留校后，始终把"站好三尺讲台"作为自己的目标，勉励自己当好一名教师，与这段经历不无关系。在如今的高校里，恐怕除了师范院校外，这种情形已属罕见。

1982 年，先生第一次也是最后一次招收研究生，我和现供职于全国人大常委会的连宁兄、胜明兄有幸成为先生门下唯一的一届研究生，既是开门弟子，又是关门弟子。现供职于中国政法大学的米健兄，入学时的导师是我国著名的罗马法学者陈朝璧先生，后因陈先生逝世转到先生门下。因此，先生所指导的研究生也就我们四人。由于身体方面的原因，先生当时没有承担课堂讲授的任务，我们的学习方式更多的是到先生的家里聆听先生的教导，与先生交谈。从民法专业理论到法学教育、从学术研究到为人处世，都是我们师生交谈的内容。对于我来说，这种学习情形持续到先生去世之前。师母也时常坐在边上，参加我们的讨论，当然师母的另一项重要任务就是提醒先生注意身体和时间，毕竟先生已是古稀之年，且社会事务繁忙。从与先生的交谈中，我们不只是学到了专业的知识，更多的是领悟到了做事做人的道理。例如，关于民法专业学习，先生的体会是"债法通，则民法通"，认为债法学习在民法学习中具有特殊的意义。又如，关于法学院系的建设，先生曾形象地说：一所医院，如果外科强、内科强，那才是大医院；儿科强、眼科强，只能说是专科医院，而不是大医院。法律系也是如此，民、刑、诉讼等主流学科强，才能成为强的法律系。再如为人问题，先生说看一个人的为人，只要看他对父母的态度就知道，如果一个人对自己的生身父母都不够尊重，很难说他会尊重别人。也许是这种经历的缘故，我现在也时常对我所指导的研究生或者其他同事指导的研究生说，想从老师那里学本事，主要不是在课堂上，而是在与老师私下的接触过程中，在这种私下的接触过程中更能接触到老师智慧的一面。

　　我们毕业后(米健兄是 81 级的,1984 年年底毕业,我们三位是 82 级的,1985 年 7 月毕业),米健兄进了中国政法大学,在民法学、罗马法和比较法学领域大显身手;连宁兄和胜明兄则进入国家机关,为推进国家的民主法治,施展抱负;我留校任教,在先生的指导下逐步走上了民法学教学与研究之路。对于弟子们事业上的发展,先生总是时时给予关注。每年一度的全国人民代表大会是先生与连宁兄他们在京相聚的好时机,先生每次开会回来都会很兴奋地告诉我聚会的情形,说起连宁兄他们事业上的进步和家庭生活的情形,先生总是一脸的荣耀。随着时间的推移,我们与先生的师生之情也更加醇厚。先生去世后,米健兄、连宁兄和胜明兄出差到厦门,都专程去看望师母。尤其是连宁兄,有一次公差到厦门,我陪他去看望师母,他驻足在先生的遗像前痛哭,其情其景着实令人伤感,同时也为先生能得到学生们这样的爱戴而感到欣慰。

　　先生虽然离开我们十余年,但先生的为学和为人依然影响着我们,先生是我们永远的老师![①]

---

　　① 本文写作参考了郑国锋、黄祖明:《数点梅花天地心——记六届、七届全国人大代表李景禧》,《福建人大》1992 年第 10、11 期;郑国锋:《为民办事,其乐无穷——记第六、七、八届全国人大代表李景禧》,《人大工作通讯》1994 年第 21 期;法天下网站刊载的李景禧先生的介绍:http://www.fatianxia.com/corpus/1248/,访问时间:2008 年 11 月 2 日。这里特向上述文章的作者致谢。

他为中国民法科学打开了一扇窗*

——祝贺江平先生八十华诞

今年是我国著名法学家江平先生八十华诞,国栋老弟嘱我写篇贺寿文章,理由是我进法大后,与江老师多有接触。不久前厦门大学出版社推出《共和国六十年法学论争实录》丛书(八卷),江老师任总主编,也是我牵的线,而且我也参与其中,担任民商法卷的主编,并陪同江老师出席了在厦门会展中心举办的首发式。

其实,我与江老师的交往不只是在进了法大之后。早在 1983 年春,我以厦门大学民法专业研究生的身份参加在西南政法学院(现西南政法大学)举办的全国高校民法师资培训班时,就聆听过江老师讲授的商法课,其授课内容之精彩以及洒脱的风度博得了全体学员的认同。

我毕业留校任教后,由于那时学校经费紧张等原因,一直没有机会出差再见到江老师。大约是在 1995 年,有一次,同事从广州开会回来,他说江老师问他:"柳经纬现在怎么样了?"说实在的,我只是聆听过江老师授课的众多学生之一,且在专业领域亦无多少建树,江老师此时已是享誉中外的法学大家,竟能在事隔十多年后仍然记起自己曾经教过的一位学生,这使我顿生感激之情,这份感激之情一直留存在我的心底。

大约又过了 2 年,1997 年夏,江老师到福建泉州参加华侨大学举办的学术会议,会议结束时,主办方派车送江老师到厦门机场,我顺车回厦门。一个半小时的车程,江老师跟我谈了很多,给我印象最深的是江老师对自己学术成就的评价。他说自己在民法学领域并无多么深入的研究,只是在公司法方面有所心得而已。要知道,早在 1984 年,江老师就已出版了《西方国家民商法概要》,1987 年又与米健教授合著出版了《罗马法基础》,民商法学

---

* 本文原载孙国栋主编:《永远的校长——江平教授八十华诞庆贺文集》,2010 年;另载《社会科学论坛》2010 年第 1 期。

的学术造诣不可谓不深。然而，江老师竟是如此谦逊，这使我对江老师增添了一份由衷的敬重。

1999年，我开始担任厦门大学法律系主任，之后出差北京的机会多了些，又有了几次与江老师的见面。2005年春，我调进中国政法大学，与江老师见面的机会也就多了起来。其间有几件事值得述说。

一件是2006年初，我登门拜会江老师，希望加入北京仲裁委，就此征求江老师的意见。江老师不仅表示支持，而且还以北京仲裁委员会主任的身份为我写了推荐信。据北京仲裁委的人说："这是很少见的，可见江老师对你的肯定。"由此，我倍感江老师对我的厚爱。当然，即便有了江老师的推荐信，我还是严格按照北仲仲裁员的遴选程序，全程参加新仲裁员的培训和考试，尽管我此前在厦门已经当了10年的仲裁员，还曾经被评为全国优秀仲裁员。

再一件是2008年秋，由中国政法大学发起的钱端升法学研究成果奖第二届评奖活动进入最后评定阶段，江老师是评奖委员，我担任评奖委员会办公室主任，负责评奖活动的具体事务，评奖会议在西四环的世纪金源酒店举行。江老师参加完上午紧张的评奖会后，不顾劳累，下午就要赶往机场，去外地做一场法治讲座。午餐后，在等待接送车辆的间隙，江老师拖着行李箱，就着酒店过道的沙发稍作休息。我问江老师是否需要安排到客房休息，江老师谢绝了。一位年近80的老人，且身有残疾，他完全有条件不问世事而颐养天年，然而，他却如此忙碌，究竟为了什么？这使我想起之前有一次去拜访江老师时，他对我说的一段话："我现在老了，做不了什么事，所能做的，也只有呼吁！"我想，这么一位可敬的老人，如此忙碌地奔波于各地，做法治讲座，不就是为了国家的法治而呼吁吗？还能为了什么？！

还有一件是最近的事。去年年底，厦门大学出版社策划出版《共和国六十年法学论争实录》丛书，作为建国60年的献礼书目，出版社领导通过我请江老师出任总主编。其时正值江老师住院手术，我没敢联系。得知江老师出院后不久，我向江老师汇报了这套丛书的编写方案，江老师听后给予了充分的肯定，欣然表示愿意出任总主编。他在为丛书所做的"总序"中，指出："六十年来，我国法学的发展如同唐僧西天取经那样，历尽波折，备尝艰辛。其间的经验教训是一笔宝贵的财富，值得记录总结，留给后人评判。《共和国六十年法学论争实录》试图以史家的笔法,以'实录'的方式,从学术史的层面上再现共和国六十年历史进程中发生的一次又一次法学重要问题的论争,从一个侧面揭示我国法学从'荒蛮之地'走向'显学',从'幼稚之学'走向成熟,与时俱进、不断开拓的历程。"反映了他对国家法治命运和法学理论发展的关切。

上述只是我所认识的江老师的一些点滴情况。以下,我结合自己正在从事的关于中国民法学术史的研究,就江老师对中国民法科学所做的学术贡献再谈点感受。

尽管江老师曾经对自己学术成就的评价是那样的谦逊,但我要说的是:他对中国民法学的贡献是巨大的,他的学术贡献在于为中国民法科学打开了一扇窗,一扇禁锢了人们法律思维长达 30 多年的铁窗。

众所周知,我国民法科学的构建始于清末至民国时期对西方大陆法系民法的继受,随着民国时期民法的颁行,已经形成了较为系统的私法理论体系。1949 年,新生的政权废除国民党的"六法全书",因继受而来的私法理论体系遭到否弃。与此同时,鉴于当时向苏联学习的政治环境,我国民法学界全盘接受了苏联的民法学理论。这种民法学理论的一个基本点是强调民法学的党性和阶级性。基于民法学的党性和阶级性原则,人们将西方国家民法与社会主义民法学对立起来,对西方国家民法及私法理念采取了极为粗暴的态度,简单地贴上"资产阶级"的标签,认为西方国家民法及私法理念"只能作为被批判和清除的对象"。改革开放以后的相当长时期内,这种观念依然根深蒂固。例如,在 80 年代初出版的民法教科书以及多数民法学的论著中,我们所能看到的只是对西方国家民法以及契约自由等私法理念的批判性文字,而看不到任何关于西方国家民法本身的介绍性内容,更谈不上研究和借鉴。这个时期的中国民法学似乎在告诉我们,可以不必知道西方国家民法及私法理念的"真面目",但必须有批判西方国家民法及私法理念的阶级立场。显而易见,这种完全割断社会主义民法与西方民法传统的联系,对西方国家民法及私法理念采取简单的否定态度,不是科学的态度,由此建立的民法学理论也很难说是科学的理论。

正是在这样一种否定西方国家民法及私法理念的 80 年代初期,江老师出版了《西方国家民商法概要》(法律出版社 1984 年版)。该书虽然仅有 23

万多字,却对西方国家民商法的基本制度与私法原则做了系统的介绍,向人们展示了西方民法的"真面目"。更为重要的是,该书对"研究西方国家民商法的意义"做了理性的阐释,作者指出:"新中国成立以来,长期忽视法学的深入研究,民法科学在法学中更是薄弱环节。对西方国家民法和商法的了解和研究则是一个巨大的空白点。民法……有其自己的发生、发展和变化的历史。我国古代虽然也有各种民事法律关系,但是现代民法的体系和各种制度则来自欧洲。我们要深入研究我国的民法,就要了解各项民事制度发生和发展的历史,而西方资产阶级民商法则是民法各项制度历史发展中极其重要的一个阶段。""我们也可以说,没有罗马法、没有法国民法典、德国民法典这样一些资本主义国家的民法,也就没有现代社会主义的民法。不研究罗马法,不研究资本主义国家的民法,也就不能很好地了解我们今天的民法。"作者还指出,"民法和商法所调整的是商品关系",社会主义社会和资本主义社会"都是商品生产的社会",商品关系"必然有其共同的规律,这些规律是不能以人的意志而改变的,反映在民法规范上就有一些共同的东西,可以借鉴的东西"。针对当时包括民法学界在内的中国法学界存在的对西方国家法律采取简单否定态度的现象,作者也提出了批评意见,作者指出,即便是批判和揭示西方国家民商法的本质,"也必须深入了解,才能批判得深透,单凭痛骂是不够的"。

在党性原则和阶级斗争的观念仍然支配着民法学界的 80 年代,《西方国家民商法概要》无疑为人们认知民法、为我国的民法学打开了一扇窗。透过这扇窗,人们不仅看到了西方国家民法的"真面目",而且看到了社会主义民法与西方国家民法传统之间存在历史的渊源关系,进而认识到西方国家民法传统对于我国民事法律制度构建所具有的借鉴意义。

如果将江老师迄今为止的学术生涯做一个简要的梳理的话,我们会发现,他始终是朝着这扇他所打开的窗的方向发展着的。1987 年,他与米健教授合著的《罗马法基础》出版;90 年代以来,他主编的《外国法律文库》(大百科全书出版社)陆续出版,他在"序"中指出,组织翻译西方法律学术著作意在"对外国法律的全面而准确的认识",以求"博采众长、融合中外";1993年,他与张礼洪博士发表《市场经济和意思自治》一文(《法学研究》1993 年第 6 期),阐释了私法自治对于社会主义市场经济的意义;1995 年,他发表了《罗马法精神在中国的复兴》一文(《中国法学》1995 年第 1 期);1998 年,他与张楚博士发表《民法的本质特征是私法》(《中国法学》1998 年第 6 期)一文,旗帜鲜明地提出民法的私法观;2008 年 11 月 8 日,《新京报》发表江老师的《加大对私权利的保护——三十年法治轨迹和曲线》,同样彰显出私法的理念。

正是因为打开了这扇窗,开拓了人们的理论视野,改革开放以来的中国民法学,逐渐摆脱了苏联民法学理论的影响,摆脱了党性原则和阶级斗争理论的禁锢,更多地吸收大陆法系国家私法传统的理论素养,并积极借鉴某些英美法的因素,构建了完全不同于苏联民法学的以私法理念为基础的民法学理论体系。中国民法学由此成为一门真正的法律科学。

法治的守望者*

——为《律师文摘》十周年而作

我们正处在一个极为矛盾的时代，一个高歌法治与法律信仰危机并存的时代。在这矛盾的时代，人们一方面为改革开放以来法治取得的巨大进步而感到无比的欣慰，另一方面又对当下法治进程中存在的种种问题而感到无比的担忧，甚至困惑。例如，我们有宪法，但宪法规定的公民基本权利并没有得到有效的保障，张扬的公权力之下是赵作海们的冤屈。我们有物权法，但物权法所保障的公民财产挡不住轰鸣的推土机，高耸的大厦之下是唐福珍们的尸骨。我们有法院，但法院缺少足够信仰法律的法官，人们难以保持对法院应有的信心。我们有律师，但一些律师的唯利是图，甚至甘当司法腐败的"皮条客"，人们难以养成对律师应有的好感。我们有法学院，但法学院只传授法律技巧而不培育法律信仰，法学教育变成了法律技术教育，培养出来的多是法律的半成品。上述种种情形都足以引起人们对法治的担忧，进而动摇人们对法治的信心，引发法律信仰的危机。而没有人们对法治足够的信心，缺少了对法律应有的信仰，依法治国、建设法治国家就难免沦为一句空话。

在这样一个遭遇法律信仰危机的时代，人民和国家需要法治的守望者：需要他守住法治的基本底线，守住法的基本价值理念，守住法应有的基本尊严，守住法律人应有的基本良知，守住法治的阵地；需要他展望法的价值理念的日益弘扬，展望法被越来越多的人所尊重和信仰，展望法律人越来越多地成为法的捍卫者，展望法治的光明未来。

毫无疑问，国栋和他的《律师文摘》就是这样的法治守望者。翻开每一期《律师文摘》，你会发现，无论是关于律师业务的文章，还是关于法学的学

---

* 本文原载孙国栋、梁小玲、张中华编《江湖夜雨十年灯——〈律师文摘〉创刊十周年纪念文集》，2012年。

术论文,无论是关于法治事件的报道,还是一些短小精悍的小品文,这里没有随波逐流,没有阿谀奉承,更没有空洞的口号;有的是对法律信念的顽强坚持,对社会法治问题的普遍关注,对国家法治命运的深入思索。即便是一些极为敏感的社会问题,《律师文摘》也敢于直面而不退缩,始终保持着一份法律人独立的思考。这是国栋和《律师文摘》对法治的"守"。品读《律师文摘》上的每一篇文章,你会感受到,在文章的背后,是著(译)者和编选者对国家法治的一片赤诚之心,是关于国家法治未来的积极探索,是对国家法治的美好憧憬。即便是《律师文摘》编选的胡适、吴经熊等先贤们的法治文章,倘若暂时掩去先贤们的姓名,你感受到的不只是他们对他们那个时代法治问题的关注,更是对今日中国法治问题的探索。这是国栋和《律师文摘》对法治的"望"。

在这样一个物欲横流和矛盾的时代,对法治的守望,常常意味着寂寞,意味着孤独,需要顽强的意志,更需要保持独立的人格。国栋和他的同道们就是这样一个耐得住寂寞和孤独,具有顽强意志和独立人格的群体。

"十年辛苦不寻常"。创办《律师文摘》这样一种读物,精心选好每一篇文章,虽然算不上"字字看来皆是血",但其艰辛是可想而知的。这种艰辛就表现在国栋那英俊、朝气但却过早的满头白发上。

第四编

法典情结

凤凰树下随笔集

渐行渐远的民法典[*]

　　1949 年之后,由于废除了民国时期的"六法全书",制定一部中华人民共和国的民法典,成了民法学者一直以来的夙愿,也是立法机关始终追求的法制目标。从 50 年代中期开始,历经 60 年代中期、70 年代末 80 年代初,直至 20 世纪末 21 世纪初,立法机关先后四次组织起草民法,均未能实现这一目标,留给民法学者诸多的遗憾,对于像佟柔先生这样已故的老一辈民法学者来说则是终身的遗憾。前两次民法起草因政治动荡致无疾而终,第三次民法起草则因条件不成熟而终止。世纪之交的第四次民法起草,好不容易迎来 2002 年年末民法草案首次提交全国人大常委会审议,人们为此欢欣鼓舞,似乎由此看到了民法典的希望。但是,现实却是,首次审议后,如今又过了 9 年的时间,全国人大常委会也换了两届,却未见立法机关第二次审议民法草案。根据《立法法》第 39 条之规定,列入常委会会议审议的法律案,如因对重大问题存在较大意见分歧而搁置审议满两年的或者因暂不付表决经过两年没有再次列入常委会会议议程审议的,由委员长会议向常委会报告,该法律案终止审议。然而,迄今为止,未见立法机关有关终止民法草案审议的交代。这大概是中国法制进程中十分特殊的现象。

　　关于上述情形,立法机关始终未对社会公众作出有说服力的说明。全国人大常委会法制工作委员会有关负责人在 2002 年民法草案首次提交立法机关审议后,为回应公众关于民法草案是统一审议通过还是分编审议通过的问题,即已表明了"分编审议、分编通过"的倾向性意见。所谓"分编审议、分编通过",究其实质仍是采取单行法的思路,如同第三次民法起草转而采取"零售"的思路一样。因此,2002 年年末立法机关审议民法草案不过是在民法典进程中的一个小小的插曲,而不是民法学者所期盼的民法典的

---

　　* 本文原载《比较法研究》2012 年第 1 期。

曙光。

按照"分编审议、分编通过"的立法思路,立法机关在民法草案第一次审议后,暂时将民法草案搁置开来,把主要精力投向物权法和侵权责任法的制定。《物权法》于 2007 年 3 月 16 日经十届全国人大五次会议审议通过,《侵权责任法》则于 2009 年 12 月 26 日经十一届全国人大常委会审议通过。这大概是 2003 年之后"分编审议、分编通过"最主要的立法成果。加上此前 2001 年修订的《婚姻法》、1999 年通过的《合同法》、1986 年通过的《民法通则》和 1985 年通过的《继承法》,在民法的主要领域有了单行法。于是,人们普遍地认为民法典离我们越来越近,指日可待。

然而,笔者担忧的是,民法典并非越来越近,而可能是越来越远。

民法是一套具有内在逻辑联系的科学的、充分彰显私权理念和意思自治精神的法律规范体系。这是民法典之所以为民法典,民法典之所以备受世人推崇的奥妙所在。倘若无法彰显私权和意思自治精神,那就不是民法典。倘若缺乏内在的科学的逻辑体系,那也不是民法典。

按照上述标准,建国以来进行的四次民法起草工作,均未达到民法典的要求。50 年代中期第一次民法起草只形成总则、所有权、债编部分具体合同、继承这些分散的编,而未形成完整的民法典[①]。60 年代中期第二次民法起草形成的民法草案,由于一概不使用"权利""义务""债权""物权""所有权""法人"等民法的概念,充斥着诸如"高举三面红旗""联系群众""勤俭节约"等政治口号,因此,很难说这是一部具有私法理念的民法典。第三次起草民法先后形成了民法草案征求意见稿、征求意见二稿、第三稿和第四稿。由于其时国家仍实行公有制基础上高度集中的计划经济体制,草案反映的主要是公有制和计划经济的要求,意思自治基本上不存在(例如,第四稿没有关于法律行为的规定),私权理念更无从体现。因此,它也说不上是一部真正意义的民法典。第四次民法起草的成就是形成了新的民法草案,将当时已经颁行的合同法、婚姻法、收养法、继承法、民法通则以及正在起草中的物权法草案、侵权责任法草案、涉外民事法律关系法草案纳入其中,私权理

---

① 李秀清:《中国移植苏联民法模式考》,《中国社会科学》2002 年第 5 期。

念和意思自治精神倒是有所体现,相应的法律制度规范也较为完整,但是这部草案只是将上述法律和法律草案简单地拼凑在一起,甚至没有整部法律的条文编排,每一篇都从"第一条"开始,几无体系可言。这样一部松散的民法草案,立即遭到一些学者的抵制,梁慧星教授甚至严厉地批评道:"一部体系混乱、不讲逻辑的民法典所可能给中国造成的弊害,将比中国没有民法典更甚千万倍!"[①]这也不是一部真正意义的民法典。因此,四次民法起草留下来的只有一些民事单行法,而非真正意义的民法典或者民法典的草案。

这说起来多少有点残酷,从 50 年代开始,忙活了半个多世纪,竟然连一部民法典的草案都没有完成!这对广大的民法学者来说,无疑是沉重的打击!但这是事实,现实就是这样。

按照上述民法典的标准,已颁行的民法通则、合同法、物权法、婚姻法、收养法、继承法、侵权责任法,虽然建立了诸多民法的具体制度,但它们并不足以构成民法典的各编,也不可能将它们组合在一起,民法典就大功告成。这一点,只要比较一下民国时期民法典的"分编审议、分编通过"就可明了。从 1929 年 5 月 2 日到 1930 年 12 月 26 日,历时一年又七个月,国民政府先后通过了总则编、债编、物权编、亲属编、继承编,这些编"拼合"起来就是一部完整的民法典。然而,现行的民法通则、合同法、物权法、婚姻法、收养法、继承法和侵权责任法等,却无法拼成一部民法典。这不只是因为这些单行法并不是民法典的各编,而是独立的法律,其间并没有内在的逻辑联系,更主要的是因为它们极为复杂的个性。这些单行法既有改革初期计划经济体制统治地位时期制定的,如民法通则和继承法,又有改革后期确立市场经济体制后制定的,如合同法和物权法;既有符合新的经济体制要求的合同法,又有纠结于新旧体制之间的物权法;既有趋于债法的合同法(合同法总则的多数内容属于债法的一般规范),又有远离债法的侵权责任法。这里的复杂性远超出我们的想象。这种复杂性决定了在这些单行法基础上整合出一部民法典之难度,远大于抛开这些单行法另行制定一部民法典的难度。这就如同一个建筑师,在形式各异的建筑物基础上设计一个宏伟的建筑,远比另

---

① 梁慧星:《松散式、汇编式的民法典不适合中国国情》,《政法论坛》2003 年第 1 期。

起炉灶的难度要大得多一样。

　　然而,问题就在这里。立法机关已经不可能抛开这些单行法另起炉灶,按照法典的内在逻辑体系制定一部民法典。这只要看看世纪之交的第四次民法起草即可明了。这一期间,为了推动民法典的进程,一些学者提出了各具特色但却有一定体系性的民法典草案建议稿,但是立法实务部门并没有采纳这些学者的体系性的建议稿,而是将现行的民法通则、合同法、婚姻法、收养法、继承法简单地拼在一起,提出自己的民法草案,并将这一草案提交给立法机关审议。这也就表明了立法机关的基本态度:不会抛弃现行的单行法而另起炉灶。这也情有可原。因为无论是民法通则、婚姻法和继承法,还是合同法、物权法和侵权责任法,这些法律大多是立法机关曾经费了九牛二虎之力制定的法律,立法机关费尽了心血(如民法通则历经 7 年之久的民法与经济法调整对象之争,物权法历经 13 年 8 次审议,还遭遇巩献田教授的"违宪"之责难);而且这些法律在改革的进程中也都发挥了积极的作用,都被认为是社会主义法制进程中极为重要的法律(如民法通则就被认为是当代法制进程的一个"里程碑"),说什么也不能说弃就弃吧? 立法机关的态度既然如此明确,那么在这些单行法基础上要整合出一部真正的民法典,当然就不是一件容易的事。

　　既然在单行法基础上整合出一部民法典不是件容易的事,这也就难怪在民法学界,大概除了梁慧星教授外,没有人会如此强烈地对 2002 年年底提交审议的民法草案表示不满,大多数人还是接受了这部民法草案,甚至寄予一定的期待。例如,江平先生在 2002 年民法草案首次审议后,应媒体记者采访时就乐观地估计"民法典真正通过需两三年"①。笔者猜测,多数人的心理大概是,有总比没有好,何必非要体系科学呢? 再说,什么是民法典科学的体系,问题本身也并非只有唯一的答案。当然,更为尖锐的问题是,没有民法典,我们也生活得好好的,有了民法典也未必生活得更好(例如,人们期待物权法能管得住政府和开发商的强拆,但现实是,物权法颁行后,强制拆迁依然不止)。我们又何必非要一部民法典不可呢?

---

　　① http://news.xinhuanet.com/newscenter/2002-12/25/content_669138.htm

　　笔者求学期间改行民法,潜心民法教学与研究近 30 年,与大多数当下已经 50 岁以上的学界同仁一样,几乎把自己毕生的事业放在了这部法律之上。但是,笔者现在却十分的担心,民法典不是离我们越来越近,而是越来越远。但愿这纯粹是杞人忧天!

民法草案审议十周年祭[*]

一部法律草案进入立法程序后整整十年没有声息,这在中国改革开放以来的立法史上大概是十分罕见的事。《中华人民共和国民法草案》就是这部法律草案。2002 年 12 月 23 日,这部法律草案首次提交九届全国人民代表大会常务委员会第三十一次会议审议,标志着中国民法典正式进入了立法的程序。如今,十年过去了,虽然民事立法仍在进步,但并未见立法机关第二次审议这部法律草案。[①]

按照《立法法》第 39 条之规定,全国人大常务委员会会议审议的法律案,因故"搁置审议满两年"或者"经过两年没有再次列入常务委员会会议议程审议"的,应"由委员长会议向常务委员会报告,该法律案终止审议"。然而,迄今为止,亦未见有关终止民法草案审议的报道,更未见立法机关对此作出任何的解释和说明,实为立法上一大"悬案"。

一、一部仓促的法律草案

其实,这部法律草案本身就是仓促之作,它并没有被列入最高立法机关的立法计划,这部法律草案的起草和审议不过是临时性的安排。因此,这部法律草案提交审议后十年无声息,也应在意料之中。

---

* 本文原载《中国政法大学学报》2013 年第 1 期。

① 需要指出的是,本文是在法的形式意义上讨论民法草案(即作为一部法律草案的民法草案),并不是在实质意义上讨论民事立法,因为至少自 1978 年以来,民事立法一直在进行着,先后制(修)定了《民法通则》《继承法》《婚姻法》《收养法》《合同法》等民事单行法。在 2002 年年底民法草案提交审议之后,又制定了《物权法》和《侵权责任法》。指出这一点是必要的,正因为这些民事单行法不等于民法典,才有民法草案单独提交审议之必要和意义;也正因为如此,继续推动民法典的立法工作和研究工作才有现实的意义。

最高立法机关的立法规划始于七届全国人大常委会。七届全国人大常委会于 1991 年制定了 1991—1993 年立法计划,①未见有编纂民法典的立法安排。1993 年 3 月,八届全国人大常委会组成后制定的"八届全国人大常委会立法规划",共有 152 件法律列入立法规划,其中没有民法典,仅有物权法和合同法被列入"本届内审议的法律草案"。1998 年 3 月,九届全国人大常委会组成后制定的"九届全国人大常委会立法规划",合同法和物权法、婚姻法(修订)分别单独被列入"本届内审议的法律草案"和"研究起草、成熟时安排审议法律草案",亦无民法典的安排。也就是说,2002 年年底九届全国人大常委会审议的民法草案并没有被列入当时或之前的立法规划。②

全国人大常委会正式提出民法典的立法工作是在 2002 年初。2002 年 3 月 9 日,李鹏委员长在第九届全国人民代表大会第五次会议上作"全国人民代表大会常务委员会工作报告(2002 年)",首次提到"要加快……民法典的编纂工作"。于是,全国人大常委会法制工作委员会开始组织起草民法草案,于当年 10 月完成了之后提交审议的《中华人民共和国民法草案》。从提出"加快民法典的编纂工作"到完成民法草案只有六个多月时间。在如此短的时间内完成一部民法草案,可想有多么仓促。法制工作委员会甚至来不及编排出整部法律草案的条文数,每一篇都从"第一条"开始。如此的仓促,最终导致 2002 年年底提交审议的民法草案不过是一部简单拼凑的法律草

---

① 乔晓阳:《做好立法规划和立法计划工作》,《中国人大》2004 年第 24 期。

② 时任全国人大常委会法制工作委员会主任的顾昂然先生于 2002 年 12 月 23 日在九届全国人大常委会第三十一次会议上作"关于中华人民共和国民法草案的说明"中交代这部民法草案形成过程时说:"根据九届全国人大常委会的立法规划和常委会工作报告关于'要加快物权法的起草和民法典的编纂工作'的要求,法制工作委员会起草了物权法征求意见稿……并于今年十月,在现有民事法律和物权法草案的基础上形成了民法草案初稿。"顾昂然先生在此将"九届全国人大常委会的立法规划"和"常委会工作报告"并提,容易造成民法典编纂已被列入"九届全国人大常委会的立法规划"的误解。事实上,"九届全国人大常委会的立法规划"没有民法典编纂的安排。笔者在刊载九届全国人民代表大会常务委员会第三十一次会议的有关立法文件的 2003 年第 1 期《全国人民代表大会常务委员会公报》上,未能查到此文,也未查到民法草案的文本。此文下载自"百度文库"。http://wenku. baidu. com/view/1772687302768e9951e7387a. html,访问时间:2012 年 6 月 16 日。

案。这部民法草案包括总则、物权法、合同法、人格权法、婚姻法、收养法、继承法、侵权责任法和涉外民事关系的法律适用法共九编。其中，物权法编实际上在立法机关决定编纂民法典之前已经完成"征求意见稿"；总则编基本上照搬《民法通则》；人格权编是在《民法通则》以及其他法律关于人格权的规定基础上起草的；侵权责任法编则以《民法通则》《环境保护法》《产品质量法》等法律的有关规定为基础起草的；合同法编、婚姻法编、收养法编、继承法编，则是将已颁行的各单行法原封不动地编到这部民法草案中来。① 由此可见，这样一部简单拼凑的民法草案，自无体系可言。这样一部体系混乱的法律草案，立即遭到一些学者的抵制，梁慧星教授甚至严厉地批评说："一部体系混乱、不讲逻辑的民法典所可能给中国造成的弊害，将比中国没有民法典更甚千万倍！"②

民法草案提交审议不仅十分仓促，而且还是临时性的安排。事实上，民法草案在提交审议之前，在立法机关的立法规划中未有事先的计划安排；在提交审议之后，立法机关的立法规划也没有继续审议这部法律草案的计划安排。2003 年十届全国人大常委会组成后制定的"十届全国人大常委会立法规划"和 2008 年十一届全国人大常委会组成后制定的"十一届全国人大常委会立法规划"，先后将物权法和侵权责任法列入立法计划，不过是回到民法草案首次审议之前的单行法的立法思路上，并非民法草案审议的继续。关于这部民法草案，除了九届全国人大常委会李鹏委员长 2002 年 12 月 28 日在九届全国人大常委会第三十一次会议上的讲话和 2003 年 3 月 10 日在第十届全国人民代表大会第一次会议上做的《全国人民代表大会常务委员

---

① 参见顾昂然：《关于中华人民共和国民法草案的说明》，http://wenku.baidu.com/view/1772687302768e9951e7387a.html，访问时间：2012 年 6 月 16 日。
② 梁慧星：《松散式、汇编式的民法典不适合中国国情》，《政法论坛》2003 年第 1 期。

会工作报告》中高度赞扬这部法律草案①外,此后最高立法机关及其领导人不仅不再有对这部法律草案的赞美之声,甚至提到这部法律草案的都很少,②这部草案也逐渐淡出人们(大概只有民法学者除外)的视野。③

因此,笔者认为,十年前,民法草案提交立法机关审议,不过是仓促的和临时性的立法安排,它并非中国民法典的曙光,只不过是民法法典化进程中一个小小的插曲。

二、法学家的尴尬

雅科布斯说:"法典编纂是法学的任务,而不是立法的任务。"他还认为,由于修订法典是一项法学任务,"所以法典特征的形成完全取决于当时的法学水平"。④ 关于民法典编纂与法学以及法学家之间的关系,在大陆法系国家早已被事实所验证。无论是罗马时代的《优士丁尼法典》,还是近代以来的《法国民法典》《德国民法典》《瑞士民法典》《日本民法典》,抑或是我国《大

---

① 李鹏委员长 2002 年 12 月 28 日在九届全国人大常委会第三十一次会议上的讲话中提到:起草民法草案并提请审议,"这是为进一步完善我国民事法律制度迈出的重要一步"。2003 年 3 月 10 日,李鹏委员长在第十届全国人民代表大会第一次会议上做的《全国人民代表大会常务委员会工作报告》中说:"……一部系统规范民事关系的民法草案,在本届任期内完成了起草任务,并由常委会作了初步审议,这是为建立我国完备的民事法律制度而迈出的重大步伐。"

② 2007 年 3 月 8 日,全国人民代表大会常务委员会副委员长王兆国在第十届全国人民代表大会第五次会议上作《关于〈中华人民共和国物权法(草案)〉的说明》"中提到,"2002 年 12 月,九届全国人大常委会对民法草案的物权法编进行了初次审议。"

③ 例如,全国人大常委会办公厅研究室编的《中国特色社会主义法律体系形成大事记》(1978-2010)(中国民主法制出版社 2011 年版)甚至没有提到 2002 年民法草案提交审议这一重要的立法事件;在刊载九届全国人民代表大会常务委员会第三十一次会议的有关立法文件的 2003 年第 1 期《全国人民代表大会常务委员会公报》中,我们未能查到民法草案的文本以及立法说明等有关民法草案审议的信息。

④ [德]霍尔斯特·海因里希·雅科布斯:《十九世纪德国民法科学与立法》,王娜译,法律出版社 2003 年版,第 158、43 页。

清民律草案》和民国时期的民法典等，几乎所有的民法典都出自法学家之手。① 因此，与其说民法典是国家立法机关所立之法，还不如说它是法学家的一部作品，立法机关的审议通过只不过是这部法学作品获得法律效力的一个必经程序而已。民法典与法学家之间的这种关系，也导致一国的民法典必然带上参加法典编纂的法学家和他们所处那个时期法学理论水平的印记。民法典编纂是否成功，是"成也萧何败也萧何"，都应由法学家负最终的责任。

既然如此，那么，民法典的编纂就离不开法学家全面的参与，而不仅仅是有限的参与。或者说，民法典编纂必须依赖法学家，由法学家担当编纂民法典之大任。除此之外，大概不会有更好的办法和路径。套用当下公众所熟知的一种表达方式：虽然法学家不一定能编出一部好的民法典，但如果没有法学家担此大任，则肯定编不出一部好的民法典。

在中国民法典编纂的问题上，十年前审议的民法草案之粗糙，时间之仓促，当然是一个十分重要的因素。但十年过去了，民法典依然无所进展，这就与民法典编纂的组织形式有着直接的关系了。

尽管一些学者提到，存在着一个以法学教授为主包括退休法官和退休官员组成的民法典起草小组，②但这个小组并未见诸官方的任何文件。2002 年年底民法草案提交审议时，顾昂然先生所做的关于民法草案的说明也只字未提到这个起草小组。而且，这个起草小组似乎既没有经费预算，也没有办公场所，更没有正式的工作班子。因此，可以说这个以法学教授为主的民法起草小组并无应有的"名分"，他们中的部分成员组织草拟的民法草

---

① 法学家对民法典所做的贡献，可参见封丽霞：《法典编纂论——一个比较法的视角》，清华大学出版社 2002 年版，第 286～290 页。

② 这个小组形成于 1998 年，共有 9 名成员，包括 6 位法学教授（江平、王家福、王保树、魏振瀛、梁慧星、王利明）、1 位退休法官（费宗祎）和 2 位退休官员（魏耀荣、肖峋）。参见梁慧星：《中国民法学的历史回顾与展望》，http://news.xinhuanet.com/legal/2007-12/11/content_7230590.htm，访问时间：2012 年 6 月 21 日。另见，梁慧星主编：《中国民法草案建议稿》，法律出版社 2003 年版序言。

案建议稿也未得到立法机关的承认。① 这个小组充其量是一个非正式的、相当松散的专家咨询组织,其处境实际上十分尴尬。

顾昂然先生在对民法草案所做的说明中清楚地交代了这部法律草案的形成过程。他说:"根据九届全国人大常委会的立法规划和常委会工作报告关于'要加快物权法的起草和民法典的编纂工作'的要求,法制工作委员会起草了物权法征求意见稿……并于今年十月,在现有民事法律和物权法草案的基础上形成了民法草案初稿。"由此可见,这部民法草案是由全国人大常委会法制工作委员会完成的,而不是由上述以法学教授为主的民法典起草小组完成的。

虽然法制工作委员会的官员大多受过良好的法学专业教育,具有较好的法学专业水准,但这与法学家担当民法典起草毕竟有着区别。例如,法制工作委员会充其量只是一个行政性的法务部门,其官员习惯于把立法作为完成上级机关或领导交办的工作任务对待,这个部门及其官员有时为了完成工作任务,难免出现为立法而立法从而无法顾及立法品质的情况(2002年年底提交审议的民法草案之粗糙就是这样一个典型);这个部门及其官员还容易受到上级机关以及其他国家机关的掣肘,从而影响起草法律草案应有的独立性和中立性;这个部门的官员在法学专业领域上,与长期从事法学研究与教学的法学教授之间客观上也存在着一定的差距。

当然,在十年前这部民法草案形成的过程中,不排除包括上述民法起草

---

① 梁慧星教授在《中国民法草案建议稿》(法律出版社 2003 年版)序言中交代,1999 年 10 月,他主持完成了《中国民法典大纲草案》,2000 年,他主持的《中国民法典立法研究》课题申报中华社科基金成功,由此成立了由 25 人组成的"中国民法典立法研究课题组",按照《中国民法典大纲草案》起草民法典。至 2002 年 2 月完成侵权行为编和继承编,4 月 9 日完成总则编,4 月 13 日完成债权总则编,5 月中完成合同编,8 月中完成亲属编,加上 1999 年完成的物权编(《中国物权法草案建议稿》),《中国民法草案》全部完成,计 7 编、81 章、1924 条。由此推定,梁慧星教授主持的《中国民法草案建议稿》完成于 2002 年 8 月,早于 2002 年 12 月 23 日提交审议的《中华人民共和国民法草案》,完全有可能成为立法机关法务部门起草民法草案的参考。但是,情况并非如此,梁慧星教授也很无奈地认识到:"国家立法之权操在立法机关,现今之立法体制尚未符合立法科学化与民主化的要求,专家建议并未受到真正重视,不敢奢望此民法草案能为立法机关所采纳。"

小组成员在内的个别教授的参与,但参与的度应该极为有限。这与由法学家独立担当民法典起草之大任,应该有着本质的区别。

民法典起草小组的尴尬地位和 2002 年民法草案形成的情况表明,立法机关没有将民法典编纂之大任委托给法学家。这与大陆法系国家民法典编纂的传统形成了极大的反差。

当然,这里存在着一个问题,即法学家们是否有能力担当民法典编纂之大任? 如无此能力,不将民法典编纂委托给法学家或许还有些道理;如有此能力,不将民法典编纂委托给法学家,那就是对法学家们的极度不信任了。

对于法学家们的能力,即便在学界也是存有疑问的。有学者对于民法学界一些学者主张应以学者独立完成的民法草案为基础,从众多的学者草案中产生民法典的观点,虽然认为"不失为一种考虑",但仍明确表示"中国民法学者能否担当得起这种责任,我们还拭目以待"。[①]

客观地说,中国民法学的成长不过三十多年,仍不是十分成熟。但是,自改革开放以来,尤其是自上个世纪 90 年代以来,伴随着市场化的经济体制改革和依法治国方略的确立,中国民法学逐渐摆脱了苏联社会主义民法学的理论影响,抛弃了阶级斗争的理论和民法公法观,基本实现了自身的理论转型,初步构筑起以私法理念为基础的民法学理论体系。[②] 如果不是追求一部与《法国民法典》《德国民法典》媲美的里程碑式的民法典,[③]应该说中国民法学当下的知识水平,用以支持编纂一部民法典应该说是足够的。事实也证明了这一点。在 2002 年年底民法草案提交审议前后,一些民法学

---

① 封丽霞:《法典编纂论——一个比较法的视角》,清华大学出版社 2002 年版,第290 页。

② 参见柳经纬:《当代中国民法学的理论转型》(中国法制出版社 2010 年版)的相关论述。

③ 尽管民法学界也有学者提出要制定一部与《法国民法典》《德国民法典》媲美的民法典(例如,张新宝教授在"民法典的时代使命"一文中说:"如果说《拿破仑民法典》是以'革命的法典'立于人类最优秀民法典之林、《德国民法典》是以'统一的法典与专家的法典'立于人类最优秀民法典之林的,那么,我制定的民法典将以'改革的法典与进步的法典'立于人类最优秀的民法典之林。"参见张新宝:《民法典的时代使命》,《法学论坛》2003 年第 2 期),但是,笔者认为,中国能否有这样的幸运,是值得怀疑的。

者先后完成了三部民法草案建议稿。① 虽然这几部民法草案建议稿之间也存在着一些差异,有一些问题有待进一步探讨,但比起 2002 年年底提交审议的民法草案,其体系性和理论水平应该说远胜一筹。然而,十年过去了,民法典编纂未能取得进展,重要的因素之一还是对法学家与民法典之间的关系缺乏一个正确的认知,对法学家缺少基本的信任。

三、政治的功利性

艾伦·沃森指出:"对于法典编纂而言,政治因素必定是重要的,当法典问世之时,也必定有适当的政治环境"。② 民法典与政治的关系业已被《优士丁尼法典》以来民法的历史所反复证明。③ 如果说编纂一部什么风格的民法典主要取决于法学家的知识水平,那么,是否制定民法典则完全取决于政治家的抉择。毕竟立法权只掌握在政治家手里,而不掌握在法学家手里。

清末以来,中国民法典"几上几下"复杂的历史从正反两面再次证明了这一点。民国时期,颁行民法典主要是基于废除治外法权的政治考量;1949年,废除民国时期的民法典则是由于政权的更迭导致"法统"之争,④同样是

---

① 分别是梁慧星教授主持的《中国民法草案建议稿》、王利明教授主持的《中国民法草案建议稿》和徐国栋教授主持的《绿色民法草案》。

② [美]艾伦·沃森:《民法法系的演变及形成》,李静冰等译,中国政法大学出版社 1992 年版,第 130 页。

③ 参见韩强:《民法典的政治与政策解读》,《浙江社会科学》2008 年第 12 期。

④ 所谓"法统"之争,是指:1949 年元旦,蒋介石发表"新年文告",提出谈判求和的"五项条件",其中包括"神圣的宪法不由我而违反,民主宪政不因此而破坏,中华民国的国体能够确保,中华民国的法统不致中断。"1 月 4 日,毛泽东发表《评战犯求和》一文,针锋相对地逐条给予批驳,驳斥了"伪法统";1 月 14 日,毛泽东又发表了《关于时局的声明》,正式提出同国民党和平谈判的"八项条件",明确指出"废除伪法统"。废除"旧法统"直接导致包括民法典在内的"六法全书"的废除。同年 2 月 22 日,中共中央发布《关于废除国民党六法全书与确立解放区的司法原则的指示》。9 月 29 日,中国人民政治协商会议通过了《共同纲领》,第 17 条规定:"废除国民党反动政府一切压迫人民的法律、法令和司法制度,制定保护人民的法律、法令,建立人民司法制度。"关于"六法全书"废除的过程及缘由,参见熊先觉:《废除六法全书的缘由及影响》,《炎黄春秋》2007 年第 3 期。

基于政治上的原因。20 世纪 50 年代至今,中国曾四次组织民法典起草工作,终未能成"正果",也与政治环境有关。50 年代第一次民法典起草工作,因"反右运动"而停止。60 年代第二次民法典起草,则因"城乡社教运动""文革"而停止。① 70 年代末 80 年代初第三次起草民法,缘于十一届三中全会之后对 1949 年之后尤其是"文革"期间法制惨遭破坏的反思和对社会主义法制的追求,②后因当事者认为立法条件不成熟而更改思路(即所谓"批发"转"零售")而停止。③ 世纪之交的第四次民法起草直接源于九届全国人大常委会李鹏委员长的动议,④并随着李鹏委员长的卸任(2003 年 3 月,全国人民代表大会第十次会议召开,李鹏委员长任期届满)而被束之高阁。然而,与前两次民法典起草毫无成果不同的是,第三次和第四次民法典起草取

---

① 关于第一次起草民法和第二次起草民法因政治原因而停止的情况,参见顾昂然:《新中国民事法律概述》,法律出版社 2000 年版,第 1～3 页。

② 1978 年 12 月 13 日,邓小平在中共中央工作会议闭幕会上做了"解放思想,实事求是,团结一致向前看"的讲话,对以往法制惨遭破坏的历史进行了深刻的反思,并提出了加强社会主义法制的意见。他指出"为了保障人民民主,必须加强法制。必须使民主制度化、法律化,使这种制度和法律不因领导人的改变而改变,不因领导人的看法和注意力的改变而改变。现在的问题是法律很不完备,很多法律还没有制定出来。往往把领导人说的话当做'法',不赞成领导人说的话就叫做'违法',领导人的话改变了,'法'也就跟着改变。所以,应该集中力量制定刑法、民法、诉讼法和其他各种必要的法律……做到有法可依,有法必依,执法必严,违法必究。"邓小平的讲话内容被写进之后召开的十一届三中全会会议公报。正是在这种政治背景下,1979 年全国人大常委会法制工作委员会启动了第三次民法典起草工作,至 1982 年 5 月先后草拟了四稿民法草案。

③ 所谓"批发"转"零售",是指 1982 年完成四稿民法草案之后,当事者认为当时"……经济体制改革还正在发展,制定一部完整的民法典有困难,条件还不成熟。所以,……决定,采取'零售'的方针,即先制定单行法,根据需要,哪个成熟了,就先制定哪个。"顾昂然:《新中国民事法律概述》,法律出版社 2000 年版,第 9 页。

④ 1999 年 8 月 31 日,九届全国人大常委会举办法制讲座,李鹏委员长主持讲座并发表讲话,他强调:"为适应改革开放和社会主义市场经济发展的需要,要继续加强民事立法工作。……在条件成熟时要着手研究编纂一部中国的民法典"。2002 年 3 月 9 日,李鹏委员长在第九届全国人民代表大会第五次会议上做"全国人民代表大会常务委员会工作报告"中提出"在民法商法方面,要加快物权法的起草和民法典的编纂工作"。正是在这种情况下,起草了 2002 年 12 月 23 日提交全国人大常委会审议的民法草案。

得了一定的成果,制定了一批民事单行法,①法典之花最终结出的是单行法之果。

无论是 1949 年的废除民国时期的民法典,还是此后进行的四次民法典起草,法律一直被视为政治的一种工具,政治因素始终决定着民法典的命运。即便是改革开放之后,无论是基于对法治的追求还是基于市场化改革的需求,民事立法也一直受到政治因素的左右。政治本身充满着功利,受政治因素支配的民事立法也难以摆脱政治的功利性。法典之花只结出单行法之果,正是这种政治功利性的体现。

雅科布斯指出:"如果制定民法典的时代是一个以塑造民众生活和社会关系为需要和目的的政治时代,那么,这部民法典就会成为政治工具。政治因素就会在这部民法典中占主导地位;而对法的技术性要求以及对法律规则完善化的要求,则只能退居其次了。"②当代中国正处在这样的一个时代,市场化的改革需要民法典,民法典无疑担负着服务市场化改革和塑造市民社会关系的政治任务,民法典无法摆脱其充当政治工具的命运,也无法摆脱其听从于政治的被动地位,哪怕法学家们如何呼吁,如何强调民法典对于法治国家的重要性,也无济于事。或许正是因为这一点,所以在政治家们看来,已经形成的社会主义法律体系完全可以没有民法典,而只需一些民事单行法。

但是,即便客观情况如此,切不可如此短视。既然确定了依法治国的战略,确立建设法治国家的目标,那么,社会主义的法律体系就不可缺少民法典。而要成就一部民法典,不仅需要法学家的知识,更需要政治家的远见。在当下,重要的不仅仅是强调政治家的远见,还有对法学家的基本信任。也

---

① 按照"零售"的立法思路,改革开放之后先后制定了《经济合同法》(1981 年,已废止)、《继承法》(1985 年)、《涉外经济合同法》(1985 年,已废止)、《民法通则》(1986年)、《技术合同法》(1987 年,已废止)、《合同法》(1999 年)、《物权法》(2007 年)和《侵权责任法》(2009 年)。此外,婚姻家庭法也属于民法,2002 年的民法草案将其列为一编,但由于受苏联民事立法的影响,婚姻家庭立法一直独立于民法,因而有 1980 年的《婚姻法》和 1992 年的《收养法》。

② [德]霍尔斯特·海因里希·雅科布斯:《十九世纪德国民法科学与立法》,王娜译,法律出版社 2003 年版,第 1 页。

只有这样，才能发挥法学家在民法典编纂中的积极作用，才能切实实现法学家与政治家的合作，从而推进民法典的立法工作。只有法学家和政治家的联手，才能真正成就一部民法典，法治国家才有坚实的法律基础。

我国亟需制定一部民法典[*]

中国政法大学柳经纬教授主持的国家社科基金项目阶段性成果提出，我国现行民商事法律存在严重的体系性缺失问题，新一届全国人大常委会应将制定民法典列入立法规划。

一、现行民商事法律体系性缺失问题十分突出

近年来，我国民商事立法取得巨大成就，民商事领域基本实现"有法可依"，平等、意思自治、权利保障和诚实信用等现代法治理念逐步确立。然而，现行民商事法律也存在严重的体系性缺失问题。

1. 立法杂乱无章。例如，在企业制度方面，现行法律法规有十多部，既有按照所有制标准制定的《中外合资经营企业法》《全民所有制工业企业法》《乡镇企业法》《城镇集体所有制企业条例》《私营企业暂行条例》等，又有按照企业组织形式标准制定的《公司法》《合伙企业法》《个人独资企业法》。

2. 法律规定重复。例如，关于建设用地使用权，《城镇国有土地使用权出让和转让暂行条例》《城市房地产管理法》以及《物权法》均从不同角度做了规定，大多是重复性的。《侵权责任法》的大量条文重复《民法通则》《产品质量法》《道路交通安全法》《环境保护法》《医疗机构管理条例》的相关规定。

3. 法律概念不统一。例如，关于民事主体，《民法通则》采用公民（自然人）和法人，而《合同法》采用自然人、法人和其他组织，《物权法》则采用国家、集体和私人。关于民事法律行为，《民法通则》定性为"合法行为"，《合同法》则定性为"协议"（意思表示）。

4. 法律规范不一致。例如，关于欺诈、胁迫、乘人之危行为的效力，《民

---

* 本文入选国家社科基金《成果要报》2013年第21期。

法通则》采取"无效说",《合同法》原则上采取"可撤销说"。关于抵押合同的
生效,《担保法》规定"自抵押物登记之日起生效",《物权法》则规定"当事人
之间订立有关设立……不动产物权的合同,除法律另有规定或者合同另有
约定外,自合同成立时生效;未办理物权登记的,不影响合同效力。"

5.法律观念冲突。例如,关于合同转让,《民法通则》规定合同的权利义
务转让"不得牟利",反映的是计划经济下限制合同转让的旧观念;《合同法》
则允许当事人自由转让,反映的是市场经济下鼓励交易的新观念。1988 年
宪法修正案和依据宪法修正法修订的《土地管理法》均确认了土地使用权可
以依法转让,而《民法通则》仍保留"土地不得买卖、出租、抵押或者以其他形
式非法转让"的条文。

6.法律制度无法衔接。例如,关于代理,《民法通则》规定的代理限于直
接代理,《合同法》则确认了间接代理;关于当事人的缔约能力,《民法通则》
只要求行为人具备"相应的民事行为能力",而《合同法》要求同时具备"相应
的民事权利能力和民事行为能力"。

二、制定民法典的条件已经具备,新一届全国人大常委会应将民法典列入立法规划

实现民商事法律体系化的基本路径主要有两个:一是不改变现行法律
的总体架构,该废旧立新的废旧立新,该修订的修订,实现法律法规协调一
致;二是彻底改变现行法律的总体架构,启动民法典编纂工作。

比较而言,第一条路径比第二条路径难度更大。这就好比将形式各异
的建筑物设计成宏伟的建筑,远比另起炉灶的难度大得多一样。而且,对现
行民商事法律法规的修补,无法从根本上解决体系性缺失问题。

民法典是民商事法律的核心和基础。民法典之所以为民法典,就在于
它的体系性和科学性。法典化国家和地区的法治实践表明,是民法典决定
了民商事法律的体系化,进而决定了国家法律整体的体系化。

自新中国成立之初废除国民党的"六法全书"后,制定一部中华人民共
和国的民法典始终是社会主义法制的基本目标。从上世纪 50 年代中期开
始,有关部门和一些有识之士先后四次组织民法典草案的起草工作。然而,

民法典始终没有被纳入最高立法机关的立法规划。2002 年年底仓促提交审议的《民法草案》,不过是当时已经颁布施行的《民法通则》《合同法》等民事法律和正在起草的《物权法草案》等法律草案的简单拼凑,同样缺乏体系性。

如果说过去先后几次起草民法典,或由于政治环境不具备,或由于改革伊始缺乏立法经验,或由于事先缺乏科学规划,最终都未能如愿,那么,当前无论是政治环境还是立法经验,我们都具备了编纂一部民法典的条件,只是需要将其列入新一届全国人大常委会的立法规划。

民法典不应是现行法律法规的简单拼凑。不能将民法典立法工作定位为 2002 年年底《民法草案》审议的延续,而是要编纂一部科学的体系化的民法典。只要认真做好规划,精心组织,新一届全国人大完全可以完成编纂一部民法典的立法任务。

关于做好民法典编纂工作的几点建议[*]

《中共中央关于全面推进依法治国若干问题的决定》明确提出要"编纂民法典"。这在党的文献上还是第一次。这足以表明民法典对于推进依法治国、建设中国特色社会主义法治国家的重要意义。

改革开放以来,尤其是党的十四大确立市场经济体制目标以来,我国制定了一批民商事法律,基本涵盖了民商事的相关领域。在这种情况下,四中全会提出"编纂民法典"的立法任务,我认为,其直接的意义在于贯彻十八大报告提出的"科学立法""健全中国特色社会主义法律体系"的精神,通过民法法典化,以解决我国现行民商事法律存在的严重的体系性缺失问题,为国家法治建设奠定基础。

在实践层面上,自新中国成立以来,我国先后组织了四次民法典的起草(改革开放前2次,改革开放后2次)。2002年年底,全国人大法工委组织起草的《中华人民共和国民法(草案)》首次提交全国人大常委会审议。这些"立法"的实践既为民法典的编纂提供了经验,也提供了教训。总结以往工作的经验教训,尤其是改革开放以来民法典起草的经验教训,对于下一步做好民法典编纂的立法工作,不无益处。

一

加强立法规划。改革开放以来,我国先后启动了两次民法起草工作,即上个世纪70年代末80年代初的第三次民法起草工作和世纪之交的第四次民法起草工作。前者因为立法条件不成熟而放弃,后者则因为缺乏有效规划和组织而未果。实际上,这两次民法起草都算不上严格意义的立法活动。

---

[*] 本文原载司法文明协同创新中心《成果要报》第13期(2014年11月1日),入选《教育部简报(高校智库专刊)》第21期。

因为,这两次民法起草工作从来就没有被列入全国人大常委会的立法规划。即便是 2002 年年底提交全国人大常委会审议的《中华人民共和国民法草案》,也不是有计划的立法活动,它不过是一次仓促的、临时性的立法冲动。而且,这次民法草案的起草审议带有明显的个人因素。它直接源于九届全国人大常委会李鹏委员长卸任前的动议,并随着李鹏委员长的卸任而被束之高阁(12 年来未见立法机关再次审议这部法律草案,甚至未见有关部门对此作出解释和说明)。本届全国人大常委会制定的立法规划,依然没有民法典。因此,要实现四中全会提出的"编纂民法典"的立法任务,当务之急是将编纂民法典增列进本届全国人大常委会的立法规划,即便是本届全国人大期间无法完成民法典的编纂任务,也应该正式启动这项立法工作,为今后工作打好基础。我们坚信,在立法机关持之以恒的努力下,完全可以完成民法典编纂的任务,编纂出一部反映中国特色社会主义要求的优秀的民法典。新中国成立后,历经 65 年 4 次起草民法典仍未能完成民法典的编纂任务,很重要的一个原因是起草民法典草案的工作断断续续,缺乏持之以恒的努力。

二

坚持科学性、体系性的立法思路。单纯从法制的层面看,民法典的意义在于它的体系性。民法典本身不仅讲究科学的体系性,而且它所规定的制度将为民商事特别法提供制度之源,由此构成以民法典为核心的民商事法律体系。改革开放以来,我国在民商事的各个领域制定了相应的单行法,但是这些法律是在缺乏整体规划的情况下制定的,反映了改革不同时期的需求,相互之间也缺乏有效的制度衔接,甚至存在着许多矛盾和冲突的规定。2002 年年底提交全国人大常委会审议的民法草案,不过是将其时已经颁行的法律(民法通则、合同法、婚姻法、继承法、收养法)以及正在起草的法律草案(物权法草案等)加以简单改造、拼凑的产物,谈不上体系性和科学性。虽然,现已颁行的民法通则、合同法、物权法、婚姻法、继承法、收养法以及侵权责任法为编纂民法典奠定了基础,积累了经验,但是民法典绝不应是这些法律的"拼盘"。因此,民法典编纂不应延续此前民商事立法尤其是 2002 年民法草案的思路,而应坚持体系性的思路。具体而言,应从民商事法律体系化甚至完善国家法律体系的高度,借鉴大陆法系国家和地区民法典的体系,先行完成民法典的体系设计,在此基础上,将已经颁行的法律作为法典编纂的素材之一,吸收到民法典中来,编纂一部具有科学性和体系性的民法典。

三

充分发挥专家学者在民法典起草中的作用。"法典编纂是法学的任务"(德国学者语),民法典与法学以及法学家之间有着密切的关系。无论是罗马时代的优士丁尼法典,还是近代以来的法国民法典、德国民法典、瑞士民法典、意大利民法典、日本民法典乃至我国民国时期的民法典,几乎所有国家和地区的民法典都出自法学专家学者之手。这种出自法学专家学者之手的民法典,堪称优秀的法学作品,均以其科学性和体系性闻名于世,不仅在推进社会法治中发挥着基础性的作用,而且还是人类文明进步的标志,是世界文明的重要组成部分。

由法学专家学者起草民法典草案的好处在于,使民法典建立在科学的理论基础上,可以最大限度地防止来自权力部门或某些利益团体的干扰,避免"立法工作部门化倾向"。这是因为,"法典是人民自由的圣经"(马克思语),民法调整的是人民之间的关系,其使命在于确认和保障人民的权利,因此,民法的制度和规范应充分彰显主体平等、权利保障、意思自治的精神,尽可能避免过多的权力干预或者部门利益的需求。这一点在我国尤为重要。现行的民商事法律均由官方组织起草(有的是政府管理部门组织起草,有的是立法机关的法务部门组织起草),虽然在立法中也注意到发挥专家学者的作用,主动邀请专家学者参与法律草案的讨论和论证,主动向专家学者征求意见,但是这种官方组织的法律起草工作,无法从根本上防止"部门化倾向"。我们也不难发现,现行民商事法律中的一些规定带有明显的权力干预或部门利益迹象。同时,由于法律草案出自权力机关,也导致了我国现行民商事法律存在着"公私不分"或"公私混杂"(即民商事法律包含着不少的公法内容)的现象,有些规定甚至背离了民法的精神。

改革开放以来,伴随着经济体制改革的不断深入和发展,我国民法学理论总体上实现了从服从计划经济到服务社会主义市场经济体制的理论转型,在民法典编纂理论研究方面也取得了突出的成果。这些都为民法典的编纂做了较为充分的理论准备,提供了有力的理论支持。我们的法学专家学者完全能够胜任民法典草案的起草工作,我们也完全有能力编纂出一部出色的民法典。由专家学者起草民法典草案,也符合《中共中央关于全面推进依法治国若干问题的决定》提出的"探索委托第三方起草法律法规草案"的精神。

四

　　建立民法典编纂的工作机制。(1)成立独立的法典编纂委员会,人数参照全国人大法律委员会,委员从资深法学家、律师、法官和长期从事立法工作的公务员中遴选,由全国人大常委会任命,主任委员由全国人大常委会领导(最好是委员长)担任。委员会具有独立性,不因全国人大常委会届满而终止,只有在民法典编纂任务完成之时,委员会才能宣告解散。委员会的职责是确定民法典编纂原则,提出民法典立法理由书,公布民法典草案广泛征求意见,最终审定民法典草案,报送全国人大常委会。(2)法典编纂委员会采取直接委托或招标方式委托2~3个专家学者团队同时起草民法典草案,担任法典编纂委员会的委员不得接受委托或参加民法典草案的招投标。(3)成立一个由国内外知名法学家组成的法典编纂咨询委员会,为民法典编纂提供咨询意见,并对委托起草或其他方报送的民法典草案进行独立评估,给出评估意见。法典咨询委员由法典编纂委员会聘任,对法典编纂委员会负责。(4)按照民主立法、开门立法的原则,除了法典编纂委员会委托起草民法典草案外,鼓励专家学者独立起草民法典草案,按照一定的程序提交法典编纂委员会。(5)民法典编纂经费列入预算。

　　民法典是法治文明的重要标志,编纂民法典是全面推进依法治国的大事。我们坚信,只要认真做好立法规划,精心组织,持之以恒,完全可以在不太久的时间内完成编纂民法典的立法任务。

关于我国民法典债的立法问题[*]

一、如何对待传统的债法体系

1. 我国民法典编纂体例问题的讨论主要集中在债法体例上,主要有三种主张:一是坚持传统的债法体系,设债编,统揽合同与侵权行为。这种主张中,即便债法总则、合同、侵权行为分别设编,也只是从篇幅上考虑,仍然维护传统债法的统一性。目前的教学体例以及梁慧星教授主持完成的民法典草案建议稿持这种观点。二是否弃传统的债法体系,只设合同和侵权行为编,不设债法总则。2002 年立法机关提交审议的民法草案持这种观点。三是改革传统债法体系,强调责任的特殊地位,将责任尤其是侵权责任从债的体系中分离出来。1986 年《民法通则》持此观点。

2. 上述关于民法之债法体系的不同观点,其实质涉及这样一个基本问题:如何对待传统的债法体系? 是维护,还是否弃抑或改革? 德、日以及国民政府的民法典中,债法是一个完整的体系。形式上设有独立的债编,内容包括了合同、侵权行为等具体的债。法国民法典虽无形式上独立的债编,但也包含着一个完整的债法规范体系。由此可见,建立统一的债法(规范)体系,是法典的传统。

3. 如何对待这一传统? 这是我国民法典编纂不可回避的一个问题。因为民法法典化既要立足于我国法治实践,又要积极借鉴他国法典化的经验。事实上,我国关于民法法典化问题的理论研究,也始终是在这两个层面上

---

　　* 本文为提交 2009 年 10 月于北京赛特饭店举行的第四届"罗马法、中国法与民法法典化"国际研讨会的论文,原载[意]S. 斯奇巴尼、朱勇主编:《罗马法、中国法与民法法典化(文选)——从古代罗马法、中华法系到现代法:历史与现实的对话》,中国政法大学出版社 2011 年版。

展开。

4.如果我们把民法典的编纂问题看成是一个民法科学的问题的话,那么,在如何对待传统债法体系的问题上,也应该以科学的态度,而不宜采取不加分析论证的简单的态度。对此,我的看法是:如果要否弃传统的债法体系,必须进行充分的论证,必须说清楚传统的债法体系存在着哪些缺陷,而这些缺陷足以让我们有理由将之否弃而"另起炉灶"。如果不加以科学的分析和论证而采简单地加以否弃,不是科学的态度。

5.还需进一步说明的是,负有证明责任的不是主张维持传统债法体系的学者,而是主张否弃传统债法体系的学者。这也是一种证明责任。因为,在我国的民法传统中,不论是国民政府因继受德日民法而形成的民法学理论传统,还是新中国成立后全盘照搬的苏联民法学理论,抑或改革开放后构建的民法学理论,总体上看是维护传统债法体系的。即使是1986年的《民法通则》把责任与债分开,但在民法学理论教学与研究上,传统的债法体系理论传统仍然有着巨大的影响。违约责任随着《合同法》的颁行回归债(合同)已成定论,在大多数的民法教科书和理论研究中,侵权行为作为债的发生根据之一,也被广泛认可。这说明,人们还是在传统的债法体系框架内来理解和把握合同与侵权行为。

6.总之,在没有充分证明传统的债法体系不适合于我国的情况下,应当维护传统的债法体系。这样做的好处在于:(1)有先例可遵循,无须冒"另起炉灶"的风险;(2)与我国现有的民法学教学和理论吻合,可以降低立法和司法的成本;(3)与法典化国家的法律体系接近,有利于私法的国际交流与民事交往。

二、债法总则对具体债的适用

1.完整的债法体系的建立,关键在于债法总则,由债法总则和各种具体债的规范构成了完整的债法体系。在我国关于债法体例的讨论中,争议的要点之一就在于应否设立债法总则。2002年年底立法机关提交审议的民法草案无债法总则,只有合同法编和侵权行为法编;梁慧星教授主持的民法典草案建议稿所设的债法总则、合同法和侵权行为法三编是一个整体,构成了完整的债法体系,维护传统的债法体系;王利明主持的民法典草案虽然设债法总则、合同法和侵权法编,但其侵权行为法并非债法体系的组成部分,而是独立于债的。因此,其债法总则实质上只管到合同,而不及于侵权行为。

2.在关于是否需要设立债法总则的问题上,涉及如何看待债法总则的地位与作用问题。在讨论中,一种对债法总则持否定的观点认为,债法总则是在合同法的基础上发展起来的,对于其他类型的债不适用,存在着"水土不服"的现象。如果确实是这样,那么,设立债法总则以统帅各种具体的债也就没有必要,债法总则如果仅适用于合同,那么,设立债法总则的意义也就不大。因此,在债法体系的问题上,我们需要对债法总则、对具体债的使用问题加以进一步的考察。

3.根据各国民法的规定,债法总则一般包括以下的内容:(1)债的标的,主要内容包括给付义务、种类之债、金钱之债和选择之债;(2)债的效力,主要内容包括债的履行原则(诚实信用)、履行的基本规范(如第三人履行、履行地、履行期限、履行方法、代物清偿等)以及债不履行(不履行、不完全履行、迟延履行等)及其后果、免责事由;(3)债的保全,内容包括代位权和撤销权;(4)多数人之债,内容包括按份之债、连带之债、不可分之债等;(5)债的移转,内容包括债权转让、债务承担和债权债务概括转让;(6)债的消灭,除履行以外,债的消灭事由包括提存、抵销、免除、更新、混同。

4.上述债法总则的规范,对于侵权行为之债(损害赔偿),除了个别规范不适用,基本适用①。有学者以抵销为例认为债法总则的规范不适用于侵权责任,其实不然。《德国民法典》第393条规定:"因故意侵权行为而产生的债权,不得抵销。"我国台湾地区"民法"第339条规定:"因故意侵权行为而负担之债,其债务人不得主张抵销。"由此可见,法律所限制的是加害人主张抵销,如受害人主张抵销则非法律所禁止。至于并非故意侵权所生之债,即便是加害人,也可主张抵销。

5.债法总则的规范对于合同,也并非完全适用。合同之债与侵权行为

① 详见拙文:《从债的一般规范对侵权行为的适用性看债法总则的设立》,《罗马法、中国法与民法法典化(文选)》,中国政法大学出版社2008年版。

之债等的不同在于,债的关系由当事人约定,因而,合同之债具有多样性。这种多样性表现之一是给付的多样性,既可以是交付物或金钱,也可以是提供劳务或完成工作并交付工作成果,还可以是不作为。债法总则的规范也不是都适用于合同之债。例如,债法总则大多规则不适用于不作为的合同之债。例如,邻里之间约定在夜间一定时段不得弹奏钢琴的合同义务不可能由第三人代为履行或移转给第三人承担,也不发生迟延履行、不完全履行和强制履行问题,更不可能发生提存和抵销。①

6.上述说明,债法总则的规范对合同之债以及侵权行为之债都具有适用性,但都不完全适用。因此,以债法总则对合同以外的债不完全适用为由而否定其实际效用和存在价值,理由难以成立。如果不是这样的话,那么,应该被否定的恐怕不只是债法总则,合同总则也难以幸免。如此一来,我们讨论的就不只是要不要债法总则的问题,还包括要不要合同总则的问题。这不仅将导致对债法体系的否定,也必将导致对合同法体系的否定,以至于对整个民法体系的否定。这显然与我们讨论这一问题的初衷即构建科学的民法体系的宗旨是相违背的,因而是不可取的。因此,在如何看待债法总则对具体债的适用问题上,笔者的看法是,不宜苛求债法总则必须完全适用于具体的债才有存在的价值,那种要求债法总则必须对具体的债完全适用才有存在价值的见解,未免有理论上的责全求备之嫌。

7.在法典的技术层面来看,构成总则的内容,具有一般规范的意义,可以涵盖一定范围的具体法律关系,但是并不完全适用于其所涵盖的法律关系。它不过是为所涵盖的具体法律关系提供一套备用的规范,法典中的其他总则如此,债法总则也是如此。从错综复杂的债的关系中抽象出来的债法总则,并非绝对地反映全部债的共性,其构成的规范有的反映的是 A 种债和 B 种债的共性,而有的反映的则是 B 种债和 C 种债的共性,可能有的又反映 C 种债和 A 种债的共性,其间存在着较为复杂的情形。因此,构成债法总则的某一规范,可能适用于若干种具体债,而不是适用于所有的债。对于债法总则乃至民法总则,我们只能提出这样的要求,而不能提出必须适

---

① 详见拙文:《关于如何看待债法总则对各具体债适用的问题》,《河南省政法管理干部学院学报》2007 年第 5 期。

用于所有涵盖的法律关系的要求。

三、民事责任与债的关系问题

1. 在我国学界,通常意义上的民事责任,是指违反义务的法律后果。在罗马法上,责任与债务并无严格区分,"法锁"既包含着债务的内容,也包含着违反债务应受处罚的内容。区分债务与责任是日耳曼法的功劳,债务是指"法的当为(rechtliches Sollen)",责任的意义则是"法的必为(rechtliches Müssen)",指债务不履行时,债权人可以对债务人的人身或财产实行"强制取得(zugriff)",以代替债务人的给付。然而,我们看到,在日耳曼法学的继承人德国,尽管理论上仍区分责任与债务,但侵权行为的责任却归属于债的范畴,侵权行为不过是债的发生根据之一。倒是在远离日耳曼故乡的中国,民法学和立法均坚持严格区分责任与债。《民法通则》在民事权利之外单独设民事责任章,被学者认为是一项创举,是世界民事立法史的重大突破。严格区分责任与债务以及《民法通则》的这一成例,也成为民法典编纂问题研究中主张侵权行为法独立成编最主要的理由。

2. 无论是古代罗马法的"法锁",还是日耳曼法的责任,其主要含义是"强制取得"。当债务人不履行债务时,债权人有权直接对债务人的财产乃至人身采取强制措施,以替代债的给付。在古代法上,责任所具有的强制性,且极为残酷,债权人有权将不履行债务的债务人变为自己的奴隶加以奴役或者将其出售,甚至处死。《十二表法》第三表对此规定得极为明确。在民法的发展史上,古代罗马法和日耳曼法所确立的民事责任,并不是一成不变地被保持了下来,而是发生了巨大的变化。这些变化至少可以概括为两个方面:(1)从人身责任到财产责任;(2)从强制取得到对债的依归。

3. 从人身责任到财产责任。在古代法上,用以承担责任的载体可以是人身,也可以是财产,因此,最初的责任类型既有人身责任,又有财产责任。人身责任的基本内涵是,债务不履行时,债权人可以对责任人的人身采取强制措施,包括羁押、奴役、出售甚至杀死。这种人身责任,由于其残酷性,随着社会的发展和人类文明的进步,逐渐被废弃,取而代之的是单一的财产责任。根据记载,法国于 1867 年、德国于 1868 年、英国则于 1869 年先后废除

了为清偿债务而对债务人实行人身拘禁的制度。现代民法之责任,均为财产责任。无论是侵权责任还是违约责任,债权人为实现其债权而请求法院采取强制措施,只能针对债务人的财产,而不能针对债务人的人身。这也就是为什么在现代民法里,损害赔偿具有普遍意义的缘故,无论是侵权责任还是违约责任,损害赔偿都是最为主要的责任形式。即使是法院判决债务人应完成特定行为,当债务人不主动执行法院的判决时,法院也不能对其实行人身强制,最终法院所能做的只能是以债务人的费用,使第三人完成该行为,也就是说,最终的后果还是财产责任。

4. 从强制取得到对债的依归。古代法上的责任最突出的特征是强制性。与现代法上的责任之强制性来自公权力机关不同,古代法上责任的强制性可以直接来自债权人,表现为债权人对债务人的财产或人身的强制取得。随着社会的进步和司法的发达,这种来自债权人的直接强制,也逐渐受到限制。在现代社会,债权人不得直接对债务人的财产和人身采取强制取得,而只能请求法院依强制执行法对债务人的财产采取强制措施。私法上强制性的消逝,致使责任发生了向债务的转化,当债务人不履行债务时,债权人所能采取的行动不过是请求债务人为或不为一定行为。根据债不履行的不同情形,债权人可以要求债务人继续履行债务(继续履行责任),或者要求债务人支付违约金或定金(违约金责任或定金责任),或者要求赔偿损失(损害赔偿责任)。如果债权人向法院提起诉讼,要求债务人承担债不履行的责任,其请求事项仍不出上述几项内容,与诉讼外的请求不同的仅仅是请求权行使的方式而已,其请求权的性质并无本质的区别。由此可见,债务人不履行债务时所应承担的责任与古代法上的责任有着本质的区别,而与债务却有着相同之处。这种情形,可称之为责任向债务的依归。因而,在今日之民法学,责任又被称为第二次义务。

侵权行为产生的责任也是如此。从古代法的同态复仇,到损害赔偿,责任形式发生了变化,责任的强制性也同样退出实体法,进入强制执行法的领域。依据现代侵权法,受害人所能做的,也只是请求加害人赔偿其财产和精神损害,而不能对加害人采取任何人身或财产的强制性措施,侵权责任同样发生向债的转化。此为侵权行为之债。

5.责任的强制性最后的归属

在责任的演变过程中,其强制性并没有完全消失,其中的财产强制移转至强制执行法(强制执行法属于公法),少部分留在私法,构成私法中的自力救济制度。

在现代法里,无论是侵权行为引起的损害赔偿责任,还是违约行为引起的继续履行、支付违约金或赔偿损失责任,债权人如不能通过和解获得救济,那么就只有向法院提起诉讼,请求法院以国家强制力强制债务人承担责任,债权人并不能直接对债务人采取强制措施。法院强制债务人承担民事责任,属于强制执行法的对象,须严格依据强制执行法的规定。强制执行法属于公法,而不属于私法。

在私法领域,法律只允许债权人在自力救济中对债务人的财产或人身采取极为有限的强制措施。例如,《德国民法典》第229条规定:"为了自助而扣押、损毁或者毁坏他人之物的人,或者为了自助而扣留有逃亡嫌疑的债务人,或者制止债务人对有义务容忍的行为进行抵抗的人,如果未能及时获得官方援助,而且如未即时处理则请求权无法行使或者其行使显有困难时,其行为不为违法。"这大概可以说是责任的强制性在现代私法上的最后遗存。

6.从私法或实体法层面看,现代社会之(民事)责任,实与债无异。责任在实体法上的最终归属是债。因此,将责任纳入债法体系,是近代以来民法的理性选择,也应当是我国民事立法的合理选择。《民法通则》所确立的成例实不足取。

7.责任与债的关系中还有一个问题是债的财产性问题。有的学者认为,债权是财产权,不能涵盖赔礼道歉等非财产责任。这也是主张侵权法独立的理由之一。这里涉及两个问题:一是债最本质的特征是什么?财产性是否为债最本质的特征?二是非财产责任在侵权法中的地位如何评价?对于前者,笔者的看法是,债最本质的特征是相对性而非财产性,如果不是这样,我们就无法接受不作为之债的存在。债的财产性主要表现为对债的关系可以用财产来评价,包括对债的内容进行财产性评价和对违反债的后果进行财产性评价。例如,债务人违反不作为的债务而作为,应负损害赔偿责任。把财产性看作债的最本质的特征而否定赔礼、道歉等责任具有债的属性,是我国民法学把人身关系和财产关系截然分开所导致的结果。对于后者,我的看法是不可高估赔礼道歉等非财产责任在权利救济中的作用。首先,赔礼道歉无法强制执行;其次,加害人不情愿的赔礼道歉也起不到对受害人的安抚作用;最后,强制加害人赔礼道歉,有损加害人的尊严,违背现代法治精神。

四、非典型之债与债法体系

1.在传统的债法体系中,债的主要类型有四:合同、无因管理、不当得利和侵权行为。这四种形式的债进入了民法典,成为我们所熟悉的基本类型的债,以至于我们的民法教学所介绍的债也就是这四种。那么,我们需要讨论的是,除了这四种类型的债,是否存在着其他类型的债?或者说法律生活中的债能否都归入于这四种类型,有无不能归类于四种债的情形?

2.对上述问题的回答是肯定的,债的类型不限于四种,法律生活中存在着不能归类此四种债的情形。例如,添附中的求偿关系,缔约过失责任,股东的出资义务和分红请求权,亲属间的扶养义务,离婚后原配偶之间的经济帮助义务。此外公法上也存在债的关系,如税收债务。这些不能归类于合同等四种类型债的情形,不是个别现象,而具有普遍性,它们构成了一个庞大的债的群体。它们大多依附于特定的法律制度,无法独立存在,因而,在法典中没有被纳入债编,游离于民法典债编之外。

3.这些游离于债编依附于特定法律制度的债,我称之为非典型之债,民法典债编所规定的四种类型的债起着支撑债法体系的作用,我称之为典型之债。

4.非典型之债的存在对于债法体系的构建,具有重要的意义。首先,它们在债的体系中具有日益重要的地位。所谓非典型之债,是与民法典债编规定的典型之债相对而言的,比起典型之债来说,其"非典型性"并不意味着它们在法律上的地位不如典型之债重要,也不意味着它们单纯是其他制度的附庸。事实上,许多种情形的非典型之债在法律上有着重要的地位,其对于社会经济生活的意义也丝毫不比典型之债逊色。例如,票据法上的追索权,公司法上的股东出资义务和分红请求权,亲属法中的扶养请求权以及税法上的税收债务等,它们对于社会经济的意义也是不言而喻的。因此,非典型之债在债的体系中占有重要的地位,是不应当被忽视的。

其次,法通常被区分为形式意义的法和实质意义的法。如果说形式意义的债法主要是指民法典的债编的话,那么,实质意义的债法就是关于债的规范的总和,它不仅存在于民法典的债编,也存在于其他规定债的法律领域。科学的完备的债法体系,是以民法典债编为主体包括其他法律领域关于债的规范构成的体系。因此,债法的体系包括民法典债编以外的编以及民事特别法等法律领域关于非典型之债的规定。认识到这一点,对于债法体系的构建具有双重的意义:一是民法典债编的制定,必须考虑到非典型之债,必须将非典型之债纳入立法所考虑的范围,尤其是债法总则的制定必须充分考虑非典型之债的需求,而不能仅限于典型之债,更不能局限于合同之债;二是民法典的其他编以及民事特别法等立法(包括法律的修订),在规范所属的债(包括非典型之债)的关系时,必须考虑与民法典债编的衔接和协调,这样既可避免与债编尤其是债法总则的冲突,又可避免作出与民法典债编重复的规定,从而节约立法和将来法律适用的成本。只有这样,才能构建一个科学的债法体系。

最后,非典型之债对于我国当前编纂民法典更具有现实的意义。在我国民法典的理论研究中,对于如何安排债法的体系,论者往往只是从合同等典型之债的角度来考虑问题,而缺少从非典型之债的角度考虑问题。因此,非典型之债的客观存在,显然为我们考虑是否设立债法总则的问题,提供了一个新的视角。设立债法总则,不仅是基于合同等典型之债的共同需要,也是基于非典型之债的需要。事实上,非典型之债也存在着适用债法总则规范的可能与需要。例如,根据我国《税收征管法》第50条的规定,税收之债也可适用有关债权代位权和撤销权的规定;根据《诉讼费用交纳办法》的规定,人民法院对于符合减免条件的当事人,可以减免其交纳诉讼费,这实际上就是债的免除的一种情形。当然,如同债法总则的规范也不是全部都适用于合同之债和侵权行为之债一样,债法总则的规范也不可能全部适用于非典型之债。由于非典型之债的情形远比合同等典型之债要复杂得多,各种非典型之债之适用债法总则的情形必然要复杂得多,应有待学界深入细致的研究。但这并不影响我们从非典型之债的角度对设立债法总则的必要性的认知。

五、我国民法典之债法体系安排及现行法的整合

1. 现行法上关于债的规范主要有：(1)《民法通则》第五章第二节"债权"和第六章"民事责任"；(2)《合同法》；(3)《公司法》《票据法》等民事特别法的相关规定；(4)税法等公法中关于税收债务等公法债的规定，如《税收征管法》第45条规定："税务机关征收税款，税收优先于无担保债权，法律另有规定的除外；纳税人欠缴的税款发生在纳税人以其财产设定抵押、质押或者纳税人的财产被留置之前的，税收应当先于抵押权、质权、留置权执行。"

2. 整合现行法的基本路径是以《民法通则》和《合同法》为基础，借鉴德日等民法典债编体例，合理安排债法内容，侵权行为应当进入债法体系。债法总则的内容包括：(1)债的标的，主要内容包括给付义务、种类之债、金钱之债和选择之债；(2)债的效力，主要内容包括债的履行原则(诚实信用)、履行的基本规范(如第三人履行、履行地、履行期限、履行方法、代物清偿等)以及债不履行(不履行、不完全履行、迟延履行等)及其后果、免责事由；(3)债的保全，内容包括代位权和撤销权；(4)多数人之债，内容包括按份之债、连带之债、不可分之债等；(5)债的移转，内容包括债权转让、债务承担和债权债务概括转让；(6)债的消灭，除履行以外，债的消灭事由包括提存、抵销、免除、更新、混同。

3. 在编制问题上，可分设三编：债法总则、合同法、侵权行为法，也可只设一编：债权债务关系编。三编制的考虑是债法的体系庞大，安排一编规定债会造成民法典各编的比例不相协调，缺乏美感，但是任何形式的多编制都无法解决这一难题，因此，我的意见是只设债权债务关系编。债权债务关系编结构：总则、合同、无因管理、不当得利、侵权行为。

4. 在债法总则中设专条规定非典型之债的法律适用问题，以便把非典型之债纳入债法的体系。具体条文为："依据其他法律规定而发生的债，除适用其他法律规定外，依其性质或法律规定适用本编规定的，适用本编规定。"

关于我国民法典债的立法问题（续）[*]

在 2009 年 10 月于北京赛特饭店举行的第四届"罗马法、中国法与民法法典化"国际研讨会上，笔者提交了"关于我国民法典债的立法问题"一文，从"如何对待传统债法体系""债法总则对具体债的适用""民事责任与债的关系问题""非典型之债与债法体系"以及"我国民法典之债法体系及现行法的整合"五个方面，归纳了笔者近年来在我国民法典编纂中关于债的立法问题的研究心得。笔者的基本观点是，应维护大陆法系传统的债法体系，并主张只设一编，即债权债务编，其结构为：债法总则、合同、无因管理、不当得利、侵权行为。本文在此基础上，就我国民法典债的立法问题，再谈点看法。

一、物债二元划分理论与债法

1. 物权与债权二元划分，是构建财产法体系乃至民法体系的基础，也是讨论债的立法问题的理论前提。倘若没有物权与债权的划分，那么财产关系就无所谓物权或债权。倘若无所谓物权与债权，那么也就无所谓债的立法问题。如果坚持物权与债权二元划分理论，那么，物权法与债权法均需予以考虑，且须予以"体系性"（即拉伦茨所说的"外部的体系"^①）的考虑，仅考虑制定物权法而不考虑制定债权法（或者相反），或者制定物权法时不考虑与债权法的关系（或者相反），都是不可取的。

2. 划分物权与债权，是大陆法系民法的传统。法国民法典分为三编：人、财产和取得财产的方式，物权规定在"财产"编，债则与继承等规定在"取得财产的方式"编，在物权与债权之分的问题上，"有其实"而"缺其形"。德

---

*　本文完成于 2010 年 2 月。

①　［德］卡尔·拉伦茨：《法学方法论》，陈爱娥译，商务印书馆 2005 年版，第 316 页以下。

国民法典采"总则—分则"的结构,债权与物权各为独立一编,物权与债权之分问题上,则是"实"与"形"兼具。而且,德国民法典采纳了物权行为理论,在法律行为上区分处分行为和负担行为,将物权和债权二分的理论贯穿得十分彻底。这以后,虽然多数国家和地区的民法典未必如德国之彻底,但是在民法典结构上均为物权编与债编,以物权与债权之区分作为构建财产法乃至民法体系的基础。

3.我国清末继受西方民法,物权与债权二元划分理论自在其中。民国政府颁行的民法典完全承袭德国传统,既分设物权编和债权编,又采纳物权行为理论,可谓物债二元划分理论的忠实信徒。中华人民共和国成立后,虽然废除了"六法"转而因袭苏联民法,但也基本确认了物权(所有权)与债权二元区分理论。改革开放以后,民法学理论上始终坚持物权与债权区分的理论,立法上也秉承物权与债权区分的原则,《物权法》的颁行进一步表明了这种态度。

4.《物权法》基本采取了德国传统的物权体系,将物权分为所有权、用益物权和担保物权。从上述"体系性"出发,应有相应的"债法"与"物权法"相对应。而且,物权法规定的担保物权,实为债之从属权利,所担保的是债之关系。然而,债是什么?立法也必须予以回应。民法典不能仅有合同、侵权而无债。担保物权也不能仅为合同担保、为侵权之后果担保,而不为其他债之担保。因此,民法典也必须有债法,对各种类型的债作出"体系性"的安排,与物权法对应。2002年年底立法部门提出《民法草案》,招致学者质疑,[①]其最主要的原因就在于有物权法而无债法,仅有合同法和侵权责任法而无完整的债法体系,从而使得该草案偏离民法典的轨迹,成为一部缺乏体系性的"法律汇编"。

二、大陆法系传统的债法体系及其包容性(开放性)

1.大陆法系国家的债法体系,自德国民法典始,基本定型,并为后来的

---

① 参见梁慧星:《松散式、汇编式的民法典不适合中国国情》,《政法论坛》2003年第1期。

法典化国家所接受。这一体系由债法总则与债法分则构成。前者是关于债的一般规范,后者是关于具体债的规范,后者之典型为合同、无因管理、不当得利和侵权行为。日本民法典债编的结构安排典型地反映了这一债法体系。

2.传统大陆法系的债法虽然具有内在的体系性,但并非封闭性的体系,具有强大的包容性(开放性)。这种包容性(开放性)表现在:(1)债的概念高度抽象,可以将任何指向特定人之请求关系,都涵盖在债法体系内,这不仅包括上述合同、无因管理、不当得利和侵权行为四类典型之债,而且还可包括分布甚广且不能为这四种典型之债所包含的指向特定人之请求关系,即笔者提出的"非典型之债";①(2)基于合同自由的原理和无名合同制度之设计,能够将伴随着社会之发展而产生的新类型合同纳入债的体系;(3)无因管理、不当得利与侵权行为同样具有包容性(开放性),具有吸纳新类型法律关系的功能作用。

3.德国民法典以来的实践证明了传统债法体系的包容性(开放性)。在合同法领域,先合同义务(缔约过失责任),附随义务,后合同义务以及加害给付、关联合同;②在侵权法领域,安全注意义务以及现代侵权法的发展(产品侵权责任、道路交通事故责任、医疗侵权、新闻侵权、网络侵权等),均在传统的债法体系下适得其所。税收债务理论的创立,③债的制度被延伸至公法领域,发挥着保障公法债的功能作用。④ 这些都充分证明了传统大陆法系债法体系的包容性(开放性),传统债法体系的包容性(开放性)使得它能够适应社会经济生活发展的需要。

4.需要进一步指出的是,侵权法的现代发展主要表现在侵权类型的扩

---

① 参见柳经纬:《非典型之债初探》,《中国政法大学学报》2008年第4期。

② 参见迟颖:《德国消费信贷法规中的关联合同制度——兼论〈德国民法典〉第358条》,《比较法研究》2006年第3期。

③ 参见翟继光:《"税收债务关系说"产生的社会基础与现实意义》,《安徽大学法律评论》(第7卷第1期),安徽大学出版社2007年版。

④ 这些制度包括连带债务、债的担保、债的保全(代位权与撤销权)、优先权等,参见我国《税收征管法》第38条、第45条、第50条、第88条及《税收征管法实施细则》第49条、第61条。

展方面,而不是在侵权的法律后果方面。在侵权类型的扩展方面,呈现出多样性、复杂性的发展趋势,产品侵权、道路交通事故、医疗侵权、新闻侵权、网络侵权以及安全注意义务构成了现代侵权法发展的主要内容。然而,侵权法主要不是规范侵权类型的法,而是侵权发生后为受害人提供救济的法。侵权的后果会因受到侵害的权利不同而有所区别,但不会因侵权类型的不同而有区别。例如,在致人伤害的情形下,无论是一般的人身伤害,还是产品侵权、医疗侵权、道路交通事故,其法律后果并无不同。作为权利救济的手段,损害赔偿仍然是最为主要的方式,在市场化的趋势下,损害赔偿的救济功能将进一步得到强化,其在侵权法中的地位也必将得到进一步加强。损害赔偿属于债的范畴。因此,即便是侵权法的现代发展,也没有突破传统债法的体系,传统债法体系足以满足侵权法现代发展的基本要求。

三、关于债法总则

1. 传统债法体系的标志是债法总则,债法总则是维系各种具体债(典型之债与非典型之债)并使之得以体系化的关键所在。债法总则是在债的历史发展过程中,在各种具体债的基础上,按照提取公因式的方式,逐渐抽象出来的,可适用于各种具体债的一般规范。因此,没有债法总则,也就没有债法体系,合同法、侵权法、无因管理法和不当得利法等各自分立,不足以构成制度体系。

2. 在民法典的体系中,债法总则上承民法总则,下接各种具体债的制度(对于合同和侵权行为来说,其内部也存在着被抽象出来的一般规范),从而构成了民法典中最具典型性的"层级"规范体系,[1]进而形成了司法过程"倒看法典"的特有思维方式。[2] 在这个层级规范体系中,每一个上位层级的规

---

① 荷兰莱顿大学的 Jacob Hijma 教授对于民法典规范的"层级结构"有专门的论述,参见 Jacob Hijma:《荷兰新民法典导论》,该文被收入王卫国主译的《荷兰民法典》(中国政法大学出版社 2006 年版)。

② 参见[德]迪特尔·梅迪库斯:《德国民法总论》,邵建东译,法律出版社 2000 年版,第 34~35 页。

范都是直接对应的下位层级规范（制度）的抽象，都具有下位规范（制度）的一般规范的意义。因此，没有债法总则，不仅债法体系不复存在，民法典的层级规范体系也势必发生动摇。因为，在失去债法总则的情况下，合同法、侵权法等将成为与物权、亲属、继承并列的分则。这样，民法总则必须直接成为合同法、侵权法的上位层级的规范，直接担当着合同和侵权的一般规范的角色。这恐怕是民法总则难以胜任的。

　　3.从上述债法总则在民法典的层级规范体系中所处的位置可知，在确定债法总则的内容问题上，必须处理好两个关系：一是与作为上位层级规范的民法总则的关系，二是与作为下位层级规范的合同法规范、侵权法规范等的关系。凡是适用于所有民事制度的规范或者所有民事制度涉及的共同性问题，均应纳入民法总则；适用于各种具体债的关系的规范或者是各种具体债所涉及的共同性问题，则纳入债法总则；仅适用于合同法或侵权法的规范，在其内部再按照一般规范与特殊规范的关系，形成各自内部的层级规范体系。

　　4.按照上述思路，笔者主张债法总则应包括：（1）债的标的，主要内容包括给付义务、种类之债、金钱之债和选择之债；（2）债的效力，主要内容包括债的履行原则（诚实信用）、履行的基本规范（如第三人履行、履行地、履行期限、履行方法、代物清偿等）以及债不履行（不履行、不完全履行、迟延履行等）及其后果、免责事由；（3）债的保全，内容包括代位权和撤销权；（4）多数人之债，内容包括按份之债、连带之债、不可分之债等；（5）债的移转，内容包括债权转让、债务承担和债权债务概括转让；（6）债的消灭，除履行以外，债的消灭事由包括提存、抵销、免除、更新、混同。

　　5.债的担保，本应属于债法总则的内容。然而，抵押、质押和留置，在我国大陆现行物债二元划分的体制下，其作为担保物权已被安排在《物权法》中；定金和违约金则仅为合同的担保方式，不适用于其他类型的债；保证虽然适用于各种类型的债，但由于保证本身是一种合同，依各国法例，可以安排在合同法分则中。因此，笔者主张的债法总则可不包括债的担保制度。

四、关于民法典债编与民商事特别法

1.拿破仑时代,法典创建者的理想是将全部法律生活都纳入法典的规制范围,力求做到"法外无法"。这可称之为法典理想主义。然而,社会在不断发展,"法外无法"只能是法典创建者美好的愿望,而非现实。现实情况则是,伴随着社会经济的发展,人们不得不在法典之外通过不断制定新的法律(特别法)以因应社会变革的需要。尤其是在商事领域,急剧变化的社会经济生活使得民商事特别法的立法极为活跃。这种法律现象于大陆法系国家和地区均为普遍。近代以来,民商事特别立法的活跃主要集中在两大领域:一是直接反映市场经济活动的商事法律领域,如公司、合伙、票据、信托、保险、证券、期货、破产等;二是反映弱势群体权益保护的法律领域,如劳动者保护、消费者保护、道路交通事故、公平竞争与反垄断等。

2.无论是直接反映市场经济活动的商事领域还是反映弱势群体保护的领域,从"体系性"角度观察,大多属于债法的范畴。因此,可以说,民商事特别法的活跃,大大丰富和发展了债法。一方面,债法的体系范围不断得到扩展,债法的范围随着民商事特别立法的活跃,逐渐扩展到社会经济生活的各个领域;另一方面,债的法律规范、规则趋于多元,内容更加丰富多彩。例如,公司法上的人格否认制度,将债务人从公司扩展至股东,为债权人的权益提供了有效的保障;消费者保护法上的格式合同与产品责任,前者在规制合同问题上强调了对合同自由的限制,后者则丰富了侵权法和责任竞合制度。

3.不仅如此,民商事特别立法的活跃,进而要求作为基本法的民法典,应有相应的债法体系构建,民法典中体系性的债编尤其是债法总则,将为民商事特别法提供上位"层级"的规范,从而确保民商事特别法所确立的制度得以切实发挥规范作用。

《物权法》的成就与不足

　　2007 年 3 月 16 日，第十届全国人民代表大会第五次会议通过的《中华人民共和国物权法》（下称《物权法》），可谓中华人民共和国立法史上最引人注目也最令人费解的法律之一：一是这部法律历经全国人大常委会七次审议才提交全国人民代表大会审议通过，可谓前所未有；二是一部以保障人民的财产为宗旨的法律，在起草审议期间竟然遭受"违宪"的责难，亦可谓闻所未闻。

　　2005 年 7 月，物权法草案向社会公布，开门征求意见。笔者曾为此写过一篇《物权法草案之得失》的文章，发表在《法令月刊》2005 年 10 月号。现《物权法》已获通过，并将于 2007 年 10 月 1 日生效，笔者仍以前文的角度，就《物权法》之所得与所失，择其重要者，谈点看法。

一、《物权法》之所得

　　《物权法》包括五编，分别为总则、所有权、用益物权、担保物权和占有，共计 247 条。《物权法》历经七次审议，不仅体现了专家的智慧，而且汇集了广大民众的意见（仅 2005 年公布后 1 个月内就征集到万余条意见），充分体现了广大人民群众的智慧。因此，其所得颇多，就其重要者，笔者以为有如下四点：

　　1. 坚持平等保护不同主体财产的基本原则，抵制住了对物权法"违宪"的责难

　　平等地保护不同主体的财产，是民法的基本原则，也是物权法的原则，这是法律面前人人平等的社会主义法治原则的体现。对于这一法律原则，人们应该是不难理解的，也是不可能产生争议的。

　　然而，在物权法草案征求意见的过程中，平等保护原则却遭受"违宪"的责难。北京大学巩献田教授在其发表的《公开信》[《一部违背宪法和背离社

会主义基本原则的〈物权法(草案)〉》,发表于"乌有之乡"网站]中,片面地理解宪法,认为在宪法仍规定"社会主义公共财产神圣不可侵犯"的条件下,物权法草案规定平等保护不同主体的财产,是违背宪法的行为。他指责物权法之平等保护,实质是"以保护私有物权为核心,保护公有物权为陪衬;以保护个人物权为核心,保护国家、集体物权为陪衬;以保护个人已经存在的物权为核心,保护国家物权而实际上缺乏、甚至根本没有操作和实现可能性规定为陪衬;以保护极少数人具有实现的前提和基础的巨额客体的物权为核心,保护绝大多数人民群众目前最低限度的和急需的、日常生活不可缺少的,然而客体很小的物权为陪衬"。一句话,物权法是形式上平等保护全国每个公民的物权,核心和重点却是在保护极少数人的物权。这不仅将平等保护原则与宪法对立起来,而且是将整部物权法草案定性为只保护少数有钱人的法,对物权法采取了全盘否定的态度。

面对《公开信》的无端指责,面对《公开信》作者试图利用社会矛盾以抵制物权法的做法,立法机关保持了比较清醒的态度,始终坚持平等保护原则。在物权法草案前五次审议稿中,均规定"权利人享有的物权受法律保护";第六次审议稿规定"国家的、集体的和私人的物权受法律保护,任何单位和个人不得侵犯";第七次审议稿增加了"其他权利人"的内容。在此基础上,《物权法》第4条规定"国家、集体、私人的物权和其他权利人的物权受法律保护,任何单位和个人不得侵犯",确认了平等保护原则。同时,《物权法》第3条第3款明确宣布:"国家实行社会主义市场经济,保障一切市场主体的平等法律地位和发展权利。"(这一内容在前六稿中均无,第七稿才增加这一规定)关于平等保护原则,王兆国副委员长在其所作的《关于〈中华人民共和国物权法草案〉的说明》中,从市场经济体制和宪法原则的高度,做了专门的说明。他指出:"公平竞争、平等保护、优胜劣汰是市场经济的基本法则。在社会主义市场经济条件下,各种所有制经济形成的市场主体都在统一的市场上运作并发生相互关系,各种市场主体都处于平等地位,享有相同权利,遵守相同规则,承担相同责任。如果对各种市场主体不给予平等保护,解决纠纷的办法、承担的法律责任不一样,就不可能发展社会主义市场经济,也不可能坚持和完善社会主义基本经济制度。"除了第4条外,《物权法》第56条、第63条和第66条分别重申了国有财产、集体财产和私人的合法财产受法律保护的原则。另外,第 65 条还规定:"私人合法的储蓄、投资及其收益受法律保护。"这更进一步表明了对公私财产一视同仁的态度。

平等保护不同主体的财产,是构建社会主义和谐社会的基础,是发展社会主义市场经济的必然要求。在这一原则面临着"违宪"责难的特定背景下,立法者能够坚持平等保护原则,这是值得肯定的,也是《物权法》所得之一。

2.强化了对财产征收征用及其补偿的规定,表明了国家关注民生的态度

由于历史的原因,以往在征收征用集体财产和私人财产问题上,如何规范征收征用和保护被征者的利益,一直存在着立法的缺位。近年来,伴随着社会经济的发展,尤其是大规模城市建设的推进,因财产征收征用而引发的矛盾越来越突出,成为社会普遍关注的热点问题之一。2004 年宪法修正案首次从宪法的层面对征收征用集体土地和私有财产做了原则性的规定。修正案第 22 条在修正宪法第 13 条的基础上,增设第 2 款规定:"国家为了公共利益的需要,可以依照法律规定对公民的私有财产实行征收或者征用并给予补偿。"同时,宪法修正案第 20 条对土地征收征用的补偿问题也作出了明确的规定。

为了落实宪法的原则性规定,《物权法》以多个条文对集体土地和个人财产的征收征用以及补偿等问题,作了比较具体的规定。第 42 条规定:"为了公共利益的需要,依照法律规定的权限和程序可以征收集体所有的土地和单位、个人的房屋及其他不动产。""征收集体所有的土地,应当依法足额支付土地补偿费、安置补助费、地上附着物和青苗的补偿费等费用,安排被征地农民的社会保障费用,保障被征地农民的生活,维护被征地农民的合法权益。""征收单位、个人的房屋及其他不动产,应当依法给予拆迁补偿,维护被征收人的合法权益;征收个人住宅的,还应当保障被征收人的居住条件。""任何单位和个人不得贪污、挪用、私分、截留、拖欠征收补偿费等费用。"第 44 条规定:"因抢险、救灾等紧急需要,依照法律规定的权限和程序可以征用单位、个人的不动产或者动产。被征用的不动产或者动产使用后,应当返还被征用人。单位、个人的不动产或者动产被征用或者征用后毁损、灭失的,应当给予补偿。"此外,第 121 条对用益物权人因财产征收征用导致用益

物权消灭或损失的补偿问题,第132条对承包地被征收的补偿问题,第148条对因公共利益提前收回建设用地使用权的补偿问题,都作了具体的规定。

尽管征收征用及其补偿问题,并不属于私法领域,仅有上述这些规定也不足以完全规范征收征用及其补偿问题,更不足以解决当下备受关注的因财产征收征用而引发的社会矛盾,但是《物权法》以如此多的条文就同一问题反复作出规定,足以表明国家在这一问题上关注民生的基本态度。① 这对于规范财产的征收、征用行为,遏制那种随意征收公民私有财产和土地以及未能给财产权人合理补偿的现象,切实保障集体和公民个人的权益,无疑具有重要的意义。这是《物权法》所得之二。

3.对以往的相关立法做了初步的总结,构建起比较健全的物权法律体系

自改革开放以来,中国民事立法逐渐得到恢复和发展,在物权立法方面也取得了一定的成绩。从 1986 年《民法通则》第五章第一节关于"财产所有权和与财产所有权有关的财产权"的规定,到 1988 年宪法修正案关于"土地使用权可以依法转让"的规定;从 1990 年的《城镇国有土地使用权出让和转让暂行条例》和 1994 年的《城市房地产管理法》,到 1995 年的《担保法》,再到 2002 年的《农村土地承包法》,在所有权、用益物权(土地使用权和土地承包权)和担保物权领域都有了相应的规定或单独的法律。但是,从健全和完善社会主义法制,实现法治国家的目标出发,上述关于物权的规定或立法尚不足以发挥法律保障财产安全、鼓励创造财富和定分止争的作用。在总结我国立法经验的基础上,制定一部物权法,是健全社会主义法制的要求,更是保障财产安全、鼓励创造财富的客观要求。

《物权法》的制定,正是建立在总结我国物权现行立法的基础之上的。《物权法》第二编到第四编关于所有权、用益物权和担保物权的规定,除了个别内容(建筑物区分所有权、地役权)外,基本上是现行法规定的再现,尤以

---

① 《物权法》在关注民生方面还有许多值得称道的规定。其最为突出的是第六章"业主的建筑物区分所有权"中关于建筑区划内的道路和停车位归属的规定(第73条)及第13章"建设用地使用权"中关于"住宅建设用地使用权期间届满自动续期"的规定(第149条)。

第三编中的"土地承包经营权""建设用地所有权"和第四编"担保物权"为典型。第三编第十一章"土地承包经营权"基本上是对 2002 年《农村土地承包法》的重述,第四编"担保物权"更是 1995 年《担保法》的再现。第一编"总则"第一章关于"基本原则"的规定、第二章关于"物权的设立、变更、转让和消灭"的规定和第三章关于"物权的保护"的规定,许多内容也可以在现行立法中找到制度的渊源。例如,关于平等保护原则,1986 年的《民法通则》第 5 条早已作出规定;关于征收征用及其补偿,不过是 2004 年宪法修正案的具体化。又如,根据《物权法》第 6 条、第 9 条以及第 14 条的规定,不动产物权的变动采取登记生效主义(即登记要件主义),实际上是延续《城市房地产管理法》等法律法规有关登记制度的规定。《物权法》第 24 条关于船舶、航空器和机动车辆物权变动的规定,采取的登记对抗主义,虽然与《担保法》第 41 条规定不一致,但与《海商法》和《民用航空法》的规定一致。

总体来看,《物权法》与现行立法比较,并无根本的重大的突破,但是它的通过对于整合现行立法、健全物权制度来说仍然是值得赞许的。首先,《物权法》采取三元的物权体系结构,构建了一个以所有权、用益物权和担保物权为主体的物权法律体系,明确了物的担保制度在民法上的归宿,摆脱了苏联民法将物的担保归于债法带来的影响,使物的担保回复其物权定位。其次,《物权法》总则编第一章"基本原则"确定了物权平等(第 4 条)、物权法定(第 2 条第 2 款、第 5 条)和公示公信(第 6 条)等物权法原则,统一了物权法的理念。再次,总则编第二章"物权的设立、变更、移转和消灭"对动产物权和不动产物权变动的规则作出了相对统一的规定,解决了长期以来立法和审判实践上存在的混杂状态,这对于规范物权变动尤其是在司法实践中解决财产归属问题提供了可统一的法律依据。这是《物权法》所得之三。

4. 迈出民法法典化的重要一步,推进了社会主义法律体系形成的进程

落实依法治国策的一项基本任务,是在 2010 年形成中国特色的社会主义法律体系。在完成这一任务的进程中,民法法典化扮演着重要的角色。物权法作为民法典的重要组成部分,对于民法法典化及社会主义法律体系的形成,无疑具有重要的意义。诚如王兆国副委员长在《关于〈中华人民共和国物权法草案〉的说明》中指出的,"物权法是民法的重要组成部分,是在中国特色社会主义法律体系中起支架作用、不可或缺的重要法律。制定物

权法是在本届全国人大任期内基本形成中国特色社会主义法律体系的重要步骤。"

当前,民法典的编纂已经进入立法的议事日程。《物权法》通过之前,在民商事领域,我们已经制定了诸多的单行法,包括《合同法》《婚姻法》《收养法》《继承法》《公司法》《票据法》《证券法》《海商法》《信托法》《保险法》以及《专利法》《商标法》《著作权法》等,1986年的《民法通则》本身就是在第三次起草的民法典草案总则编的基础上完成的,包括了总则编的基本内容。这就是说,构成民法典的各个部分除了物权外,都已经有了单行的立法。因此,《物权法》的通过,弥补了民法典组成部分的缺失,在民法法典化的进程中迈出了极为重要的一步。接下来的工作主要是按照民法典的编纂体例,将各单行法加以梳理和编排,"编纂"出一部符合我国实际的民法典。当然,其间仍有大量的工作要做,尤其是侵权行为法应否独立和如何安排债法的体系在理论上还存在重大的分歧。但是债法体系及侵权法的安排所涉及的更多是法律制度和技术层面的问题,比起物权法所涉的意识形态问题,其难度显然要小得多。因此,完全可以说《物权法》的通过,迈出了民法法典化最为重要的一步,极大地推进了社会主义法律体系形成的进程。

二、《物权法》之所失

尽管《物权法》总体上看,是可取的,然而,也存在着某些令人遗憾之处。《物权法》之所失,重要者有二:

1. 此地无银三百两:"根据宪法,制定本法"

《物权法》第1条规定:"为了维护国家基本经济制度,维护社会主义市场经济秩序,明确物的归属,发挥物的效用,保护权利人的物权,根据宪法,制定本法。"在物权法草案的前四稿中,均无"根据宪法,制定本法"的内容,从草案第五稿开始增加了这一内容,之后的第六稿、第七稿均保留这一内容。第五稿完成的时间是2006年8月,恰值物权法草案是否违宪论争之时,因此,这一内容的增加显然具有特殊的背景和特定的含义。它至少表达了立法机关希望表达的意思:物权法依据宪法而制定,不存在违宪的问题。这种表达方式,实在有点"此地无银三百两"。

对于草案第五稿增加了"根据宪法,制定本法"的内容,梁慧星教授从我国人民代表大会制出发,提出了不同的意见①。

笔者认为,《物权法》写进"根据宪法,制定本法"是不妥当的。以下分两个层面进行分析:

第一个层面是立法机关的立法权问题。从立法机关的立法权来说,"根据宪法"制定物权法,意指全国人民代表大会作为国家的立法机关,其审议通过物权法,依据的是宪法赋予的权力。《宪法》第 22 条规定,制定"法律"的立法权,属于全国人民代表大会。但是由于全国人大常委会也具有制定"法律"的立法权,为了区分全国人民代表大会制定"法律"的立法权和全国人民代表大会常务委员会制定"法律"的立法权,《中华人民共和国立法法》第 8 条规定,民事基本制度只能制定法律。且该法第 7 条第 2 款规定,民事基本法律应由全国人民代表大会制定。物权制度属于民事基本制度,应当制定法律;且物权法属于民事基本法律,应当由全国人民代表大会制定,也只有全国人民代表大会才享有制定物权法的立法权。因此,从这一层意义上来说,将"根据宪法、制定本法"写进物权法草案,是能够成立的,它至少可以表明全国人民代表大会制定物权法的立法权之来源。但是,从表明立法权来源的角度看,单纯写明"根据宪法,制定本法",又是不够完整的,还应写明"根据立法法"。因为,正是《立法法》规定了,作为民事基本法律的物权法,只能由全国人民代表大会制定。因此,《立法法》也是全国人民代表大会制定物权法的立法权依据。所以,更为妥当的表述应当是"根据宪法和立法法,制定本法",而不是仅仅"根据宪法,制定本法"。但是,所有的现行法律均没有写明"根据立法法"。也许有人认为没有必要写进"根据立法法",因为《立法法》第 1 条明确规定它也是"根据宪法"制定的。笔者亦赞同这样的观点,但这样一来,势必也没有必要写明"根据宪法",因为宪法和物权法都是全国人民代表大会制定的。全国人民代表大会既拥有制定宪法的立法权,又拥有制定物权法的立法权,其制定物权法还需表明根据自己制定的宪法吗? 大可不必! 现行许多法律,都是由全国人民代表大会制定的,但并非

---

① 梁慧星:《不宜规定"根据宪法,制定本法"》,载《社会科学报》2006 年 11 月 16 日第 1 版。

都写明"根据宪法,制定本法",人们也绝不会因此就怀疑全国人民代表大会制定这些法律存在立法权的瑕疵。既然所有的现行法律都没有写明"根据立法法",许多法律也没有写明"根据宪法",因此,物权法也没有必要非写明"根据宪法"不可。

第二个层面是物权法制度的渊源问题。从法律的内容和制度来说,"根据宪法"制定物权法,意指全国人民代表大会通过的物权法,其内容及其制度安排应有宪法的规定为依据。关于物权法是否应写进"根据宪法,制定本法"的争论,主要是围绕着这一层面的问题展开的。物权法草案第五次审议稿之所以增加"根据宪法,制定本法"的内容,其直接的原因就是此前的物权法草案遭到"违宪"的责难,指责起草者没有将宪法的原则写入物权法。从这一层面来看,在《物权法》第 1 条写进"根据宪法"的文字是很不妥当的。理由是:

(1)判断一部法律是否有违宪法,不是因为有无写进"根据宪法,制定本法",而是根据法律的内容有无违背宪法的原则。指责物权法草案违宪的学者也不是因为物权法草案没有写进"根据宪法"的字样(这一点与某些宪法学者不同),而是认为物权法草案"废除了"现行宪法规定的"社会主义公共财产神圣不可侵犯"原则(这种逻辑非常可笑,宪法的原则是物权法能够废除的吗? 如果说物权法草案没有将宪法的原则写进去,就是违宪,那么,违宪的法律又何止物权法?)。因此,需要检讨的是物权法草案的内容和制度设计,而不是在法律上有无写进"根据宪法"的字样。

(2)按照中国法学的理论传统(即马克思主义法学的理论传统),法律是调整社会关系的,调整不同类型的社会关系的法律分属于不同的部门,由不同的法律部门构成统一的法律体系。宪法和民法,作为法律体系中的重要部门,各有自己的调整对象,各有自己的任务。宪法的调整对象是国家关系,民法的调整对象是民事关系;宪法的任务是规定国体、政体,规定公民的权利义务,确定国家权力的配置和行使;民法的任务是确认和保护民事权利,为民事主体取得和行使民事权利提供法律的规范。因此,宪法与民法各有不同的对象,各司其职,不宜认为民法(包括规范、制度、原则)应有宪法依据才能成立,宪法也不应被认为是民法的制度渊源。事实也是如此,人们享有的生命权、健康权等人身权和所有权、债权、继承权等财产权,均为民事权利,这些权利绝大多数不必依据宪法而享有。即便宪法没有规定这些民事权利,人民也应享有这些民事权利。当今各国宪法都对公民的基本权利作了规定,其中也包括某些人身权和财产权,但这仅仅意味着宪法层面上对民事权利的确认和保障,而不意味着宪法的规定构成了人们享有民事权利的依据,或者构成了民法确认和保护民事权利的依据。

(3)从民法与宪法的历史来看,上述这一点就更为明显。现代民法源自古代罗马法,而宪法只是 17 世纪英国资产阶级革命以后的产物,如果说民法应以宪法为其制度的依据,那么,在宪法产生之前,民法的存在依据又是什么呢? 可见,从法律发展史来看,民法与宪法各有自己的发展史,不宜强调民法的宪法依据。

(4)由于宪法的任务是规定国体、政体,规定国家权力的配置和行使,因此,当国体、政体和国家权力的配置发生变化时,宪法就必须随之修订或重新制定宪法。但是,民法的任务是确认和保障民事权利,这一任务决定了它不必随着宪法的变更而变更。法国的实践足以证明这一点。拿破仑法典自 1804 年颁行以来,历经两百多年而不衰。但法国自 1904 年以后,历经 2 个王朝、2 个帝国、4 个共和国和 7 部宪法。之所以制定宪法如此频繁,原因就在于法国政治体制的多变。如果当年的拿破仑法典也写进"根据宪法,制定本法",那么,法国就不得不频繁地制(修)定民法典,1804 年的民法典也就不可能有今日的辉煌。

物权法作为民法的重要组成部分,其任务在于确认和保障人民的财产权,这不仅不会与宪法的原则(保障公民权利)相冲突,而且也不存在着须以宪法为其制度依据的问题。在《物权法》中写进"根据宪法,制定本法",是不妥当的。这是《物权法》所失之一。

2.因噎废食:废弃了诸多"止分定争"的重要法律规则

物权法的调整对象是财产的归属和利用关系(《物权法》第 2 条)。因此,确认财产的归属(物由谁加以利用,也是一种归属关系)、定分止争,是物权法的基本任务,物权法的原则、制度及规则都是服务于这一基本任务的。从通过的《物权法》来看,其大多数内容是能够起到定分止争的作用的,例如《物权法》关于物权法定原则的规定(第 5 条),关于物权公示原则的规定(第 6 条),关于不动产登记及其效力的规定(第 9 条、第 14 条等),关于动产交付及其效力的规定(第 23 条),关于交通运输工具登记效力的规定(第 24 条),关于善意取得的规定(第 106 条)以及各种具体物权制度,对于确认各种具体物权以及物权的变动及其效力,都具有规范的积极作用。

然而,从立法过程来看,《物权法》在一些规则和制度的取舍方面,也存在着一定的缺失。在历次草案中曾经有过的某些规则和制度安排,对于规范财产归属和利用,定分止争,也具有积极的作用,但由于各种各样的原因,甚至是一些单纯意识形态的原因,终被废弃,而没有在物权法中保留下来。例如,添附制度是一项古老的物权制度,我国社会生活中也存在因添附而发生的纠纷,尤其是因装修他人房屋(如租赁的房屋或者装修所购商品房后又解除合同)而引发的纠纷,颇令法官为难。物权法草案第四稿尚有关于添附的原则规定(第 121 条),但自第五稿后不再规定添附制度,这将使得现实生活中大量存在的因添附而发生的纠纷之解决处于无法可据的状态。又如,占有制度中有权占有和善意占有的推定,在解决因当事人对占有的法律状态存在的争议具有很重要的规则意义,而且对占有人做有权占有和善意占有的推定,也体现了法的“善”的一面。在物权法起草过程中,草案第四稿和第五稿仍有关于有权占有推定的规定(第四稿 264 条,第五稿 246 条)和善意占有推定的规定(第四稿第 265 条,第五稿第 247 条)。然而,由于这两项推定规则被怀疑将产生推定非法财产合法化的效果而遭到废弃,草案第六稿和第七稿不再规定这些推定的规则,最终通过的《物权法》也不再有这些推定规则的规定。此外,物权法起草过程中始终不承认无主物的先占取得制度,第四稿以后不再规定典权制度,致使这一中国特有的民间融资渠道失去了法律的支持。这些缺失多少令人感到有点遗憾。

第五编

法治随想

凤凰树下随笔集

"把权力关进制度的笼子里"
需要解决的两个问题[*]

依法治国,实现国家治理现代化,首要在治官、治权(力)。2013 年 1 月 22 日,习近平总书记在中纪委第二次全体会议上强调,要加强对权力运行的制约和监督,"把权力关进制度的笼子里"。2014 年 2 月 11 日,李克强总理在国务院第二次廉政工作会议上发表讲话,提出对政府而言是"法无授权不可为"。此所谓"法无授权不可为",意指政府的权力必须在法律授权的范围内运行,与习总书记强调的"把权力关进制度的笼子里",具有相同的法律意义。上述表明,新一届党和国家领导人在国家治理层面上有着良好的法治思维。这在共和国 60 多年的历史中并不多见。这对于推进法治中国建设,实现国家治理现代化,无疑具有重要的现实意义。

"把权力关进制度的笼子里"的道理十分明了,实施起来也不算复杂。这里要解决两个问题:一是笼子的问题,我们需要打造什么样的笼子才能关得住权力;二是谁来关的问题,谁能把权力关进这个笼子里。这两个问题解决好了,就可以实现治官、治权(力)的目标,从而为国家治理现代化奠定必要的基础。

先说"笼子"的问题。如果说权力是只会咬人的老虎,那么,关得住这只老虎的笼子,一是须有刚性,须是铁的笼子,纸糊的笼子肯定关不住老虎,因为老虎可以轻易撕破纸糊的笼子;二是须疏而不漏,疏而有漏的笼子也肯定关不住老虎,因为老虎很容易从笼子的疏漏之处跑出来伤人。

以法治的思维治官、治权(力),这个笼子当然就是法律。2011 年 10

---

* 本文根据 2014 年 7 月 18 日在山西太原召开的"2014 年度教育部社会科学委员会法学学部工作会议、教育部人文社会科学(法学)重点研究基地主任联席会议暨民主、法治与国家治理现代化学术研讨会"上的发言整理而成,原载《法制与社会发展》2014 年第 5 期。

月,国务院新闻办发布《中国特色社会主义法律体系(白皮书)》,称"到 2010 年底,一个立足中国国情和实际、适应改革开放和社会主义现代化建设需要、集中体现中国共产党和中国人民意志,以宪法为统帅,以宪法相关法、民法商法等多个法律部门的法律为主干,由法律、行政法规、地方性法规等多个层次法律规范构成的中国特色社会主义法律体系已经形成"。这说明,在治官、治权(力)方面,笼子已经有了。然而,这个笼子到底如何呢? 符不符合上述刚性和疏而不漏的要求呢?

从我国的现实情况来看,自从新一届党和国家领导人兴起反腐败风暴以来,既拍"苍蝇"又打"老虎",所揭露出的腐败现象,下至乡村基层,上至中央高层,不仅"苍蝇"普遍存在,而且打下的"老虎"接二连三,级别还越来越高,腐败的普遍性和严重程度大大超出了国人的想象力和心理承受能力。这种普遍存在的腐败现象首先说明,我们的笼子本身有问题,要么是刚性不足,要么是疏而有漏,根本关不住权力。

法律具有权威性,怎么说是刚性不足? 举个例子,曾经有个山东莒南县的法院院长面对当事人时威胁道:"我在这里是上管天、下管地、中间还管空气";还有江西宜黄县的官员在中央三令五申禁止暴力拆迁之时投书媒体,声称"没有拆迁就没有新中国"。这些基层官员的惊人之语,绝非一时狂妄,反映的是一种社会现实,即在我国现行体制下公权力常常处于不受约束的状态。当公权力处于不受约束的状态时,法律再完备也难免变成了纸糊的笼子! 无怪乎,虽然刑法对贪污、受贿的处罚不算轻,但是官员的贪腐却前仆后继,一个比一个贪得大;虽然宪法明确了保护私有财产的态度,并规定只有基于公共利益才可征收私有财产,但是政府非基于公共利益征收私有财产的现象仍然屡屡发生,当事官员不仅没有受到法律的追究,甚至因征收拆迁而得到升迁。面对无限膨胀的公权力,我们的法律显然权威性不足,不过是个纸糊的笼子!

法律体系已经形成,又怎么说是疏而有漏呢? 这里也举个例子,在法治国家,包括宪法在内的全部法律的根本目的是为了保障人民的权利。保护人民的权利不只是一句口号,要体现在权利救济的制度上,当人民的权利受到侵害时,人民可以通过救济制度而获得救济,这样的权利保护才是真实的。因此,权利救济制度是否健全是衡量法律体系是否完备的重要标志。

在人民的权利受到侵害（包括来自其他平等主体的侵害和来自公权力机关的侵害）的个案情形下，我们已经建立了相应的权利救济制度，包括民事诉讼、仲裁、行政诉讼法、行政复议、国家赔偿等。但是，在权力机关作出的具有普遍效力的行为侵害人民的权利时，我们至今为止并没有相应的救济制度构建。例如，2003 年《最高人民法院关于审理人身损害赔偿案件适用法律若干问题的解释》第 29 条区分城镇居民和农村居民实行不同的赔偿标准（即所谓"同命不同价"），构成对亿万农民的歧视，但由于缺乏相应的纠错机制，迄今未得到纠正。又如，1982 年宪法第 10 条规定城市土地归国家所有，农村土地归集体所有，除了其时对土地私有权的剥夺外，今天这一规定已经成为政府垄断城市建设用地供应、对农民集体土地实行强制征收的宪法依据，也因为无相应的纠错机制而继续发挥着政府强征农民土地的支柱作用。1993 年国务院制定的《卖淫嫖娼人员收容教育办法》亦有非经正当程序限制公民人身自由之嫌，也因为无相应的纠错机制而依然有效。此前被废止的收容遣送制度和劳动教养制度从产生到废止，均经历了半个多世纪，数以千万计的公民为此付出了人身自由甚至生命的沉重代价。如果不是日益强大的民意的推动，这些制度还会继续存在下去。上述情况充分说明，我们所打造的试图关住权力的笼子存在着很大的漏洞。

再说"谁来关"的问题。权力不会温顺地自己走进笼子，否则就不是权力了。因此，这里需要有个能把权力关进笼子的人，否则，笼子再牢固、再疏而不漏，权力游离于笼子之外，到底还是关不住权力。

从我国的实际情况看，作为对官员的监督机关，我们在国家层面上有检察机关，在政府层面上有监察部门，在执政党内部有纪律检查委员会，最后还有法院执行对腐败分子的定罪量刑。它们都在扮演着某种把权力关进笼子的角色。尤其是中共中央纪律检查委员会，在我国现行的政治生态中，一直扮演着"谁来关"的主要角色。从中共十八大以来，中央纪律检查委员会雷厉风行，掀起一轮前所未有的反腐风暴，不仅拿下了包括两名前政治局委员在内的数十位省部级以上高官，而且"自清门户"，打"自家虎"，查处了一批纪律检查委员会内部的腐败分子，一批涉腐案件已经完成司法程序或已进入司法程序或将进入司法程序，可谓是"硕果累累"。

从"谁来关"的角度看，显然在中央纪律检查委员会主导的反腐风暴中，担当把权力关进笼子角色的是执政党内的自我管理的"权力"。在我国现行的政治生态下，这种通过执政党自我管理的权力来把公权力关进笼子的做法，效果十分显著，但从国家治理的层面看，毕竟不太牢靠。一是纪律检查委员会是执政党的内设机关，其拥有的权力本质上不属于国家权力，这种权力无法被纳入国家法律之内，因此，还是存在着笼子关不住权力的问题。二是在这种制度安排下，无形中削弱了国家监察、检察机关在查处腐败问题上的作用。可以这么说，如果离开了纪律检查委员会，监察、检察等国家机关在查处官员尤其是高官的腐败问题上将很难有所作为。

上述情况表明，在"谁来关"的问题上，我们存在着主体错位或缺失的问题。监察机关、检察机关在反腐败问题上不能发挥正常作用，必须依靠执政党的纪律检查委员会"清理门户"，达到反腐目标，这是错位问题。从为什么要把权力关进制度的笼子里这个角度看，则是主体的缺失问题。为什么要把权力关进制度的笼子里？因为权力如果不在笼子里，它会侵害人民的权利。一切权力属于人民，只有人民才有能力真正做到把权力关进制度的笼子里。然而，从反腐败风暴中所披露的情况看，人民群众对许多腐败官员早有强烈反映，许多官员的腐败现象也早已败露，但是这些腐败官员并没有及时被查处，而是官越做越大（即所谓"带病提升"），贪腐时间长达数年或十多年。这就说明，我国当前的反腐败体制、机制，存在着人民这一主体的缺失。因此，要真正做到把权力关进制度的笼子里，除了继续完善法律体系、打造好制度的笼子外，还需进一步健全制度，确保人民享有和行使把权力关进笼子的基本权利。

关于社会主义法治的"中国特色"问题[*]

就目前学术界的研究现状而言,对于中国特色社会主义法治这一问题的研究更多是在宏观层面上展开的。如果从部门法的角度,尤其是从私法的角度来看,所谓"中国特色",恐怕说不清楚。如果回顾一下中国改革开放30年来的民法制度建设,我们会发现一种现象:凡是"特色"的东西最后都慢慢被淡化掉了,甚至被淘汰掉了,因为这些所谓"特色"的东西难以适应市场化改革与社会主义法治发展的需要。我最近进行了一项关于转型时期民法学理论问题的研究,最后结论是:这30年来的民法学理论呈现出一种"回归传统"的基本趋势。这个"传统"包括现代私法的传统和清末至民国时期所继受的私法传统。例如,《民法通则》里规定的许多制度,现在看来不都是很合理的:以民事法律行为的合法性为基础构建的民事法律行为制度,已经受到质疑;把民事责任从债的体系中分离出来的做法,我们的立法(《合同法》)已经把它给改了;"公民"变回了"自然人"。

尽管在私法的层面上,我们很难说中国的"特色"在哪里,但是,不同国家之间的法律制度有没有差异呢?当然有,法国和德国的民法典就有差异。但问题是,这种差异性是不是我们所讲的中国特色社会主义法治这个层面上的问题呢?我觉得还够不上。我的理解是,社会主义法治的"中国特色"更多体现在公法层面,在私法层面上则很少。最近几年来,人们强调的"中国特色"大多是指党的领导、多党合作制、人民代表大会制,不搞司法独立,不搞三权分立,都是在讲这些东西。而在私法层面上,我们很少提到什么制度是我国不能实行的。

如果前面的说法在一定程度上成立的话,中国社会主义法治的"特色"

---

* 本文根据笔者 2009 年 8 月 8 日在吉林省吉林市召开的"教育部社会科学委员会法学学部 2009 年度工作会议暨中国特色社会主义法治建设的理论与实践研讨会"上的发言整理而成,原载《法制与社会发展》2009 年第 6 期。

更多地体现在公法层面上,那么,这个理论问题是不是与中国的政治体制改革的现状有关?因为中国的经济体制改革进展是比较快的,市场化的程度也比较高。在这个领域里(私法是市场经济体制的法律基础),外国制定过的法律,我们拿来参照,这里面要讲"特色"就很难。市场经济改革相对比较彻底,因此,在私法层面上来说"中国特色"就表现得不是十分突出。然而,在体制改革的问题上,政治体制改革应当说较为迟缓。这个方面更多的具有我们讲的"中国特色",而我们也基本上是从这个方面来强调"中国特色"的。政治体制改革究竟该怎样进行,我没有研究,也没有太多的想法,我只是想说在"中国特色"问题上,有这样一个层面上的因素。

张文显教授的报告把社会主义法治理论的"中国特色"之由来作了梳理。他认为社会主义法治理论的"中国特色"主要来自于邓小平提出的中国特色社会主义的理论。那么,在这个问题上我想说的是,邓小平为什么提中国特色?我的看法是,邓小平所开创的以市场化为目标取向的改革事业,面临两个方面的压力:第一个方面的压力是"左"的压力,即传统的政治、经济体制和意识形态的压力;第二个方面的压力来自于那种完全向西方看齐,唯西方论的压力。面对这两方面的压力,他打出了建设中国特色社会主义的这个旗号:一方面对于唯西方化的思潮,明确我们的改革不是完全西化,而是中国特色的;另一方面对"左"的思潮来说,"中国特色"也就有力地反击了关于改革就是西化从而反对改革的指责。从这个层面上来看,"中国特色"体现的是一种政治智慧。这种政治智慧下的产物,我认为这里面有着浓厚的意识形态色彩。我想,我们是不是要关注一下邓小平提出的中国特色社会主义有着这样一个特定的历史背景?我认为在这一特定的历史背景下,在讨论社会主义法治这个问题上,我们是不是可以不必过度强调"中国特色"在私法体系构建上的作用?

从权利救济看我国法律体系的缺陷[*]

一

保护人民权利是包括宪法在内的全部国家法律的基本任务。《民法通则》第 1 条规定"保障公民、法人的合法的民事权益"。《刑法》第 2 条也规定"保护国有财产和劳动群众集体所有的财产,保护公民私人所有的财产,保护公民的人身权利、民主权利和其他权利"。《民事诉讼法》第 2 条规定"保护当事人行使诉讼权利""保护当事人的合法权益",《行政许可法》第 1 条也规定"保护公民、法人和其他组织的合法权益"。这些法律无不宣示其保护人民权利的宗旨、立场和态度。至于像《消费者权益保护法》《老年人权益保障法》《妇女权益保护法》《未成年人保护法》这样的法律,更是旗帜鲜明地宣告以保护特定弱势群体的权利为使命。

然而,从法治的角度看,保护人民权利不能只是停留在法律宣言的层面上,也不能停留在宣告人民享有的具体权利上,尽管这很重要,但更为重要的是将权利保障落实到具体制度尤其是权利救济制度的构建上,建立和健全权利救济制度,在人民的权利遭受侵害时能够为其提供有效的法律救济。诚如法谚所言,"有权利必有救济""无救济即无权利",如果缺乏相应的权利救济制度,不能为人民的权利提供有效的法律救济,那么任何关于人民权利的宣言都只是一句空话,都只是一张开给人民的"空头支票"。从这个意义上说,权利救济制度不仅是检测权利宣言是否只是一张"空头支票"的试金石,也是评判国家的法律体系是否健全、法治是否得以落实的重要标志,欠缺权利救济制度的法律体系不是健全的法律体系,不能为人民的权利提供

---

* 本文原载《比较法研究》2014 年第 5 期。

有效救济的法治不是真正意义的法治。

二

一般来说,人民权利遭受侵害无非两种情形:一是来自平等主体的自然人、法人的侵害,如张三打伤了李四,A 公司生产的有害食品造成消费者的损害;二是来自不平等主体的公权力机关的侵害,如立法机关制定的法律损害了人民的权利,政府未经法定程序强行征收公民私有财产,公安机关错捕犯罪嫌疑人,法院未依法裁判,造成冤假错案。

在第一种情形下,权利救济的路径和方式主要是民事救济,在立法上有实体法和程序法之分。从实体法层面上,权利救济体现在民事责任制度的构建上,如违约责任制度旨在当债务人不履行合同时为债权人提供法律救济,侵权责任制度旨在当侵权行为发生时为受害人提供法律救济。在程序法层面上,权利救济体现在民事诉讼程序和仲裁程序以及其他纠纷解决程序制度的构建上。

自 1978 年中共十一届三中全会以后,随着我国法制的不断进步,民事救济的法律,无论是实体法层面还是程序法层面,都有了显著的改观。

从实体法层面看,在违约救济方面,1981 年的《经济合同法》对违反经济合同的责任作了规定,1985 年的《涉外经济合同法》对涉外经济合同的违约责任作了规定,1986 年的《民法通则》对违约责任也作了专门规定。在上述法律规定基础上,1999 年的《合同法》关于违约责任的规定(第七章),使得违约救济制度臻于健全。在侵权救济方面,1982 年的《商标法》、1984 年的《专利法》、1990 年的《著作权法》、1986 年的《民法通则》、2007 年的《物权法》以及《消费者权益保护法》《产品质量法》等法律都对不同领域的侵权责任作了规定。在总结上述侵权责任的立法经验基础上,2009 年,我国专门制定了《侵权责任法》,侵权救济制度也趋于健全。

从程序法层面看,在诉讼救济程序方面,我国于 1982 年制定了《民事诉讼法(试行)》,1991 年制定了新的《民事诉讼法》,后者经过 2007 年和 2012年两次修订,民事诉讼救济制度日趋完善。在仲裁救济程序方面,1994 年制定了《仲裁法》,2007 年制定了《劳动争议调解仲裁法》,2009 年又制定了

《农村土地承包经营纠纷调解仲裁法》,建立了商事仲裁、劳动仲裁和农村土地承包纠纷仲裁等多元仲裁制度。

总体来看,经过 30 多年的努力,我国在权利的民事救济方面,已经实现了制度构建,未来的问题主要是如何随着社会的进步而不断完善民事救济制度,切实发挥民事救济制度的效用,而不是由于制度缺失造成的体系补缺问题。

三

公权力是国家机关拥有的对人民共同体事务的管理权,公权力机关与人民不具有平等的地位,因此,公权力机关对人民权利的侵害,与来自私主体对人民权利的侵害就有了很大的不同。后者的表现形式总是个案的,无论是张三打伤了李四,还是 A 公司生产的有害食品造成了一定数量的消费者受害,均属于侵害特定人权利的个体性案件,受害人可通过个案诉讼或仲裁,援引有关法律的规定,获得相应的救济。与此不同的是,公权力机关侵害人民权利的情形,既可能是个案的,如非法征收、错捕、冤假错案,侵害的是特定人的权利;也可能是非个案的,具有普遍性,如立法机关制定的法律,行政机关发布的具有普遍效力的行政文件,最高人民法院发布的非个案批复的规范性司法解释。由于这些文件对共同体成员具有普遍的适用效力,其对人民权利的侵害就不是个案的,而是具有普遍性的。因此,在人民权利受到公权力机关侵害时,必须从上述两个方面着眼,构建相应的法律救济制度。

就公权力机关侵害权利的个案情形而言,一般来说,这只存在于行政机关和司法机关,不存在立法机关的立法行为侵害特定人权利的个案情形。在行政机关、司法机关侵害特定人权利的救济方面,我国自改革开放以来逐步建立了行政诉讼、行政复议、国家赔偿等法律制度。1989 年的《行政诉讼法》规定"公民、法人或者其他组织认为行政机关和行政机关工作人员的具体行政行为侵犯其合法权益,有权依照本法向人民法院提起诉讼。"1990 年的《行政复议条例》(已为 1999 年《行政复议法》所取代),在诉讼途径外,为公民、法人权利的行政救济提供了又一途径。1994 年的《国家赔偿法》,对行政赔偿和刑事赔偿的赔偿范围、赔偿程序以及赔偿方式和计算标准都做了具体的规定,实现了国家赔偿的制度化。从我国当前的实际情况看,在人民权利遭受公权力机关侵害的个案情形中,未来的任务是如何严格执行这些法律规定,如何进一步完善相关法律制度的问题,而不是由于制度缺失产生的体系补缺问题。

四

当公权力机关实施的对共同体成员具有普遍效力的行为侵害人民的权利时,受害的就不只是某个或若干特定人,而是该公权力行为效力所及的特定群体,甚至全体人民。且不说我国改革开放之前的"反右运动""四清运动"尤其是"文化大革命"对人民权利的侵害,是那个特定时代高层滥用公权力造成的全民族的灾难性事件,即便是在改革之后,由于公权力机关实施的具有普遍效力的立法、行政、司法行为侵害人民权利的现象也不少见。例如,1982年《宪法》第10条宣告城市土地归国家所有、农村土地归集体所有,使得城乡居民一夜之间丧失了对土地(主要是住宅用地)的所有权。2003年《最高人民法院关于审理人身损害赔偿案件适用法律若干问题的解释》第29条区分城镇居民和农村居民实行不同的赔偿标准(即所谓"同命不同价"),则构成了对亿万农村居民权益的歧视。近年来,各地政府频频出台的以户籍为基础的商品房限购或汽车限购政策,也同样存在着户籍歧视、限制公民财产权和合同自由之嫌。至于像收容遣送、收容教育、劳动教养以及强征强拆这些在改革开放之前早已存在的制度,伴随着社会的进步和人民权利意识的增强,其具有的侵害人民权利的"真面目"也渐渐显露出来,并招来"恶法"的骂名。

从我国的法治实践来看,上述公权力机关制定的具有普遍适用效力的法律、法规以及规范性司法解释,并没能得到及时、有效的纠正,更谈不上对受害人的救济。

例如,收容遣送始于上个世纪50年代之初,1982年国务院制定的《城市流浪乞讨人员收容遣送办法》使之制度化,1992年国务院发布的《关于收容遣送工作改革问题的意见》将收容对象扩大到"三无"人员(无合法证件、无固定住所、无稳定收入），收容遣送制度逐渐脱离原来社会救助的宗旨，沦为一项严重侵害公民人身自由的强制措施。2003 年 3 月"孙志刚事件"的发生，导致公众舆论对这一制度的普遍谴责。在强大的民意压力下，2003 年 6 月，国务院发布《城市生活无着的流浪乞讨人员救助管理办法》，流浪乞讨人员的收容遣送方告废止。

又如劳动教养，始于上世纪 50 年代（1957 年，全国人大常委会批准国务院颁布《关于劳动教养问题的决定》），改革开放后逐渐健全（1979 年，国务院发布《关于劳动教养的补充规定》；1982 年，国务院批准公安部发布《劳动教养试行办法》）。在实践中，这一制度背离了对教育和挽救不构成犯罪的违法行为人的本意，逐渐演变成一非经正当程序而剥夺公民人身自由、强制公民从事繁重劳动、造成被劳教人员非正常死亡的"恶"制度。进入新世纪以来，该制度之"恶"日益显露，人们纷纷谴责和呼吁废除这一制度。在民意的驱动下，2013 年 12 月 28 日，十二届全国人大常委会第六次会议作出决定，这一制度终告废除。

收容遣送制度和劳动教养制度从产生到废止，均经历了半个多世纪，数以千万计的公民为此付出了人身自由甚至生命的沉重代价。如果不是近年来法治的进步和人民权利意识的觉醒以及这些制度之"恶"的充分显露，如果不是日益强大的民意的推动，这些制度还会继续存在下去。

又如，《最高人民法院关于审理人身损害赔偿案件适用法律若干问题的解释》第 29 条关于"同命不同价"的规定，各地政府有关商品房或汽车限购的政策，其正当性已备受质疑，但至今未得到有效纠正。至于《宪法》第 10 条关于二元土地所有制的规定，除了其时对土地所有权人的权利剥夺外，今天已经成为政府垄断建设用地使用权供应、对农民集体土地实行强制征收的宪法依据，但迄今未见最高决策层和立法机关有纠正之意。国务院 1993 年制定的《卖淫嫖娼人员收容教育办法》，亦有非经正当程序限制公民人身自由之嫌，但至今亦未见废止。

上述情况足以说明，在人民权利遭受来自公权力机关实施的具有普遍效力的行为的侵害时，除非制度之"恶"充分显露、公权力机关迫于民意而自行废止，我国现行法律体系中明显缺乏有效的救济途径，当然更谈不上对由此遭受损害的权利人的有效救济。

五

从域外的法治实践来看,当人民权利遭受来自公权力机关实施的具有普遍效力的行为的侵害时,法律救济的主要方式是司法审查,即对立法机关指定的法律和行政机关颁布的规章命令进行是否存在着侵害人民权利的规范审查。

在德国,设有宪法法院和行政法院,负责对法律、法规或行政命令的司法审查。《基本法》第 93 条第 1 款第 4a 项规定,任何人认为公权力机关侵犯个人基本权利或基本法规定的其他权利时,均可向联邦宪法法院提起宪法诉讼。该法还赋予普通法院以"法律规范审查"的职能,规定"法院认为裁判案件所依据的法律违反宪法时,应中止审理程序,如该法律违反州宪法,则应征求有关主管宪法争议的州法院作出的裁判意见,如该法律违反本基本法,则应征求联邦宪法法院作出的裁判意见"。《行政法院法》第 47 条则规定,任何人认为法规命令侵害其权利或者在可预测的时间内侵害其权利时,可以申请高级行政法院进行规范审查,以确认法规命令无效。

在法国,设有宪法委员会和行政法院,负责司法审查,前者负责对议会制定的法律是否危险的审查,后者负责对行政机关的法规是否符合宪法和法律的审查。法国宪法第 61 条规定,法律在公布前,可以由共和国总统、总理或者议会两院中任何一院的议长,或"六十名国民议会或者参议院议员"提交宪法委员会进行审查。利害关系人认为行政机关的条例违法或侵害了其自身利益,可在条例颁布后两个月内向行政法院提起越权之诉,请求撤销不合法的条例。

在美国,没有德、法式的宪法法院(宪法委员会)和行政法院设置,任何法院均可行使司法审查权,既可对立法机关制定的法律进行审查,也可以对行政机关的行政行为进行司法审查。《联邦行政程序法》第 702 条(复审权)规定,因行政机关行为致使其法定权利受到侵害的人,或受到在有关法律规定内的机关行为的不利影响或损害的人,均有权向法院提起司法复审。而且,该法第 704 条还规定,不仅法律规定的可审查的行政行为,而且没有其他充分救济的行政机关的最终行为,都在司法审查范围内。

上述国家的司法审查制度,为权利遭受立法机关制定的法律和行政机关作出的抽象行政行为侵害的受害人或可能遭受侵害的利害关系人提供了一条较为有效的法律救济途径。

六

源自西方国家的司法审查制度倍受我国学者的青睐,不少的宪法学者和行政法学者建议,我国应建立类似的违宪审查或司法审查制度,包括建立宪法法院和行政法院。前文提到的劳动教养、收容审查、强征强拆、房产汽车限购等,均有学者向国家最高立法机关提请进行违宪审查。例如,2003年"孙志刚"事件发生后,俞江等三位法学博士上书全国人大常委会,提请对《城市流浪乞讨人员收容遣送办法》进行审查。2007年12月4日,69名法学界专家学者向全国人大提交公民建议,要求启动对劳动教养制度的违宪审查。

2000年,最高立法机关颁布的《立法法》专设一章"适用与备案",规定了法律、行政法规、地方性法规、自治条例和单行条例、规章的撤销事项,并规定除了国务院、中央军事委员会、最高人民法院、最高人民检察院和各省、自治区、直辖市人大常委会外,"其他国家机关和社会团体、企业事业组织以及公民认为行政法规、地方性法规、自治条例和单行条例同宪法或者法律相抵触的,可以向全国人民代表大会常务委员会书面提出进行审查的建议"。这一规定虽然具有纠正侵害人民权利的立法和行政行为的客观效果,但是究其本意而言,法律法规的撤销以及提请审查的重点在于法律体系内部的协调,而不是人民权利的保护,这与学界所推崇的司法审查仍存在着重大差异。而且,上述规定仅仅是一些原则性规定,也缺乏相应的程序保障。因此,人们只见到媒体关于学者和民众提起违宪审查的建议,而未见有关机关对这些建议予以受理的后续行动。

至于像最高人民法院作出的规范性司法解释,如果侵害了人民的权利,无论是全国人大常委会通过的《关于加强法律解释工作的决议》(1981),还是最高人民法院自己制定的《关于司法解释工作的若干规定》(1997)和《关于司法解释工作的规定》(2007),均无相应的纠正机制。

　　由此可见,当公权力机关作出的具有普遍适用效力的行为侵害人民的权利时,我国现行法并没有相应的救济制度构建。这也是在上述公权力机关侵害人民权利的第二种情形下,人民权利无法获得有效救济的根本原因。这也表明,从人民权利保护这一法的基本任务角度观察,我国现行法律体系存在着重大的缺陷。因此,加快这方面的法律制度构建,是保护人民权利的必要,也是健全中国特色社会主义法律体系的必要,是建设法治中国、实现"中国(法治)梦"的当务之急。至于是否袭用西方国家的做法,建立司法审查制度,设立宪法法院、行政法院等,当属别论。但是,这一制度至少应该包括两个要点:一是使得公权力机关制定的涉嫌侵害人民权利的法律、法规、规范性文件以及规范性司法解释能够得到及时的纠正;二是因这些法律、法规、规范性文件、规范性司法解释受到损害的权利人能够获得有效的赔偿。

从私法制度到私法秩序[*]

  法治昌明的标志,不只是有着健全的法律制度(法律体系),更重要的是形成良好的法律秩序。良好的法律秩序意味着法律得到有效的实施,法的信念被普遍接受,人人"诚实生活,毋害他人,各得其所",享受着法治带来的自由和安全。这是一幅美丽的法治图景,也是依法治国的理想蓝图。

  私法,即民商法,是调整社会个体成员(自然人、法人)之间人身关系和财产关系的法律规范的总称,是现代法治的基础。私法以私权保障和契约自由(当事人自治)为基本理念,通过对社会个体成员之间关系的调整,赋予权利、课以义务,旨在构建一种私权得到切实保障、当事人意愿得到必要尊重的法律秩序。

  改革开放以来,随着社会经济的发展和国家法治的进步,我国先后制定了《民法通则》《合同法》《物权法》《侵权责任法》等33部民商事法律和一大批规范商事活动的行政法规、地方性法规。这些法律、法规涵盖了几乎所有的民商事领域。可以说,我们基本解决了民商事领域"无法可依"的问题,实现了"有法可依"的法制目标。

  随着这些民商事法律、法规的颁行,私法秩序也在逐渐形成中。一是民众的权利意识得到前所未有的提升,"消费者维权""农民工维权""拆迁维权""一元钱官司"以及公众对法律草案公开征求意见的积极参与,都标示着公众对自己切身权利和利益的关注,法律赋予人民的权利逐渐转化为公众的权利意识以及维护自身权益的自觉行动;二是司法过程中,通过个案裁判或制定具有普遍效力的规范性司法解释,使得已经颁行的民商事法律在司法裁判中得到了实施,私权保障、当事人自治等私法观念已被司法所认同,逐渐成为司法尊崇的理念。

---

  * 本文原载《北京日报》2015年5月5日理论版。

然而，我国是一个缺乏私法传统的国家。封建历史上的"重刑轻民"，计划经济条件下的"个人服从集体、集体服从国家"，乃至"文革"期间的"宁要社会主义的草，不要资本主义的苗"等，使得社会个体成员的权利和自由遭到压制，形成了公权强大和私权脆弱之间失衡的态势。改革开放以来，虽然情况有所改善，但是它离法治的目标、离良好的私法秩序仍有较大的差距。例如，1999年的《合同法》已确认了契约自由的原则，但是，多年来房屋限购政策的频频出台，致使大量的房屋买卖合同无法得到履行。又如，2007年《物权法》的颁布并不能够有效遏制城市化进程中的暴力拆迁行为，不少发生暴力拆迁导致死亡事件的官员并没有被追究法律责任，甚至有官员公然发出"没有强拆就没有新中国"的惊人之语，实与《物权法》相违。这些都说明，虽然我们已经制定了保障私权、维护契约的法律，建立了较为健全的私法制度，但私法秩序构建仍任重道远。

私法秩序的构建有待已有的民商事法律得到有效实施，法律的有效实施则离不开全社会对私法制度的遵守尤其是对私法理念的尊重。拿破仑曾经自豪地说："我真正的荣耀，不是曾经赢得了四十几场战役，滑铁卢摧毁了那么多的胜利……但真正不会被任何东西摧毁的，将永存于世的，是我的民法典。"历史证明了这一点。《法国民法典》颁行两百多年来，始终屹立不倒，被誉为"法国真正的宪法"。究其原因在于，《法国民法典》确立的财产权和契约自由观念得到普遍的尊重，从而奠定了社会秩序的基石。

党的十八大以来提出的全面深化改革和全面推进依法治国的新思路、新观念，对于私法秩序构建具有重要意义。就财产权而言，四中全会提出的"保护产权"、"健全以公平为核心原则的产权保护制度，加强对各种所有制经济组织和自然人财产权的保护"，旨在全社会倡导对私有产权的尊重和保护。就契约自由而言，李克强总理反复强调"对市场主体是'法无禁止即可为'，对政府是'法无授权不可为'"；四中全会提出"维护契约""倡导契约精神"，也旨在全社会倡导尊重契约的观念。对于我们这样一个私法传统缺失的国家，执政党倡导的这些新理念对于私法秩序构建乃至法治国家建设无疑具有纲领性的作用。

私法秩序的构建必须将执政党所倡导的新理念贯穿到具体的法律制度里，贯穿到社会全体成员的实际行动中。这不仅要求每个社会成员的私权应得到他人的尊重,而且同样要求每个社会成员应当尊重他人的私权。这也就是"诚实生活、毋害他人,各得其所"。

从我国的实际情况看,私法秩序构建更应当强调的是约束公权力。现实生活中,影响私法秩序构建的主要因素不是社会个体成员的法律意识淡薄,缺乏对法律必要的敬畏,而是公权力机关的恣意行为,对法律的视而不见。因此,党的十八大以来,我们前所未有地展开对公权力的治理,确立了"法无授权不可为"的政府行为准则,推行"政府权力清单制度"、严禁政府"法外设权",提出"健全依法决策机制""建立重大决策终身责任追究制度及责任倒查机制",乃至掀起"全覆盖""零容忍"的"反腐风暴",等等,均旨在"把权力关进制度的笼子里"。这些就不只是建设法治政府的需要,更是构建良好私法秩序的必需。

关于我国非国有财产征收
立法问题的若干建议[*]

2004 年《宪法修正案》规定,国家为了公共利益的需要可以依法征收集体土地和公民私有财产,并给予补偿。《物权法》第 42 条及其相关条文重申了宪法修正案的规定,为在我国建立具有正当性的非国有财产征收制度确定了基本的原则和制度基础。但是,宪法与物权法的规定尚不足以构成健全的非国有财产征收制度,健全和完善我国非国有财产征收制度,还有待于专门的立法。本文拟对我国非国有财产征收制度^①的专门立法提出若干建议。

建议一:制定《非国有财产征收法》或者《非国有财产征收条例》,而不是《城市拆迁条例》

有媒体报道,《物权法》颁行后,为了与《物权法》相配套,全国人大常委会已授权国务院制定《城市拆迁条例》,以解决城市建设中有关公共利益的界定、拆迁补偿等财产征收中的法律问题。^② 财产征收的本质是国家强制性地将非国有财产收归国家所有,是一种对非国有财产的强制性剥夺。按照《立法法》第 8 条的规定,对非国有财产的征收,只能制定法律。但《立法法》第 9 条同时规定,除了有关犯罪和刑罚、对公民政治权利的剥夺和限制人身自由的强制措施和处罚、司法制度外,第 8 条规定的其他事项,全国人

---

* 本文原载《福建政法管理干部学院学报》2008 年第 3 期。

① 《物权法》第 44 条还规定了征用制度,征用的法律问题相对而言,不如征收复杂。因此,本文仅就征收问题进行探讨,而不涉及征用问题。

② 王阳:《拆迁条例草稿已拟定 城市拆迁拟由政府主导》,载《京华时报》2008 年 3 月 9 日,http://news. xinhuanet. com/house/2008－03/09/content_7749599. htm。

民代表大会及其常务委员会有权决定,授权国务院先行制定行政法规。全国人大常委会授权国务院制定《城市拆迁条例》,正是根据《立法法》第 9 条的规定,可以说有法律依据。然而,无论是宪法修正案的规定还是《物权法》的规定,对非国有财产的征收,不只是发生在城市建设中,也发生在农村,非国有财产的征收也不仅仅是城市建设需要解决的问题。《物权法》除了第 42 条规定集体土地和其他非国有不动产的征收外,第 121 条、第 132 条和第 148 条分别就用益物权、土地承包经营权、建设用地使用权的征收补偿问题作了规定。因此,仅仅制定《城市拆迁条例》只能解决我国城市建设中的财产征收补偿问题,不能解决我国农村中的财产征收补偿问题。从落实和实现宪法修正案和物权法所确立的法律原则和立法目的出发,我国应当建立统一的非国有财产征收制度。根据《立法法》的上述规定,我国可以由全国人民代表大会或其常务委员会制定《非国有资产征收法》,也可由全国人民代表大会及其常务委员会授权国务院制定《非国有财产征收条例》。

建议二:理顺财产征收补偿的法律关系,明确政府在征收补偿上的主体地位和义务

《宪法修正案》规定,财产征收的主体是"国家"。不知何因,《物权法》第 42 条的行文没有明确国家为征收主体,只规定"为了公共利益的需要,依照法律的规定和程序可以征收"非国有财产。当然,依法理解释,这里的征收主体只能是国家,其他任何组织或个人均无此项权力。国家作为征收主体,是通过政府来实现的。因此,在具体的征收活动中,政府扮演着征收人的角色。被征收人则是被征收财产的权利人,它可以是所有权人,也可以是建设用地使用权人或土地承包经营权人以及其他财产权人。

在征收的法律关系中,征收人和被征收人处在财产征收法律关系的两端,既享有一定的权利,也承担相应的义务。这些权利义务的主要内容是:政府有权基于公共利益的需要,征收自然人、法人的财产,并在作出征收决定后立即取得被征收财产的所有权,①但同时也负有对被征收人给予补偿安置的义务;被征收人则负有服从政府征收决定并交付被征收财产给政府的义务,并享有要求政府给予补偿的权利以及要求安置的权利。

在征收的法律关系中,主体只有政府与被征收人两方,而无其他第三方存在,或者换句话说,被征收人只与政府发生财产征收补偿关系,而不与其他任何人发生征收补偿关系。这一点对于纠正和解决我国现行征收非国有财产的做法以及由此引发的拆迁矛盾,非常重要。在我国现行的财产征收立法和实践中,政府对被征收人的补偿义务被转嫁到建设单位(拆迁人),法律要求建设单位(拆迁人)与被征收人之间订立拆迁补偿合同,政府转而扮演着裁决者的角色。② 这是对征收补偿法律关系的误读和混淆。既然政府强制性地剥夺了被征收人的财产权,那么,政府就负有予以补偿的义务。至于政府与建设单位之间的建设用地使用权出让关系,当属于另一法律关系。现行法强行把建设单位和被征收人扯到一起,显然混淆了被征收人与政府、政府与建设单位之间两种不同的法律关系。政府作为拆迁纠纷的裁决人,则是定位的错误。这是导致实践中开发商与被拆迁人矛盾激化的主要原因。

据媒体报道,正在起草的《城市拆迁条例》将采取政府主导拆迁的做法,③这是对现行征收拆迁做法的修正,应当是可取的。然而,仅仅确定政府主导拆迁,显然是不够的,必须在未来的《非国有财产征收法》或者《非国

---

① 《物权法》第28条:"因人民法院、仲裁委员会的法律文书或者人民政府的征收决定等,导致物权设立、变更、转让或者消灭的,自法律文书或者人民政府的征收决定等生效时发生效力。"

② 《城市房屋拆迁管理条例》(1991)第5条:"拆迁人必须依照本条例规定,对被拆迁人给予补偿和安置;被拆迁人必须服从城市建设需要,在规定的搬迁期限内完成搬迁。"第12条:"在房屋拆迁主管部门公布的规定拆迁期限内,拆迁人应当与被拆迁人依照本条例的规定就补偿、安置等问题签订书面协议。"第14条:"拆迁人与被拆迁人对补偿形式和补偿金额、安置用房面积和安置地点、搬迁过渡方式和过渡期限,经协商达不成协议的,由批准拆迁的房屋拆迁主管部门裁决。被拆迁人是批准拆迁的房屋拆迁主管部门的,由同级人民政府裁决。"

③ 王阳:《拆迁条例草稿已拟定 城市拆迁拟由政府主导》,载《京华时报》2008年3月9日,http://news.xinhuanet.com/house/2008−03/09/content_7749599.htm。

有财产征收条例》中,明确规定政府作为征收人,同时负有补偿被征收人财产损失以及安置等义务。

建议三:公共利益具体化,防止政府随意扩大公共利益的范围

《物权法》没有将公共利益具体化,理由是"在不同领域、不同情形下,公共利益是不同的,情况复杂,物权法难以对公共利益作出统一的具体界定"。① 这实际上是一种托词或借口。准确地说,物权法属私法,财产征收属于公法制度,由《物权法》规定财产征收本身就存在着立法错位问题。

公共利益,是指在一定社会条件下,一定范围内多数人的共同利益,这种共同利益表现为不特定的多数人对物质和精神两方面的普遍需求。公共利益之需要,是国家征收非国有财产的唯一理由,也是建立征收非国有财产制度正当性之所在。然而,公共利益是一个弹性极大的概念,如果不对公共利益作出具体的界定,容易发生公共利益条款的滥用,从而导致对公权力私有财产的恣意侵害。无论是在理论上还是在实践中,尽管公共利益存在着某些模糊性,但并不是不能界定的,否则,我们就无法解释我国社会经济发展中尤其是城市建设中所发生的大规模的对非国有财产的征收活动。因此,对公共利益作出具体界定不仅是必要的,也是可行的。

公共利益的基本特征是利益共享性和利益主体的不特定性。根据这一特性,公共利益大体可分为三种类型:一是公共事业,包括:国防、军事设施、政府机关建设,教育、科学、文化、体育、医疗卫生事业,能源、交通、水利、电信等基础设施建设,环境保护事业,文物保护事业,社会福利和慈善事业,公共安全及抢险救灾;二是城市建设,包括城市扩建、旧城改造和城市重建(如汶川地震灾区的重建),均可属于公共利益;三是由政府提供的其他公共服务事业。

---

① 全国人大常委会法制工作委员会民法室编:《中华人民共和国物权法——条文说明、立法理由及相关规定》,北京大学出版社 2007 年版,第 60 页。

建议四：限制公共利益征收，防止公共利益征收条款的滥用

公共利益需要是国家征收非国有财产的唯一正当理由，但是不等于说，只要是公共利益，政府就当然地有权征收非国有财产。例如，增加国家的财政收入，用于建设和改善公共服务，具有公共利益的属性，但政府并不能借此任意征收私有财产以增加财政收入。因此，对公共利益征收加以必要的限制，也是防止政府滥用公共利益条款所必需的。

对公共利益征收的限制主要来自行政法上的比例原则。所谓比例原则，是指政府行使公权力致公民或其他相对人权益受侵害时，除必须有法律依据外，还应当选择给相对人的权益造成损害最小的方式行使。在政府征收非国有财产中，比例原则对政府征收权的限制有三层含义：一是政府对非国有财产实行征收，确实可以实现政府希望实现的公共利益，如不能实现公共利益，政府不能以公共利益需要为由征收非国有财产；二是政府对非国有财产实行征收是在可供选择的实现公共利益的多种途径中对个人和组织的权益损害最小的，如果政府希望实现的公共利益可以通过其他代价较小的方式实现，应采用代价较小的方式实现公共利益，而不应当通过征收方式实现；三是因征收而受到损害的个人和组织的利益不应超过政府所要实现的公共利益，如果政府所要实现的公共利益小于征收给财产权人造成的损害，政府也就无征收财产的必要。例如，在征收集体土地用于工业项目建设或交通等基础设施建设中，政府就可以考虑采用农民以集体土地使用权入股的方式，代替现行的征收集体土地的做法，从而有效防止现行征收集体土地而导致失地农民长远利益丧失的问题。

为防止政府滥用公共利益征收条款，有必要在未来的《非国有财产征收法》或者《非国有财产征收条例》中，明确比例原则的相关内容。

建议五：补偿合理化，切实保护被征收人的利益

在征收的法律关系中，政府因征收而取得被征收人的财产权利，被征收人因丧失财产权而发生的损失应当得到合理的补偿。根据我国的征收实

践,补偿合理化应当包括三个方面的内容:

一是列入补偿的财产范围合理化。凡是因为政府征收而造成的财产损失,包括被征收的财产所有权、建设用地使用权、土地承包权等,都应当得到合理的补偿。例如,在旧城改造而征收私有房屋中,不仅被征收的私有房屋应当得到补偿,该私有房屋所占用的建设用地使用权(包括划拨用地使用权)也应得到补偿。我国城市建设拆迁中,往往只对被拆的私有房屋给予补偿,而对该房屋所占有的划拨用地使用权不予补偿,这是极不合理的。又如,超过期限的临时建筑如果仍有一定的使用价值,也应当给予一定的补偿。现行法规定对超过期限的临时建筑不予补偿,[①]也不尽合理。

二是补偿方式的合理化。根据我国现行法的规定和实践,对非国有财产征收的补偿方式有实物补偿和货币补偿两种。[②] 在市场波动的情形下,实物补偿较之于货币补偿,能够较好地防止由通货膨胀而造成的财产损失。因此,除被征收人自愿以外,应当采取实物补偿方式。在城市建设征收拆迁中,采取实物补偿方式,除了对房屋进行补偿外,还应该考虑建设用地使用权的实物补偿问题。

三是补偿计价的合理化。无论是采取货币补偿还是实物补偿,一般都存在着补偿计价的问题。例如,在异地产权置换的情况下,涉及不同地点的房地产(包括建设用地使用权)价格差,需要采取合理计价进行补差;即便在原址上的产权置换,也要进行合理计价。在征收中,合理计价的一个问题是对被征收财产实行市场价还是非市场价的问题。现行做法是采取非市场价,而且这部分非市场价的补偿义务又被转嫁给建设单位,政府却通过一方面征收非公有的财产,另一方面出让土地使用权给建设单位,获得巨大的财政收入。由政府获得这部分收入,而不是由被征收人获得此项收入,这是一种极为巧妙的剥夺,其间的奥妙就在于征收补偿的计价标准上。政府通过征收而获得本应由被征收人获得的财产利益,这与政府通过剥夺他人财产

---

① 《城市房屋拆迁管理条例》(1991 年)第 19 条规定,拆除超过批准期限的临时建筑不予补偿。

② 《城市房屋拆迁管理条例》(1991 年)第 20 条第 1 款:"拆迁补偿实行产权调换、作价补偿,或者产权调换和作价补偿相结合的形式。"

以增加财政收入的行为性质无异。

建议六：健全财产征收程序，增加财产征收的透明度和民主性

我国现行法在财产征收方面有一些程序性的规定，如《土地管理法》及其《实施条例》关于征收集体土地的程序规定。根据上述法律和行政法规的规定，我国征地审批权和农用地转用审批权集中到国务院和省两级政府。征收程序包括四个阶段，即建设单位申请、拟定补偿方案、政府核准方案、拨付发证。这些程序性的规定虽然可以构成我国未来征收非国有财产的程序的基础，但存在着明显的缺陷。其缺陷主要有二：一是公众社会和被征收人对征收的知情权、参与权和异议权没有程序保障，存在着是否公共利益、征收范围和征收条件等由政府单方说了算的情形，社会公众和被征收人没有发言权；二是缺乏司法救济程序，当政府违法征收且侵害被征收人财产权时，被征收人无法通过司法程序获得救济。未来的《非国有财产征收法》或者《非国有财产征收条例》应当建立统一的非国有财产的征收程序，并从克服上述两个方面的缺陷，健全非国有财产征收的程序。

首先，应当设立公告和听证程序。当建设单位向政府申请后，政府经审核认为符合公共利益而拟议对特定非国有财产实行征收时，应当将征收目的、征收范围、征收条件和补偿标准进行公告，并举行听证会，听证会应有政府代表、建设单位代表、社会公众代表和拟议财产被征收的权利人的代表参加。无论是否代表参加听证会，社会公众和被征收人都有权对政府拟议的征收目的、征收范围、征收条件和补偿标准提出异议。政府应当广泛听取公众和拟议被征收人的意见，再作出是否征收的决定。尤其是是否属于公共利益需要，政府应当广泛听取公众的意见。既然是因公共利益需要而征收非国有财产，作为公共利益受益人的社会公众对公共利益征收更有发言权。他们的意见对于政府是否实行征收非国有财产，应当具有重要的决定意义。

其次，增加司法救济程序。当政府作出征收决定后，被征收人如果认为政府的征收不属于公共利益或者认为未获得政府的合理补偿的，可以向人民法院提起诉讼。在诉讼中，政府负有举证责任，证明其征收目的属于公共

利益需要,并且符合比例原则。

建议七:设立索还权制度

在澳门地区的立法中,设有索还权制度。这种制度在德国称之为"征收回转"。[①] 根据澳门第 12/92/M 号法律规定,如果被征收的财产未被用于或停止用于征收目的的建设,被征收人享有索还的权利,被征收人则返还补偿的费用。此项制度具有合理性。在我国的征收实践中,征而不用、征而他用的情形时有发生,这种情形同样构成了对私有财产的不当侵害。为了防止上述情形的发生,从切实保护人民群众的财产权着想,应当借鉴澳门地区的立法,在未来的《非国有财产征收法》或者《非国有财产征收条例》中,规定被征收人的索还权。

参照我国关于建设单位超过 2 年不建设,政府有权收回建设用地使用权的做法,[②]如果征而不用超过 2 年或者征而他用,被征收人有权请求征收人(政府)返还被征收的财产。

在索还权行使的问题上,被征收人须首先向征收人提出返还被征收财产的申请,由征收人作出是否返还被征收财产的决定。如果征收人拒绝返还被征收财产,被征收人有权向人民法院提出返还财产的诉讼;征收人返还被征收财产的,被征收人应当退还相应的补偿物或者补偿款。索还权的行使适用诉讼时效的规定。

---

① 参见[德]哈特穆特·毛雷尔:《德国行政法》,高家伟译,法律出版社 2000 年版,第 694 页。

② 《城市房地产管理法》第 25 条:"以出让方式取得土地使用权进行房地产开发的,必须按照土地使用权出让合同约定的土地用途、动工开发期限开发土地。超过出让合同约定的动工开发日期满一年未动工开发的,可以征收相当于土地使用权出让金百分之二十以下的土地闲置费;满二年未动工开发的,可以无偿收回土地使用权;但是,因不可抗力或者政府、政府有关部门的行为或者动工开发必需的前期工作造成动工开发迟延的除外。"《城镇国有土地使用权出让和转让暂行条例》第 17 条:"未按合同规定的期限和条件开发、利用土地的,市、县人民政府土地管理部门应当予以纠正,并根据情节可以给予警告、罚款直至无偿收回土地使用权的处罚。"

　　本文的旨意是严格限制国家对非国有财产征收的权力。如果说我国过去 30 年乃至新中国成立后近 60 年社会经济的发展在某种程度上是以剥夺（包括无偿剥夺和不等价剥夺）非国有财产尤其是私有财产为代价，那么，在国家现代化和城市化建设已经取得巨大成就的今天，切实保护非国有财产尤其是私有财产，防止来自政府征收权的恣意侵害，已经是当下国家民主法治发展的时代要求，通过立法严格限制国家对非国有财产的征收权，不仅是必须的，而且是可行的，更是紧迫的。

修改宪法,允许集体土地用于城市建设[*]

我国现阶段土地征收引发的社会冲突、房价居高不下以及"小产权房"等社会问题,根源在于现行城乡二元土地公有制。修改宪法,允许集体土地直接用于城市建设,进一步完善土地公有制,势在必行。

一、现阶段土地征收引发的社会冲突等问题,根源在于现行城乡二元土地公有制

因土地征收引发的社会冲突,城市房地产价格高居不下,"小产权房"屡禁不止,已经成为现阶段影响社会和谐的严重问题。产生这些问题的根源在于,我国现行的城乡二元土地公有制。

《宪法》第 10 条规定:"城市的土地属于国家所有;农村和城市郊区的土地,除由法律规定属于国家所有的以外,属于集体所有。"现行城乡二元土地公有制具有以下特点:

第一,在城市土地只能国有的制度安排下,集体土地不能直接用于城市建设,从而造成了集体土地与国有土地"权益"上的"不平等"。

第二,《土地管理法》第 43 条第 1 款规定,城市建设"必须申请使用国有土地",实际上赋予了国家(政府)在城市土地供应上的垄断地位。

第三,在二元土地公有制下,土地要么是国家所有,要么是集体所有,不存在第三种情形。城市发展所需新增土地的来源只有一种:将集体土地变为国有土地,否则城市无法获得发展。

第四,理论上,将集体土地变为国有土地的方式有多种,如购买、互换和征收等。但在现行体制下,其既不是购买,也不是互换,而是实行征收。国

---

* 本文完成于 2013 年 2 月。

家(政府)对集体土地实行征收成为了城市发展新增土地的唯一途径。

第五,一方面国家(政府)对集体土地实行征收不是商品交换,无须获得被征收人的同意,是否支付合理对价(补偿)也不取决于被征收人。但是,另一方面,国家(政府)向开发商供应建设用地(即出让国有土地使用权)时则把土地(土地使用权)作为商品进行交换,并利用其垄断地位,获得巨额利益,即所谓"低价征收"和"高价出让"。政府出让土地的巨额收益构成了许多城市的主要财政来源,即所谓"土地财政"。

在上述土地制度安排下,因土地征收引发的社会冲突等社会问题就不可避免:

——国家(政府)在"低价征收"和"高价出让"中获得巨大的土地收益实际上来自集体土地,国家(政府)获得巨大利益也就意味着被征地农民的权益受损。这就容易引起被征地农民对政府征地拆迁的不满,从而引发冲突。

——国家(政府)在"低价征收"和"高价出让"中获得的巨大利益最终都将进入房价,从而加剧了房价的攀升,导致房价居高不下,加重了城市居民(尤其是新城市居民)的负担。

——集体土地与国有土地之间"权益"上的不平等,客观上造成了城市国有土地与城市周边集体土地之间极大的价差。在利益的驱动下,价格相对低廉的"小产权房"就不可避免地出现。由于使用的是集体土地,"小产权房"始终处于"不合法"的状态。

二、修改宪法,允许集体土地用于城市建设,从源头上破解上述社会问题

因土地征收引发的社会冲突等问题,已引起中央的高度重视,并采取了诸如限制非公益性征收、严禁暴力拆迁、商品房限购、开征房产税等措施。这些措施取得了一些暂时性的效果,但总体上看成效并不显著。

我们认为,要从根本上解决上述问题,必须从改革和完善土地公有制入手。土地公有制作为基本经济制度必须坚持,但是土地公有制应随着社会经济的发展不断加以完善,《宪法》关于城市土地国有和《土地管理法》关于城市建设必须申请使用国有土地的规定应当修改,集体土地可以用于城市

建设；制定集体土地用于城市建设的专门法律，使得集体土地进入城市建设得以制度化。

集体土地用于城市建设，应坚持以下原则：只有在城市规划范围内，集体土地才能用于城市建设。至于集体土地用于城市建设的途径或方式，可以多种多样：既可以是国家（政府）购买集体土地或以国有土地置换集体土地；也可以是在不改变集体土地所有权的前提下，参照国有土地使用权出让方式，将一定期限内的集体土地使用权出让给开发商，或者以一定期限的集体土地使用权入股组建公司等。当然，如确属"公共利益"需要，政府也可以依法对集体土地实行征收。

三、允许集体土地用于城市建设，实现土地"平等权益"，落实"城乡一体化"新思路

十七届三中全会通过的《关于推进农村改革发展若干重大问题的决定》提出了"城乡社会经济发展一体化"的发展新思路，并进一步明确提出要使集体土地"与国有土地享有平等权益"。十八大报告提出要"促进城乡要素平等交换"。所谓"城乡要素"的"平等交换"应包括土地的平等交换。只有允许集体土地直接用于城市建设，才能真正实现集体土地与国有土地的"平等权益"，也才能最终实现城乡之间土地这一要素的"平等交换"。因此，修改宪法，允许集体土地依法进入城市建设，是落实中央"城乡一体化"新思路的重要保障。

1988 年宪法修正案，允许土地使用权可以依法转让，直接推动了城市的繁荣发展。允许集体土地用于城市建设，必将成为我国社会经济发展新的动力。

集体土地入市改革还须有宪法意识[*]

2015年2月27日,十二届全国人大常委会第十三次会议通过了《全国人大常委会关于授权国务院在北京市大兴区等三十三个试点县(市、区)行政区域暂时调整实施有关法律规定的决定》。该《决定》最主要的内容是,授权国务院在北京市大兴区等33个试点县(市、区)行政区域内,暂时调整实施《土地管理法》等法律有关集体建设用地使用权不得出让等规定;在符合规划、用途管制和依法取得的前提下,允许存量农村集体经营性建设用地使用权出让、租赁、入股,实行与国有建设用地使用权同等入市、同权同价。被"暂时调整"的法律包括《土地管理法》第43条第1款:"任何单位和个人进行建设,需要使用土地的,必须依法申请使用国有土地;……"第63条:"农民集体所有的土地的使用权不得出让、转让或者出租用于非农业建设;……"《城市房地产管理法》第9条:"城市规划区内的集体所有的土地,经依法征收转为国有土地后,该国有土地的使用权方可有偿出让。"

实行集体土地"与国有土地享有平等权益",是党的十七届三中全会通过的《中共中央关于推进农村改革发展若干重大问题的决定》确立的土地制度改革的目标和方向。十八届三中全会通过的《中共中央关于全面深化改革若干重大问题的决定》进而提出要"建立城乡统一的建设用地市场","在符合规划和用途管制前提下,允许农村集体经营性建设用地出让、租赁、入股,实行与国有土地同等入市、同权同价"。因此,开展集体土地入市改革试点工作,允许存量农村集体经营性建设用地使用权出让、租赁、入股,符合党的十七大以来中央关于土地制度改革的目标要求。同时,在实施此项改革之前,由最高立法机关以"决定"的方式,授权国务院在改革试点区域内暂时调整实施《土地管理法》等有关集体建设用地使用权不得出让等规定,也符

---

* 本文原载司法文明协同创新中心《成果要报》第22期(2015年7月5日)。

合十八大以来中央提出的重大改革要"于法有据"的要求,反映了新一届中央领导推进改革的新思维、新观念,展现了改革的新局面、新景象。这对于正确处理改革与法律之间的关系,实现立法和改革决策相衔接,维护法律的权威性,落实全面推进依法治国的方略,具有重要的示范意义。

然而,我们也应该看到,妨碍集体土地入市、造成集体土地与国有土地权益不平等的根本原因不是《土地管理法》等法律的规定,而是《宪法》第10条。该条规定"城市的土地属于国家所有","农村和城市郊区的土地,除由法律规定属于国家所有的以外,属于集体所有"。这一规定不仅是对宪法制定之时城乡土地归属情况的确认,而且也确定了我国土地公有城乡二元的体制,构成了我国城乡二元社会的制度基础(另一个制度基础是城乡二元户籍管理制度)。按照《宪法》第10条的规定,城市土地必须为国有土地,当城市原有的国有土地不能满足城市发展的需要而必须使用集体土地时,也必须将集体土地转化为国有土地,这就是土地征收。集体土地未经征收为国有土地,是不能直接用于城市建设的。因此,上述《土地管理法》第43条第1款、第63条以及《城市房地产管理法》第9条等规定,都是依据《宪法》第10条而来的,并非《土地管理法》等法律的发明。《土地管理法》等法律规定不过是落实了《宪法》第10条的规定,使之成为可遵守执行的具体规范而已。必须进一步指出的是,近年来因土地征收而引发的"官民冲突"(政府与农民的冲突)、"商民冲突"(开发商与农民的冲突)矛盾以及土地财政问题、"小产权房"问题等,其根源也是《宪法》第10条。

因此,在不修改或调整实施《宪法》第10条的前提下,只是调整实施《土地管理法》等法律有关限制集体土地入市的规定,并不能从根本上解决集体土地入市改革的法律依据问题。而且,在不修改或调整实施《宪法》第10条的情况下,全国人大常委会通过的《关于授权国务院在北京市大兴区等三十三个试点县(市、区)行政区域暂时调整实施有关法律规定的决定》也存在着与《宪法》规定不一致的问题,似有"违宪"之嫌。

党的十八届四中全会通过的《中共中央关于全面推进依法治国若干重大问题的决定》指出:"宪法是党和人民意志的集中体现,是通过科学民主程序形成的根本法。坚持依法治国首先要坚持依宪治国,坚持依法执政首先要坚持依宪执政。全国各族人民、一切国家机关和武装力量、各政党和各社会团体、各企业事业组织,都必须以宪法为根本的活动准则,并且负有维护宪法尊严、保证宪法实施的职责。一切违反宪法的行为都必须予以追究和纠正。"现行城乡二元土地公有制是宪法所确立的基本经济制度之重要组成部分,开展集体土地入市改革,仅仅暂时调整实施《土地管理法》等法律规定是不够的,还必须有宪法观念、宪法思维,从宪法着眼,通过修改宪法或调整实施宪法的规定,为这一重大改革提供宪法依据。只有这样,才能切实做到重大改革"于法有据",真正符合法治的要求。

应当重视标准化工作
在国家治理体系中的作用[*]

党的十八届三中全会通过的《中共中央关于全面深化改革若干重大问题的决定》明确指出,"全面深化改革的总目标是完善和发展中国特色社会主义制度,推进国家治理体系和治理能力现代化。"四中全会通过的《中共中央关于全面推进依法治国若干重大问题的决定》进而指出,依法治国"是实现国家治理体系和治理能力现代化的必然要求","全面推进依法治国是一个系统工程,是国家治理领域一场广泛而深刻的革命"。这就从根本上揭示了全面深化改革、全面推进法治与实现国家治理现代化之间的内在联系。

全面推进依法治国,实现国家治理体系和治理能力现代化,一个不可忽视的要素是标准化工作。这是因为:

1. 标准与法律一样,本质上都属于行为规范,都具有规范社会关系的作用。我国的标准化工作经过 30 多年的发展,已经取得重大成就。目前,政府制定的标准(国家标准、行业标准和地方标准)多达 10 万余项,企业制定的标准多达 100 多万项,由我国主导制定的国际标准(ISO\IEC)也达到 300多项,已经涵盖了社会生产和管理以及政府行政服务的方方面面,不仅对促进产业升级、提升产品质量、规范服务、促进对外开放发挥了巨大的支撑作用,而且与法律一样发挥着规范生产经营活动、社会服务行为的重要作用,通过标准的治理已经成为国家治理体系中不可忽视的重要组成部分。

2. 随着国家治理实践的不断深化和法治的发展,标准与法治的关系日益密切。大量的法律引用了标准,标准已经成为法律规范社会关系、法律实施中判定行为合法与违法的重要依据。有分析表明,我国涉及产品质量安全的 11 部法律和 39 部行政法规中,援引标准多达 306 处。《食品安全法》

---

* 本文原载司法文明协同创新中心《成果要报》第 26 期(2015 年 9 月 20 日)。

以专章规定了"食品安全标准"。《刑法》关于工程重大安全事故罪(第142
条),生产、销售不符合安全标准的食品罪(第143条),生产、销售不符合标
准的医用器材罪(第144条),生产、销售不符合安全标准的产品罪(第146
条),生产、销售不符合卫生标准的化妆品罪(第148条)等罪的规定,直接援
引相关标准作为犯罪事实认定的依据。一方面,在生产经营领域,标准是判
定经营者是否违法经营的主要依据,如《产品质量法》第49条规定:"生产、
销售不符合保障人体健康和人身、财产安全的国家标准、行业标准的产品
的",将受到被责令停止生产销售,没收违法生产销售的产品、罚款,没收违
法所得,直至吊销营业执照等处罚。另一方面,在食品安全、环境保护、劳动
保护等领域,法律的规定被不同程度地写进标准,并通过标准的实施机制,
得以更有效的落实。例如,我国《地表水环境质量标准》(GB3838—2002)、
《危险废物贮存污染控制标准》(GB18597—2001)、《土壤环境质量标准》
(GB15618—1995)等环境保护标准,明确规定其依据有关环境保护的法律
而制定,这就很好地将环境保护的法律规定和精神融入具体的标准,并通过
标准的具体实施,使得环境保护法律得到有效的实施。又如,美国社会责任
组织(SIA)制定的SA8000标准(企业社会责任标准体系)就包含着有关禁
止童工、禁止强迫劳动、禁止体罚、禁止歧视、劳动时间、劳动报酬以及集体
谈判权等法律规定,符合该标准体系获得认证的厂家,其产品才能受到市场
和消费者的认可,这也有力地促使生产经营者更好地遵守有关劳动保护的
法律。

党的十八大以来,标准化工作日益得到重视。三中全会提出,政府要加
强发展战略、规划、政策、标准等的制定和实施。习近平总书记和李克强总
理分别就我国标准化工作作出了重要指示。为了加强标准化工作,提升我
国标准化水平,2015年3月,国务院公布了《深化标准化工作改革方案》;6
月,国务院批复建立了标准化协调推进部际联席会议制度;7月,标准化协
调推进部际联席会议审议通过了《国家标准化体系建设发展纲要》。在《加
快发展养老服务业的若干意见》《物流业发展中长期规划》《关于推进生态文
明建设的意见》《2015推进简政放权放管结合转变政府职能工作方案》等一
系列政府工作的安排中,也凸显了与之有关的标准化工作,标准化工作得到
前所未有的重视。

　　然而，人们更多从提升产品质量、促进产业转型、保障食品安全、保护环境、建设生态文明、促进国际贸易以及转变政府职能等具体事务的层面上来认识标准及标准化工作的重要意义，标准在国家治理体系中的地位和作用，标准化工作在国家治理能力现代化建设中的地位和作用，还没有得到充分的认识，没有得到应有的重视。这一点在"十二五规划纲要"中反映得十分明显。"十二五规划纲要"有 50 多处提到标准化工作，但没有关于国家标准化工作的总体安排。

　　当前，我国正在制定"十三五规划"，有必要专门对国家标准化工作作出安排，全面提升我国标准化工作水平，更好地服务社会经济，以适应法治建设、国家治理体系和治理能力现代化建设的需要。

　　1.将标准化工作放在实现国家治理体系和治理能力现代化的高度来认识，全面提升国家标准化工作的地位与作用；加强标准与法律、法治关系的研究，更好地通过标准的实施提高法律实施的有效性；在劳动保护、环境保护、生态建设、食品安全、公共服务等领域，将法律的规定转化为标准，加强认证体系建设，充分利用市场机制，发挥标准对于法的实施的积极作用。

　　2.深化标准化体制改革，建立科学的适应社会主义市场经济体制要求的标准体系；理顺政府与市场主体在标准制定上的关系，发展团体标准；放开搞活企业标准，加强对标准著作权的法律保护；激发市场主体制定标准的积极性，建立市场主体标准的自我声明公开和监督制度。

　　3.推进优势、特色领域标准国际化，积极参与和主导制定国际标准，使我国参与和主导制定的国际标准数量稳步增长；加大国际标准评估和转化力度，在主要消费品领域与国际标准保持一致；全面推进与主要贸易国的标准互认，建设海外标准化示范基地，以中国标准推动我国产品、技术、服务、装备走出去。

我国应建立统一的标准版权保护制度*

一、我国标准版权保护存在的问题

标准，即技术标准，是指"为了在一定范围内获得最佳秩序，经协商一致制定并由公认机构批准，共同使用和重复使用的一种规范性文件"。标准分为国内标准和国际标准。在我国，国内标准又分为国家标准、行业标准、地方标准和企业标准。另外，根据《标准化法》的规定，国家标准、行业标准和地方标准又分为强制性标准和推荐标准。

我国是国际标准化组织（ISO、IEC）的成员，负有为国际标准提供版权保护的义务。2007年，国家标准化委员会发布了《ISO和IEC标准出版物版权保护管理规定（试行）》，规定ISO、IEC的标准出版物在我国受版权保护，明确了我国依法保护ISO和IEC标准版权的态度。该《规定》第26条还进而指出，对其他国家和国际组织有关标准出版物的复制、销售、翻译出版的管理"参照本规定执行"，同样提供相应的版权保护。

但是，各方对于国内标准是否应给与版权保护问题，无论是在理论上还是在实际工作中，都存在着严重的分歧。一种观点认为，国家标准、行业标准和地方标准是政府机关制定的，不应受版权保护；还有一种观点认为，推荐性标准可以受版权保护，强制性标准具有法规性质，不应受版权保护。例如，1999年，最高人民法院曾就标准出版纠纷案件中标准是否受版权保护问题致函国家版权局，最后达成的意见认为："强制性标准是具有法规性质的技术性规范，推荐性标准不属于法规性质的技术性规范，属于著作权法保护的范围。"这就意味着，强制性标准没有被纳入版权司法保护的范围。

---

* 本文原载司法文明协同创新中心《成果要报》第11期（2014年5月1日）。

上述说明,我国在标准版权保护问题上,存在着"内外有别"(即国际标准和国内标准有别)和"强推有别"(即强制性标准和推荐性标准有别)的情形,尚未达成共识,也未建立统一的标准版权保护制度。这种情形,尤其是"内外有别",非常不利于我国标准的版权保护和标准化事业的发展,也与我国标准国际化的目标不相协调。

二、建立统一的标准版权保护制度是标准国际化目标的客观需要

在经济全球化、竞争白热化和高新技术快速发展的今天,标准已经成为各国争夺国际市场的重要手段,谁取得了标准的制定权,谁就控制了市场的主导权。为此,发达国家纷纷确立了争夺国际标准主导权的标准化战略,通过各种方式,不遗余力地将本国标准转换为国际标准,以达到控制市场的目的。同时,随着关税壁垒的影响逐渐减弱,以技术标准等为基本内容的技术壁垒,已成为各国尤其是发达国家推行新的贸易保护主义最为有利的手段。它们通过建立技术标准、认证制度等方式,通过制定严格的技术标准,从而提高产品进口的门槛,增加进口难度,最终达到限制他国产品进口、保护本国经济的目的。

从我国的实际出发,人们已认识到,我国应该采取积极的措施,加大参与国际标准化活动的力度,加快我国标准的国际化进程。商务部、国家质检总局 2005 年 12 月发布的《关于鼓励企业应对国外技术壁垒的指导意见》,明确提出:"标准化主管部门在制定国内标准时,要大大推动采用国际标准和国外先进标准;加强与国际标准组织的合作,实质性参与国际标准化活动,并积极鼓励和支持企业以适当的方式参与相关国际标准的制修订,争取在国际标准制修订中充分体现我国应有利益。"2011 年 12 月,国家标准化委员会发布的《标准化事业发展"十二五"规划》也明确提出要"积极参与国际标准化活动",推进标准的国际化。

标准国际化的发展目标意味着在标准化工作上将逐渐缩小国内标准与国际标准的差距,加快我国参与国际标准的制定、提高我国在国际市场的(标准)竞争力的进程。在此形势下,对标准的版权保护问题实行"内外有别"显然不合时宜。我们没有任何理由只对国际标准提供版权保护,而不对

国内标准提供版权保护；也没有任何理由区别不同类型的标准实行不同的版权保护政策。建立包括国际标准和国内标准（包括国际标准、行业标准、地方标准和企业标准）一体保护的标准版权保护制度，是标准化事业发展的客观需要。

三、建立统一标准版权保护制度应解决的几个问题

首先，要加强标准版权保护的理论研究，形成标准版权保护的共识。理论界和有关部门对国内标准的版权保护问题存在争议，是造成我国标准版权保护"内外有别"和"强推有别"的主要原因。实际上，对国内标准尤其是强制性标准的版权保护持反对态度的理由并不充分，一些粗浅的研究存在着"望文生义"和"自言自语"的问题，这不利于我们达成标准版权保护的共识。因此，首要的是加强对标准版权保护的理论研究，真正认识标准版权保护的重要性和理论依据，在学界和实务界形成标准版权保护的共识，为建立统一的标准版权保护制度提供理论支持。

其次，要开展部门联动，形成标准版权保护的工作机制。标准的版权保护涉及国家标准化管理部门、版权管理部门和司法机关。目前，有关部门的态度并不一致。1997年，原国家技术监督局和新闻出版署联合发布的《标准出版管理办法》，基本明确了标准版权保护的态度；但国家版权局和最高人民法院则持不同的态度。国家机关层面的不同态度显然不利于标准版权保护制度的构建，也影响着人们对标准版权保护问题的认识。因此，笔者建议由国家质检总局和国家标准化委员会牵头，协同最高人民法院和国家版权局以及其他标准管理部门，建立标准版权保护的联动工作机制，共同推动我国标准的版权保护工作。

再次，通过《著作权法》及其实施条例的修订，为标准版权保护提供法律依据。无论是理论界还是实务界，之所以对国内标准的版权保护存在异议，主要原因是《著作权法》及其实施条例对此没有明确的规定，而且，还由于《著作权法》第5条规定法规性质的文件不受该法保护，导致多数人以此为由，对国内标准尤其是国家标准、行业标准和地方标准的版权保护持反对意

见。因此,我们建议,应通过修订《著作权法》及其实施条例,明确将标准纳入《著作权法》保护的作品范畴,为建立统一的标准版权保护制度提供法律依据,实现国内标准和国际标准的平等保护,以促进我国标准化事业的发展。

应区别不同情况解决"小产权房"问题*

一、"小产权房"查还是不查：政府两难

"小产权房"的数量到底有多少，至今没有机构或个人公开发表过准确的统计数字，但其普遍存在于大中城市周边，是一个不争的事实。这些分布广泛的"小产权房"有一个共同的特点：没有国家建设部门核发的房屋产权手续，且大多没有规划审批手续。国家对"小产权房"的基本态度是禁止上市流通，但实际上"小产权房"的交易却异常活跃。"禁而不止"的情形势必导致两种效果：一是对"小产权房"查还是不查？政府处于两难之中：按照现行法律政策，对"小产权房"及其交易必须坚决查处，如果不予查处，政府会陷入执法不严、"不作为"的指责之中；但如果严厉查处，政府则担心涉及人群广泛而影响社会稳定。二是普遍存在的"小产权房"交易始终处在不合法的状态下，已经严重危害到交易安全和财产安全，极可能成为引发社会纠纷甚至大规模冲突的潜在因素。

二、"小产权房"至少包括五个种类

"小产权房"并非是一个准确的法律概念。通常，人们在以下三个层面上使用"小产权房"概念：

一是指在农村集体土地上建造的房屋，包括在承包的土地上、租赁的土地上、宅基地上，或者农村集体的其他土地上建造的各类房屋；

二是指在农村建设用地上建造的房屋，主要是在乡镇企业建设用地上、

---

* 本文合作者包括北京市第一中级人民法院丁宇翔法官、北京市高级人民法院陶志蓉法官。

乡(镇)村公共设施和公益事业用地上以及宅基地上建造的房屋;

三是在农村集体建设用地上由乡(镇)政府或村委会单独开发或联合房地产开发企业联合开发建设,并由乡(镇)政府或村委会制作房屋权属证书或者干脆没有房屋权属证书的住宅楼房。

上述几种"小产权房"的用法中,第一种范围最宽,第二种次之,第三种最窄。很多媒体在讨论或报道有关"小产权房"时,均是泛指集体土地上建造的房屋,并不说明是指哪一种意义上的"小产权房"。

在最宽泛的意义上,"小产权房"大体可分为五种类型:(1)农用地上的"小产权房";(2)农村宅基地上的"小产权房";(3)乡(镇)村企业建设用地上的"小产权房";(4)乡(镇)村公共设施和公益事业用地上的"小产权房";(5)其他农村建设用地上的"小产权房"。

三、并非所有种类的"小产权房"都绝对不能流通

就"小产权房"上市交易的处理而言,国家政策原则上禁止所有的"小产权房"上市交易。但也有如下例外情况:

第一,同一集体经济组织内部的村民之间可以相互转让其房屋(宅基地上的"小产权房")。

第二,同一集体经济组织内部的乡镇企业之间在日常生产经营过程中可以相互转让、互易归其所有的房屋。

第三,对《物权法》第183条进行解释,可以认为乡镇(村)企业的厂房等建筑物可以抵押,而设定抵押就有可能因清偿债权而使被抵押的"小产权房"被拍卖或变价。

第四,村委会单独或联合房地产公司在集体建设用地上开发建设的房屋如果卖给本集体经济组织中尚没有申请宅基地使用权的农户,目前是被允许的。

第五,因破产、兼并等情形而使得乡镇(村)企业的厂房等建筑物发生移转。上述例外流通的情况,主要是在宅基地上的"小产权房"和乡(镇)村企业建设用地上的"小产权房"。

四、应当区分类别解决"小产权房"问题

1. 对于农用地上的"小产权房",为了严格执行耕地保护政策,原则上应坚决否认农用地上"小产权房"的合法性,并且严格禁止该种"小产权房"上市流通。但对于这些违法建筑并非必须采取强制拆除的办法。对于投入了巨大人力、物力、财力的宏大建筑群来说,不顾后果的拆除是对社会财富的巨大浪费,更何况拆除过程本身还要再支付庞大的人力、物力、财力,这对于我们这样并不富裕的国家来说,是尤其不值的。因此,对于这些违法建筑如果可以通过农用地转用的审批使其符合土地利用总体规划,并能够纳入土地的年度利用计划,依法补办相关的规划许可和建设审批手续,使其成为其他形式的并非天生就违法的"小产权房",则无疑是一种各方多赢的解决方式。这种解决方式应该成为目前处理这种在农用地上建设的违法"小产权房"的主要选择。当然,在此过程中,相关的政府执法机构也应该加强监督管理,严防类似于北京怀柔区"水岸江南"这种违法"小产权房"新一轮的诞生,否则会产生新的更加棘手的问题,导致无法收拾的严重后果。

2. 对于农村宅基地上的"小产权房",不但应允许其在本集体经济组织内部流通,还应在提供给农民与城市居民同样程度的社会保障的基础上,逐步允许其向本集体经济组织外自由流通。如果还是认为条件不成熟的话,可以暂时考虑在立法层面将农村宅基地上"小产权房"的流转设计为如下规范:农村宅基地使用权不得单独转让、抵押,建造在农村宅基地上的住房转让、抵押的,农村宅基地使用权一并转让、抵押。待到条件完成成熟的时候,再完全放开农村宅基地上"小产权房"的流转。

3. 对于乡(镇)村企业建设用地上的"小产权房",可以《物权法》第183条为基础,允许乡镇(村)企业的厂房等建筑物上市流通。

4. 对于乡(镇)村公共设施和公益事业用地上的"小产权房",因涉及农村集体公共利益,应严格禁止该类"小产权房"上市流通。

5. 对于农村其他建设用地上的"小产权房",也应逐步允许其上市流通。

对于那些村委会单独或联合房地产公司在集体建设用地上开发的"小产权房"楼群,如果认为时机不成熟的话,可以在一定程度上采用出租的做法。这样可以盘活农民集体的闲置资产,提高其利用效率。当然,农民集体出租房屋的收益应该用于本集体经济组织所有成员,或进行分红。

第六编

前序后记

凤凰树下随笔集

《当代中国民事立法问题》* 后记

　　1997 年 10 月，中国法学会民法学、经济法学研究会在厦门大学召开年会。会议的议题之一是民法典体系研究，与会学者对我国制定民法典的时机是否成熟以及民商关系和法典体例等问题，展开了广泛的讨论。[①] 作为会务的具体操办者，笔者感触良多，并对民法典理论研究产生了一定的兴趣。也就是从这时开始，笔者在完成日益繁重的教学以及之后的管理工作之余，对我国编纂民法典的理论问题，倾注了较多的时间和精力，先后完成了《从旧中国民法典的制定看当前制定民法典的条件是否成熟》《从契约到身份——现代民法之重要课题》《共识与分歧——评三部物权法草案建议稿/征求意见稿》《论法定代表人——以公司法人为中心》《论欺诈、胁迫之民事救济——兼评我国〈合同法〉之二元规定》等文。2002 年年底，《中华人民共和国民法草案》提交全国人大常委会审议后，笔者组织所在的厦门大学民商法教研室的部分教师和研究生，历时五个月，对草案的条文进行了认真的研读，完成了七十余万字的《民法典草案修改意见稿》，并提交给有关机关。这期间，笔者先后完成了《民法法典化及其需要解决的两个基本问题》《关于时效制度的若干理论问题》《民法典应如何安排人格权制度?》《论民事法律行为的有效条件与生效条件——兼论民法草案总则编第 60 条所定内容之去留问题》《取得时效立法的若干问题——评民法草案关于取得时效的规定》《各国或地区民法典债法体系的比较研究》《设立债总的必要性和可行性》《从债的一般规范对侵权行为的适用性看债法总则的设立》等篇目。这些篇目是笔者近年来研习民法典理论的些许心得。在出版社和一些同仁的

---

　　* 《当代中国民事立法问题》，厦门大学出版社 2005 年版。本书 2009 年获教育部"高等学校科学研究优秀成果奖(人文社会科学)"三等奖。

　　① 参见《中国法学会民法学、经济法学研究会 1997 年会综述》，载《中国法学》1997年第 6 期。

鼓励下,笔者将这些心得汇集成册,将其奉献给读者。收入本书的论文多数篇目已经公开发表,笔者在书中均一一注明。为保持论文的原貌,笔者仅对个别文字进行了调整。

笔者从事民法学理论教学和研究近二十年,深感民法学理论之博大精深,民法学理论体系之完美精致,后学者欲了解其全貌,领悟其精神,已属不易,欲有所"创新",有所"突破",则几乎是不可能的事。本书所收入的文章,不过是一个后学者理解和领悟民法学理论的一些心得而已,谈不上"真知灼见"。并且,内中还可能存在许多的误解乃至谬误,尚待读者指正。当然,这些误解或者谬误乃笔者功力浅薄、悟性低下所致,自应由笔者自己负责。

本书的出版须感谢以下人士:树洁兄多次鼓励笔者将这几年来发表的论文编辑出版,并将其积多年研究之心得的《程序正义与司法改革》赠与我,他的言语和行动给了我信心和动力。因此,我首先应感谢树洁兄。其次,我应该感谢厦门大学出版社社长蒋东明先生和编辑施高翔先生,笔者与二位先生近年来一直保持着良好的合作关系,也是他们鼓励我出版本书,并为本书的出版提供了无私的帮助。再次,我应感谢已经毕业的吴克友、邓小荣和李茂年,本书的三篇文章是在他们的合作下完成的,是他们允许我将这些文章收入本书;还有我的研究生黄洵,是她承担了本书的部分文字整理工作,解决了我做文字整理工作时所生的种种烦恼。最后,我尤其应当感谢的是米健兄,以及他为本书所作的热情洋溢的序,米兄的溢美之词令笔者不敢有任何懈怠,唯有努力、努力、再努力。

2005 年 5 月 20 日于昌平宁馨苑

《感悟民法》* 自序

　　打从 1982 年考取厦门大学法律系民法专业硕士研究生时起,或者从 1985 年研究生毕业留校从事民法教学开始,均有二十多个年头了。从当年研究生期间的囫囵吞枣,到担任民法教师初始期间的照本宣科,再到近十年来的略有心得,一路走来,既不顺畅,也不坎坷,一切都是那么平淡无奇。

　　在二十年的民法教学中,我始终没有离开本科教学的岗位。即使在担任厦门大学法律系管理工作的那几年,管理事务占据了大量的时间,且研究生的指导也占据了我的许多时间,我也没有脱离本科民法教学。在教学过程中,尤其是在本科的教学过程中,为了把问题交代清楚,让学生能够听得明白,我常常琢磨着教科书中的一些问题,总想找到自己对这些问题的感觉。这样才不至于人云亦云,纯粹当一个民法知识的传声筒。

　　随着教学时间的推移,教学经验的积累,自己对民法问题的感悟也越来越多,并累积了一些心得体会。几年前,我即萌生出这样的想法,将自己的这些心得体会写出来,或许对他人的民法学习有所裨益。但是那段时间恰是我比较忙的时期,力不从心。2005 年 3 月,我的工作关系调到中国政法大学比较法研究所后,尤其是 8 月进京后,有了更多的空余时间来落实这个想法。呈献给读者的本书四十篇长短不一的文字,基本上是来京后整理的这些心得体会。因此,我得感谢中国政法大学接纳我,感谢所在的比较法研究所的全体同仁尤其是所长米健教授对我的支持和帮助。

　　既是心得体会,因此,本书的特点大体可以归纳为以下几点:(1)尽量不人云亦云,当然也并非人所未云,在博大精深的民法学理论体系面前,要达到人所未云的程度,大大超出我的能力和学识。(2)本书各篇虽然多数都可以写成长篇论文,但是我担心自己的一些心得会被长篇的文字或者引述的

---

　　* 《感悟民法》,人民法院出版社 2006 年版。

参考资料所淹没,因此,本书各篇尽可能保留心得体会或者感想的体裁。这就是本书各篇长短不一,风格有时亦有不同的缘故。(3)基于与(2)相同的理由,本书多数篇目也不追求学术论文的范式,不追根溯源,不"言必称罗马法",亦不搞烦琐的论证,重在问题本身的理解和解决。(4)基于对民法问题的感悟,本书的内容不会只限于民法知识本身,也涉及民法理论的司法运用和当前的民事立法问题。

既为心得,就可能存在着理解正确的情形,也必然存在着理解不正确的情形,甚至是误解的情形。凡此种种,还得请读者诸君逐一鉴别。

本书各篇整理出来后,先后发给一些同事及研究生,请他们帮忙把握,尽量避免仓促面世而误导读者。他们有我在厦门大学的同事和指导的在读研究生,也有我调进中国政法大学后新带的研究生,他们是:丁丽瑛、钟瑞栋、邱雪梅、梁慧瑜、尹腊梅、徐卫、吕富强、张旭荣、李飞、李缘缘、林琳、周耿明、原野、张雪芹、邓君、赵洪全、洪锐峰等,他们是本书的第一批读者。从某种程度上可以说,本书的出版首先是由于得到了他们的认可和鼓励。为此,我得感谢他们。人民法院出版社此前曾出版我主编的《我国民事立法的回顾与展望》,此次又欣然同意出版本书。对于人民法院出版社的鼎力支持,对于编辑部郭继良主任和赵薇莎责任编辑的辛勤劳苦,我唯有感激。

2006 年 6 月北京昌平宁馨苑

《感悟民法》后记："先结婚,后恋爱"

——我的民法求学之路

　　1978 年夏的高考,是恢复高考后第一次全国统一命题的考试,我考取了厦门大学历史系历史学专业。由于是高考恢复后的第二届毕业生,与 77 级毕业相距仅半年时间,有传言国家的计划分配对 78 级学生不是很有利,于是临近毕业时,班上不少同学都在考虑考研的事情。在本科的四年里,我对历史学还是很感兴趣的,研究过谭嗣同的"以太"哲学观,探讨过台湾高山族同胞抗击日本殖民统治的"雾社起义",还坐了数个月的冷板凳,在图书馆里查阅明清时期武夷岩茶的生产与出口的资料,制作了近两百张的卡片。因而,同学谈论考研时,大都认为我将选择考本专业,我自己也以为然。然而,接近报名时,我突然萌生出一种想法,这种想法决定了我后来的命运。我感到,从事历史学研究,徜徉于数千年的人类文明史里,畅游于浩瀚的历史文献中,与无数的历史名人对话,再现一个个历史事件的真相,梳理社会历史发展的脉络,总结历史的经验与教训,确实魅力无穷。然而,历史就是历史,它毕竟不是现实,继续历史学专业的学习,可能使自己远离现实,生存在现实中的我更需要考虑现实的问题,因此,我必须考一个离现实近的专业。这种看法现在看来并不客观,甚至有点幼稚,但确是当时的想法。在这种想法的支配下,我开始寻找我所谓的离现实近的专业。其时,厦门大学法律系复办不久,已经开始招收硕士研究生。我觉得法律是一个离现实近的专业,因此决定报考法学专业,尽管我当时对法学毫无所知。

　　厦门大学法律系招收的第一届(82 年春季)研究生属于外法史(陈朝璧教授)和国际经济法(陈安教授)两个专业,我决定选择国际经济法,因为我认为外法史还是历史。但是,当我找到法律系主任盛辛民教授说出我的考研意图并自我介绍时,盛辛民教授说国际经济法专业的外语考试科目只限英语,没有日语,而我本科选的外语是日语,不能报考国际经济法专业。盛辛民教授同时告诉我,还有个新开的专业,考日语的,这个专业是民法,导师是李景禧教授。我当时对法律毫无所知,更不知民法为何物。但在法律专业离现实近的想法支配下,我决定报考民法专业,这个使我以之为终身事业、越来越令我为之倾倒且无怨无悔的专业!

此时离考试只有大约两个月的时间。当时厦门大学民法专业入学考试的专业科目有政治经济学、法理学和民法。政治经济学学过,自己感觉还不错,不用耗费太多的时间,但法理学和民法就不行了,课没听过,书也没看过,我真是门都没摸过。为了弥补法律科目的欠缺,在这短短的时间里,我又是到法律系旁听一些法律课程(为了给自己找点法律的感觉),又是借阅法律系同学的法理学和民法学笔记(民法没有教材),又是到图书馆借阅民国时期出版的民法书籍(主要是胡长清先生的民法系列),甚至向就读于其他高校的中学同学求助,请他们帮助找资料,忙得不亦乐乎。为了提高备考的效率,我把民法各部分的知识要点理出来,写在细长的纸条上,经常躺在床上像放电影一样,看着纸条上的知识要点,联想这些要点所包容的民法原理和知识。功夫不负有心人,经过两个月的努力,我终于通过了研究生的入学考试,并获得了总分第一的好成绩,成为厦门大学法律系民法专业的第一届硕士研究生。

我来自福建寿宁山区一个贫困的农村家庭,父亲是一个裁缝,希望我大学毕业参加工作,为家里分忧。但是,当就报考研究生一事征求父亲意见时,父亲没有反对,而是表示了支持。然而,当我告诉他报的是法律专业时,父亲表示了不同的意见,他认为法律职业是一个高风险的职业,学法律不是一个很好的职业选择。这是由于父亲有过深受那个年代法治缺失之害的经历。父亲曾经在家乡的县公安局工作过,因子无虚有的罪名于1958年被开除,之后他不停地申诉,毫无结果,直到1981年才获得平反,恢复了干部身份。但,当他得知厦门大学法律系当时要求研究生毕业后都必须留校任教后,父亲终于同意了我的选择,因为他认为老师这个职业风险小。我感谢父亲对我选择考研尤其是选择法学专业的理解和宽容,更感谢父亲对我一生的呵护。当然,当我考上之后,父亲也为我感到骄傲,因为我是我们宗族的第一位研究生,也是我所在的公社(后改为乡)的第一位研究生。然而,令我终生遗憾的是,父亲在我读研期间不幸去世,我却没能尽一天为人之子的责任!

在考研的过程中,我结识了当时厦门大学法律系 80 级的本科同学张帆和王建民,是他们借给我法理学和民法学的笔记,使我在备考时省了许多的时间。入门后,我得到恩师李景禧教授(民国时期曾任朝阳大学教授、最高法院推事、《法律评论》主编)的指导,毕业后留在老师身边从事民法的理论教学和研究。老师不仅传给我民法的知识,更是言传身教,教我如何做人做事。尤其是老师从 1983 年直到 1995 年去世连续三届当选全国人大代表,克尽职守,为人民代言,为国家的立法进言,给我留下了深深的印象,也深深地影响着我、鞭策着我努力把自己的工作做好,把学生教好,无愧于人民教师的光荣称号。入学后,我结识了我的同学李连宁、王胜明、米健、韩传华等。无论是在求学期间,还是在今天,他们给了我诸多的帮助。我还有幸参加了 1983 年在西南政法学院(现西南政法大学)举办的"全国民法师资培训班",聆听我国著名的民法学者佟柔教授、赵中孚教授、江平教授、谢邦宇教授、张佩霖教授、金平教授、关怀教授、杨怀英教授的授课,从他们那里汲取了丰富的民商法理论素养,从他们身上领悟到老一代学者对我国法学教育由衷的热爱、对法学理论问题不懈的探索和对国家法治孜孜不倦的追求那种感人的精神。

二十多年来,随着自己对民法的逐渐了解,我也渐渐喜欢上了这个专业,并逐渐由喜欢转而对博大精深的民法理论产生了敬畏和虔诚之情。这种感情时时敦促着我不懈地去探求它的奥秘,并为自己的些许心得而兴奋。这种感情促使我不仅仅用自己的感官去接受它、理解它,更是用自己的心灵去感受它、领悟它,在心灵的深处与它展开对话。我以为,民法不只是一项项制度的组合体,而是法律制度与平等、诚信、自尊与他尊的人类精神的融合,是形与神的高度统一。深藏在民法制度背后的人类精神对于我们来说,单纯用我们的感官去接受它,是远远不够的,需要我们用心灵去感悟它。我在向学生讲授民法时,常常用和尚念经来形容民法的学习,我以为民法学习不能像小和尚念经那样"有口无心",更不能像野和尚那样"念歪经"(实践中存在的"司法腐败"问题,常常是因为法官"念歪经"导致的),而应当力争达到"悟道成佛"的崇高境界。对于我们从事法学教育和司法工作的特殊专业群体来说,法律不应仅仅是我们谋生的工具,它的精神和理念应当是我们做人做事的精神指引,民法尤其如此。虽然在民法学的理论体系面前,我觉得自己还是一个学生,一个虽然入了门但还有许多东西不甚了解的学生,但是,我始终坚信自己是一位民法精神和理念的实践者,并力争做一位无愧于民法精神和理念的人。

回顾自己考研和求学的经历,我感慨多多。其间,由入门时的无知,到逐渐喜欢,再到今天对它的敬畏和崇拜,套电影《李双双》里的那句著名台词,那就是"先结婚,后恋爱"!

2006 年 7 月 15 日改于厦大白城

《当代中国债权立法问题研究》^①自序

2007 年 3 月 16 日，十届全国人大五次会议通过了《中华人民共和国物权法》，我国民法法典化因此又向前迈进了一大步。伴随着《物权法》的颁布，民法典的各个组成部分基本上都有单行法为其构建的基础，民法法典化进入了最后的攻坚阶段。由此一来，民法典编纂理论研究中关于未来民法典的结构体例问题将更加受到学界和立法机关的关注。在民法典的编纂体例问题上，债法的体系问题将更加突出。如何看待以德、日等国为代表的传统民法的债法体系？要不要债法总则？是维护传统的债法体系还是另起炉灶？这是摆在我国民法学届和立法机关面前的问题，我们必须对此作出回答。

笔者关注民法典编纂体系问题多年，在债法体系问题上，先后完成了《民法法典化及其需要解决的两个问题》《各国或地区民法典债法体系的比较研究》《新中国成立以来有关债的立法考察》《从债的一般规范对侵权行为的适用看债法总则的设立》《设立债法总则的必要性和可行性》《关于如何看待债法总则对各具体债适用的问题》《论添附中的求偿关系——兼谈非典型之债与债法总则的设立问题》以及《关于设立债法总则的若干问题》等文。本书是在上述研究的基础上完成的，试图对上述问题给出一个明确的答案。本书给出的答案是肯定的，我国民法典应当设立债编，以债法总则统率形形色色的具体的债。形形色色的债不仅包括合同、无因管理、不当得利和侵权行为四种典型的债，而且包括存在于民法典其他编以及其他法律领域乃至公法领域的非典型之债。

本书是笔者所承担的中国政法大学 2005 年度校级人文社会科学规划项目"民法典债法体系研究"的最终成果。在本书完成的过程中，得到了中

---

① 《当代中国债权立法问题研究》，北京大学出版社 2009 年版。本书 2013 年获首届"首都法学优秀成果奖"三等奖。

国政法大学比较法研究所各位同事的帮助,也得到了中国政法大学科研处各位新同事的支持。我的博士生,南京财经大学法学院的尹腊梅博士通读了全书,并提出了一些宝贵的意见;本书的出版得到了北京大学出版社的大力支持,李燕芬女士和邹纪东先生为本书的出版付出了辛劳。硕士生薛童指出了书稿中多处文字错误。在此一并感谢。

2009 年 1 月

《当代中国民法学的理论转型》^①自序

　　如果不是遵伟^②的提醒,我还真的可能忘了这个"序"。3 月中旬,遵伟通过邮件向我提出我所承担的国家社科基金项目"社会转型时期的民法学理论研究"(项目编号:06BEX023)的结项成果("回归传统——以改革开放以来民法学的理论转型为重点的中国百年民法学之考察")交由他所服务的中国法制出版社出版,我当时正出差在外,回复说"回来后再联系"。回京后,我于 3 月底将稿子发给他。5 月 5 日,遵伟来到昌平谈出版事宜时,问我是否要写个"序"或者"后记"什么的,我一时没能反应过来,原来发给他的稿子既没有"序",也没有"后记"。

　　这个"序"还是要的。"社会转型时期的民法学理论研究"的结项成果虽仅十多万字,但却整整折腾了我四年,平均每天不足百字。这并非我的懈怠所致,而是对于这样一个具有宏大叙事的课题,资料搜集和研究难度都比较大。作为亲历者,我对于改革开放以来中国民法学的理论转型问题,有着切身的感受,也早已做了较为充分的资料准备工作,并形成了较为清晰的研究思路,但是一坐在电脑前就发现下笔(实际上是打字)其实并不容易。而且,由于我将改革开放以来中国民法学的理论转型问题置于清末继受西方民法学以来的百年历史中加以考察,这就更加大了写作的难度。为了确保写作时始终保持一贯的思路,而不至于无意中滑到"岔道"上去,我每一次打开电脑里的文档时都得将已经完成的稿子从头浏览一遍,梳理一下思路,如果发现其中不顺畅的,还得暂时停下,先处理好这部分稿子,然后才沿着既定的思路继续写后面的内容。这样一来,也就写得十分费劲,进度特别慢,真有点"难产"的感觉。当然,在此过程中,我也深感自己其实缺乏驾驭如此宏大

---

　　① 《当代中国民法学的理论转型》,中国法制出版社 2010 年版。本书 2012 年获北京市第十二届哲学社会科学优秀成果奖二等奖。

　　② 李遵伟,中国法制出版社编辑,本书责任编辑。

叙事课题的能力，当初申报这一项目时只是凭着一腔的热情，觉得这是一个对于任何从事民法学理论研究的人来说都难以挥之而去的话题。如此"难产"的稿子，在其出版时，当然还是有个"序"比较好，也是对自己的一个交代。这是序的理由之一。

上述项目的结项成果题为"回归传统——以改革开放以来民法学的理论转型为重点的中国百年民法学之考察"，标题即已点明课题研究的重点是改革开放以来中国民法学的理论转型问题。所谓"理论转型"，是指对民法学理论传统的回归。此所谓"传统"，既有大陆法系民法学传统之意，也有中国清末以来继受西方民法学形成的中国民法学理论传统之意。因此，此项目研究的宗旨是阐明这种"回归传统"式的理论转型的历程。在此，我主要从两条主线来阐释这一理论回归的历程：一是中国民法学如何摆脱意识形态和阶级斗争理论的桎梏，逐渐显示出作为一门法律"科学"的本色；二是中国民法学如何摆脱社会主义民法学所固有的民法公法观，逐渐回复其私法学说的本质。因此，本书的研究思路以及对材料的处理均围绕着这两条主线。也因此，在反映当代中国民法学者所取得的理论研究成果问题上，本书只是反映了在这两条主线上的学者们的研究成果，而没有能反映出改革开放以来几代民法学者所取得的研究成果的全貌，以至于对众多当代中国民法学者的研究成果几无涉及，对有些学者的研究成果也只取其与上述主线有关的部分，甚至是取其早期发表的后期已经对自己的观点做了修正的研究成果。当然，即便是在围绕着上述两条主线所进行的材料搜集和处理问题上，本书也存在着顾此失彼、不尽周全的不足和失误。在此，我必须对本书未能对其研究成果加以介绍或予以全面客观介绍的学界前辈和同仁，表示十分的歉意，期望在今后的研究中予以弥补。这是序的理由之二。

大概是 2009 年上半年，一次与《中国政法大学学报》编辑陈夏红乘坐学校班车回昌平校区时，聊及近期研究的话题，我说自己正在梳理改革开放以来中国民法学的理论转型问题，并向他介绍了基本的研究思路，他极感兴趣，约我稿成后发给他。又一次，与曹明德教授（《中国政法大学学报》常务副主编）同行，说起夏红约稿的事，他也表示要我将稿子给学报看看。2009年底稿成，我依约将稿子发给了夏红。他阅后觉得不错，尤其对新中国成立后学习照搬苏联民法学和改革开放以来中国民法学两个部分的内容表示了极大的认同,在征得学报编辑部主编的同意后,告知我学报决定连载。这是一篇长达 12 万 6000 字的长文(电脑统计),我也深知在学术成果评价数量化的今天,学术期刊的版面属于紧缺资源,此篇长文在学报上刊发,也就意味着有多位作者的佳作失去了刊发的机会。当然,当夏红告知学报将连载这篇长文时,我还是很兴奋的。我相信夏红、曹明德教授他们如果不是出于对这篇文字的认同,是不会拿出这么多版面的。更为难得的是,遵伟与我联系出版事宜时,我是明确告知他先期由《中国政法大学学报》连载的。然而,中国法制出版社不计此嫌,仍然决定出版,还支付稿费。我想这也是一种认同吧。更多的学界同行与读者是否认同,尚待时日验证。然而,《中国政法大学学报》和中国法制出版社的认同,夏红、曹明德教授、遵伟为我的此篇长文的发表和出版所做的努力,至少是我应该感谢的。这是序的理由之三。

本书出版得到中国政法大学比较法学研究院"211"学科建设经费的资助,米健院长和张生副院长给予鼎力支持,这也是应该感谢的。这是序的理由之四。

以上四点,是补写这篇序的理由。

又及,结项成果的标题太长,因而改为"当代中国民法学的理论转型"。

2010 年 8 月 12 日昌平宁馨苑寓所

《房地产法制专题研究》^①序言

一

我国房地产法制是在改革开放以后得以恢复和发展起来的。1982年《宪法》确定了我国土地公有（国家所有和集体所有）的基本制度，并规定了公民的私有房屋受法律保护。当年全国人大常委会通过了《国家建设征用土地条例》，为规范国家建设征用土地提供了法律依据。1983年，国务院颁布了《城市私有房屋管理条例》，为私有房屋产权的管理与保护提供了法律依据。为了全面调整土地的所有、占有、使用、管理、保护、利用等各种关系，1986年全国人大常委会通过了《土地管理法》。1986年，六届全国人民代表大会通过的《民法通则》于第五章第一节"财产所有权和与财产所有权有关的财产权"规定了国家、集体和个人对房地产的权利。为了加强城镇房屋产权管理，当时的城乡建设环境保护部于1987年制定了《城镇房屋所有权登记暂行办法》。

1987年，深圳经济特区首开国有土地使用权有偿出让之先河，突破了土地不是商品，土地不得进行任何形式交易的限制。这一做法很快波及全国，引发了我国国有土地使用制度的重大变革，由此推动了我国房地产法制朝着一个全新的方向发展，以土地商品化为基础、以房地产市场构建为主要内容的房地产法制逐步得以建立。1988年，七届全国人民代表大会第一次会议通过了《宪法修正案》，修改了禁止土地交易的规定，明确规定"土地的使用权可以依照法律的规定转让"，随后，全国人大常委会对1986年《土地管理法》做了相应的修订。基于宪法修正案和《土地管理法》的修订，国务院

---

① 柳经纬、刘智慧主编：《房地产法制专题研究》，中国法制出版社2011年版。

于 1990 年颁布了第 55 号令,即《城镇国有土地使用权出让和转让暂行条例》,对城镇国有土地使用权的出让、转让、出租、抵押以及国有划拨土地使用权制度做了较为全面的规定。1994 年,为规范城市房地产建设开发与交易,全国人大常委会通过了《城市房地产管理法》。为了配合国有土地出让和城市建设,国务院还于 1991 年制订了近年来备受人们谴责,被称之为"恶法"的《城市房屋拆迁管理条例》。①

这个时期,除了上述国家颁布的法律、法规外,国家土地管理部门和建设管理部门以及地方政府(立法机关)还制订了大量的房地产管理规章和地方性法规或规章。前者如《城市房屋产权产籍管理暂行办法》(1990,建设部),《划拨土地使用权管理暂行办法》(1992,国家土地管理局)、《城市商品房预售管理办法》(1994,建设部)、《城市房地产抵押管理办法》(1997,建设部)等;后者如《北京市城镇房屋所有权登记暂行办法》(1988)、《北京市实施〈城镇国有土地使用权出让和转让暂行条例〉办法》(1992)、《北京市房地产抵押管理办法》(1994)、《北京市居住小区物业管理办法》(1995)、《上海市土地使用权有偿转让办法》(1987)、《上海市房地产抵押办法》(1994)、《上海市实施〈城市商品房预售管理办法〉细则》(1995)、《广东省城镇国有土地使用权出让和转让实施办法》(1992)、《广东省房地产转让条例》(1994)、《广东省房地产登记条例》(1994)、《深圳经济特区房地产管理规定》(1993)、《深圳经济特区房地产转让条例》(1993)、《深圳经济特区房地产登记条例》(1993)、《深圳经济特区土地转让条例》(1994)、《深圳经济特区物业管理条例》(1994)等。

进入新世纪后,我国的房地产法制进一步得以发展。2003 年,国务院颁布了《物业管理条例》;2007 年和 2008 年,国土资源部和建设部分别制定了《土地登记办法》和《房屋登记办法》。此外,有关机关还对以往颁行的法律、法规、规章等,根据形势发展的需要,进行了修订。如 2001 年,国务院对 1991 年的《城市房屋拆迁管理条例》做了修订;2004 年,全国人大常委会第

---

① 近年来,由于城市的扩张,由土地征收引发的"四川成都唐福珍拆迁事件""江西宜黄拆迁事件"等恶性事件频频发生,导致 1991 年《城市房屋拆迁管理条例》背上了"恶法"的骂名。

三次修订《土地管理法》(前两次修订分别是 1988 年、1998 年)。

2007 年,备受瞩目的《物权法》颁布。《物权法》不仅确立了保护财产权的私法原则,而且对不动产登记制度、不动产征收征用、建筑物区分所有权、建设用地使用权制度等涉及房地产法制的问题,都做了相应的规定,为房地产法制的健全和完善奠定了重要的私法基础。为了与《物权法》的原则与规定相衔接,国务院于 2007 年 10 月对《物业管理条例》作了修订。2011 年 1 月 21 日,国务院颁布了《国有土地上房屋征收与补偿条例》,以代替 1991 年颁布、2001 年修订的《城市房屋拆迁管理条例》。《物权法》颁行后,一些地方也对原先制定的法规、规章作了修订,如北京市政府于 2010 年颁布了新的《北京市物业管理办法》。

二

总体来看,我国当前房地产法制状况呈现出逐步健全和完善的趋势,然而,存在的问题也是突出的。这些问题主要有以下几个方面:

首先,我国房地产法制地方性色彩较为突出。上述关于房地产法制发展的描述说明,我国房地产法制实际上包括两个层次:一是中央层面上的立法,这包括全国人大及其常委会制定的法律,国务院制定的行政法规和国土、建设主管部门制定的规章;二是地方性法规和规章。虽然从法治的原则出发,国家的法律必须统一,地方性法规和规章不得与中央的立法相抵触,但是由于房地产法制主要解决房地产法律事务的规范问题,其内容多属于具体操作层面的规范,因此,在具体处理房地产法律事务问题上,地方性的法规和规章往往更具有实际效用。尽管在整体的法律层面上各地存在的房地产法律问题相类似,但由于各地的具体情形并不完全相同,解决问题的思路也不尽相同,这就很容易会导致地方性法规和规章之间存在差别,形成房地产法制的地方性色彩。例如,在房地产产权产籍管理问题上,至少存在着房屋所有权证和土地使用权证"两证合一""两证分开"和只发房屋所有权证而不发土地使用权证三种情形。北京市属于后者,居民所拥有的房屋只持有房屋所有权证,而无土地使用权证。法制的地方性色彩虽然体现了法制建设问题上的"因地制宜",使得制定出来的法律能够适应本地区社会经济发展的要求,但也会影响国家法制的统一(法制统一是实现法治国家的基本要求),甚至成为国家法制统一的障碍。

导致房地产法制具有地方性色彩的原因主要有:一是中央层面的房地产立法不够具体,多属于原则性的规定,而房地产法律问题又需要具体化,这就给地方性立法"各行其是"留下较大空间;二是我国房地产法制是随着土地制度的改革逐步建立的,土地制度的改革本身具有地方性,是从地方性的改革推广到全国,例如土地出让制度的改革就是如此,从而造成了地方立法先行的现象;三是在一些领域,现今仍缺乏全国统一的立法,如不动产登记制度,也就不得不任由地方立法来解决这些领域的制度构建。

其次,我国房地产法制存在着浓厚的行政管理色彩。无论是中央层面的立法还是地方层面的立法,大多数是为了加强房地产的行政管理而制定的。中央层面的立法如《土地管理法》《城市房地产管理法》《城镇国有土地使用有权出让和转让暂行条例》《私有房屋管理条例》《物业管理条例》《国有土地上房屋征收与补偿条例》(之前的《城市房屋拆迁管理条例》)以及国家土地与建设管理部门颁行的规章,都属于国家对房地产管理的立法。迄今为止,中央层面的立法仅有《民法通则》中的有关房地产权利的规定,《物权法》有关不动产登记制度、建筑物区分所有权制度、建设用地使用权制度等相关部分的规定,不属于行政管理法。至于地方性的立法,则基本上属于行政管理法的范畴。

房地产究其本质来说,属于财产。作为财产,首先需要解决的法律问题是其归属问题,即私权问题;其次才是政府如何管理的问题。因此,健全的房地产法制应包括两个部分:一是关于房地产权利及其变动(取得、转让、消灭)的规定,这属于私法(民事法律)的范畴;二是关于政府管理房地产(如房地产市场管理、房地产建设管理等)的规定,对房地产私权的征收或征用,也属于政府管理层面的立法。从构建科学的房地产法制来看,房地产管理必须建立在房地产私权基础上,也就是说,房地产首先是作为一种财产权利而存在,其次才是作为政府管理的对象。如果房地产法制不是建立在把房地产作为财产权利的存在基础上,单纯地强化政府对房地产的管理,极为容易导致对房地产作为一种私权存在的忽视,也就极为容易导致来自政府的对房地产权利人的侵害。我国城市化过程中频频发生的暴力拆迁事件,就其

253

法律根源来说,就是如此。即便是新近颁布的《国有土地上房屋征收与补偿条例》,仍拒不承认国有土地上的房屋所有权人对土地享有的使用权,不对房屋征收中被收回的土地使用权给予补偿。

《民法通则》的颁行,尤其是《物权法》的制定,一定程度上缓和了这种具有行政管理色彩的房地产法制,增强了房地产法制中对房地产私权的确认和保护的分量。但是,从总体上看,我国房地产法制的行政管理色彩并没有太大的变化。例如,《物权法》关于建设用地使用权的规定,关于保护公民私有财产的规定,关于不动产征收补偿的规定,并没有阻挡住政府暴力拆迁的步伐,人们仍然期待着依靠国务院颁布新的行政管理法规(即新近颁布《国有土地上房屋征收与补偿条例》)来解决暴力拆迁问题。这也从一个侧面反映了我国私法(民事法律)在保护公民财产权上的无能与无力。

我国房地产法制存在的问题并不只是上述两个方面。实际上,在不动产登记领域、集体土地领域以及国有划拨土地领域,都存在着许多的问题,如不动产登记领域存在的多部门登记问题,集体土地上存在的"小产权房"问题,国有划拨土地使用权的流转问题等,现行的中央立法或地方立法,都没有有效解决其间存在的问题。

三

房地产法制包含的问题很多,较为复杂:既有单纯私法层面的问题,如房屋所有权(包括建筑物区分所有权)问题、建设用地使用权问题、房地产交易(包括转让、抵押、互换等)问题,又有单纯政府管理层面的问题,如土地使用权划拨、出让的管理问题、房地产市场管理问题、房地产建设管理问题等;既有私法与管理交叉层面的问题,如小区物业管理问题、不动产登记制度的统一与健全问题等,又有不仅仅是法律问题而是具有极强政策性的问题,如农村宅基地问题、集体土地上的"小产权房"问题、划拨土地使用权的流转问题。

本书并不涉及上述房地产法制建设的所有问题,因为这不是本书的任务。本书的任务在于探讨我国当下房地产法制建设中的一些疑难问题,期待通过这种探讨,为解决这些疑难法律问题,提出一种解决的方案或者可供参考的建议。本书选择的五个疑难问题,或为社会广泛关注的热点问题、如不动产征收问题(拆迁问题)、小区物业管理问题;或为我国房地产制度中的"老大难"问题,如划拨土地使用权问题、不动产登记制度的统一问题;或为二者兼而有之,如集体土地使用权制度及"小产权房"问题。

本书坚持这样的研究思路:房地产首先是一种财产,属于私法问题,其次才是政府管理的对象,与行政管理法有关,科学的房地产法制必须建立在私法基础上;我国现行房地产法制是伴随着改革开放的逐步推进而发展起来的,带有明显的行政管理法和地方性立法色彩;2007年《物权法》的颁行,标志着我国财产基本法律制度的确立,同时也为房地产法制奠定了法律的基础,房地产法制必须以物权法为基础来构建,充分体现物权法所确立的关注民生和保障私权的原则精神,必须依据《物权法》确定的原则精神对现行房地产法制做重新的检讨。

事实上,《物权法》不仅为构建房地产法制确定了基本的原则精神,而且也为房地产法制的建设奠定了必要的制度基础,并为健全和完善房地产法制留下了较大的研究空间。例如:《物权法》第42条等规定了政府基于"公共利益"可以征收、征用公民个人、法人财产,"公共利益"是判断政府征收行为正当性和合法性的唯一依据。然而,什么是"公共利益"? 如何界定"公共利益"?《物权法》对此没有作出具体规定,这需要作进一步的研究。又如,《物权法》规定国家实行统一的不动产登记制度(第10条),并对不动产登记的效力、权属证书等作了原则性规定,但如何构建统一的不动产登记制度,《物权法》没有规定,这也给我们留下了研究的空间。

不仅如此,即便是《物权法》颁行后根据《物权法》的原则精神进行修订的法规和地方性立法,也存在着这样或者那样的需要进一步探讨的问题。例如,前述新近颁布的《国有土地上房屋征收与补偿条例》,并不承认国有土地上的房屋所有权人对土地享有的使用权,不对房屋征收中被收回的土地使用权给予补偿。因此,被征收的房屋所有权人是否享有对土地的使用权,是否也应给予合理补偿,这仍有待于我们作进一步的探讨。

《房地产法制专题研究》后记

　　本书是我承担的北京市教育委员会"共建项目"——"《物权法》的实施与北京市房地产法制的完善问题研究"的成果之一。另一项成果是《北京市房地产法制研究报告》。事实上,北京市房地产法制存在的问题并不仅仅具有"地方性",而且具有"一般性"。不动产征收问题、划拨土地使用权问题、小区物业管理问题、集体土地使用权及小产权房问题、不动产登记制度问题,也是我国房地产法制建设存在的"一般性"问题。因此,我们将这些问题作为我国房地产法制建设的"一般性"问题对待,力求按照上述研究思路,根据《物权法》所确定的原则精神以及相关规定,重新检讨我国现行房地产法制,进而提出健全和完善我国房地产法制的建议。

　　本项目课题组成员包括:中国政法大学柳经纬教授、刘智慧教授、薄燕娜副教授和于飞副教授,北京市国土局干部施洪新,北京市高级人民法院陶志蓉法官,北京市第一中级人民法院丁宇翔法官和李军法官。具体分工如下:刘智慧负责子课题"不动产征收与拆迁法律问题研究",薄燕娜负责子课题"房地产登记法律问题研究",于飞、李军负责子课题"小区物业管理法律问题研究",施洪新负责子课题"划拨土地使用权法律问题研究",陶志蓉、丁宇翔负责子课题"集体土地上的不动产法律问题研究"。研究生高艳伟、戴慧、林珊、朱星星、兰宁、武莘贤协助参加了上述子课题研究。柳经纬负责本项目研究方案的制定,并撰写导言。全书由柳经纬、刘智慧负责统稿。

　　在完成本项目的研究过程中,我们得到了北京市教委科研处的精心指导,教委叶茂林委员、赵清处长参加了本项目的开题报告会。在本项目课题组举办的专题研讨会上,国土资源部地籍司原副司长向洪宜先生、北京市国土资源局法制处刘翠华处长、北京市国土资源局王永望调研员、中国政法大学李显冬教授、刘心稳教授、赵红梅教授、刘莘教授等,对本项目研究提出了宝贵的意见。在本项目的结项报告会上,中国人民大学法学院姚辉教授、北京航空航天大学法学院龙卫球教授、中国政法大学费安玲教授、刘心稳教授和《北京土地》杂志社刘峰主编组成的专家组对本项目研究成果给予了充分的肯定,并提出了进一步修改的意见。在本项目研究过程中,北京市教委科研处赵胤慧副处长、车庆珍女士、中国政法大学科研处满学会女士、杜彩云女士提供了许多帮助,使得本项目研究得以顺利完成。我谨代表课题组全体成员,对他们的精心指导和无私帮助表示衷心的感谢!

2011 年 10 月 7 日

《当代中国私法进程》^①自序

　　本书是笔者承担的 2010 年度教育部人文社会科学研究一般项目——"当代中国私法的兴起与发展"（项目批准号：10YJA820069）的研究成果，也是笔者近十年来关注当代中国私法发展的一个小结。此前的研究成果主要有：《我国民事立法的回顾与展望》（主编，人民法院出版社 2004 年版，获厦门市社科优秀成果著作类二等奖）、《共和国六十年法学论争实录：民商法卷》（主编，厦门大学出版社 2009 年版）和《当代中国民法学的理论转型》（独著，中国法制出版社 2010 年版，获北京市第十二届哲学社会科学优秀成果奖二等奖）。

　　本书采取专题形式，从立法、司法解释、公众参与、学术研究、法人制度、土地权利以及法律借鉴等方面，力图较为系统地梳理 1978 年以来中国私法（秩序）兴起和发展的历程以及存在的问题。本书认为，当代中国私法的进步无疑是显著的，私法制度的构建、私法精神的弘扬、私法理论的发展，都表现出不俗的成绩。然而，在强大的公权力面前，私权又是脆弱的，私法的未来也是令人担忧的。私法的未来并不取决于私法制度（立法）构建得如何完善，而取决于已有的法律能否得到有效的遵守，私权能否得到切实有效的保障，取决于法治政府的建设目标能否如期实现，更有赖于体制改革尤其是政治体制改革的不断前行。

　　本书以下篇目已发表在学术刊物上：《当代中国私法之发展与对西方私法的借鉴》[《暨南学报》（哲学社会科学版）2011 年第 3 期]、《当代中国私法进程中的民商事司法解释》（《法学家》2012 年第 2 期）、《当代中国私法进程中的民事立法》（《河南财经政法大学学报》2012 年第 4 期）、《当代中国私法进程中的公众参与》（《华东政法大学学报》2012 年第 5 期，题为《当代中国

---

　　① 《当代中国私法进程》，中国法制出版社 2013 年版。本书 2014 年获北京市第十三届哲学社会科学优秀成果奖一等奖。

法治进程中的公众参与》)、《当代中国私法进程中的商事立法》[《暨南学报》(哲学社会科学版)2012 年第 11 期]。在此,对上述学术刊物的诸位编辑表示诚挚的谢意!

本书完成过程中,中国政法大学比较法学专业博士研究生卢扬逊、郭亮、高丰美认真审读了书稿,为书稿的最终完成提供了诸多的帮助。中国法制出版社戴国朴编辑、周琼妮编辑对本书的出版付出了辛勤的劳动。在此一并致谢!

在本书开始写作之时,母亲不幸辞世,对母亲的思念始终伴随着写作的过程。母亲养育了儿子,儿子却无以回报。在母亲辞世两周年之际,谨以此书献给敬爱的母亲,或许,她老人家在另一个世界里亦能感知到儿子的思念之情。

2012 年 12 月 13 日

尹腊梅博士《民事抗辩权研究》^①序

　　我从入民法学之门并专事民法理论教学与研究,已有 20 多个年头。在我的感觉中,90 年代以前的民法学理论研究,所关注的重点多是民法的调整对象、基本原则、性质与作用、具体制度构建以及改革中提出的诸如农村土地承包、国有企业改革之类的现实问题,少有涉及民法基础理论层面的问题。因此,这个时期的民法论文与其他法学科的论文一样,给人的感觉常常是法学的色彩比较淡,而说大道理的意味则比较浓;多数研究水平停留在民法教科书的层面(有的专著说它是一本教科书也未尝不可),少有高水平的基础性理论研究成果面世。今天,如果不是因为关注我国民法学的历史发展或者梳理某一民法问题的理论渊源所需,很少有人愿意再去读这个时期的论文。90 年代以后,情形有了明显的变化,民法学界开始关注起民法学基础理论层面的议题,诸如意思表示、注意义务、物权变动及物权行为、期待权、抗辩权、缔约过失、格式条款、附保护第三人的合同、归责原则等基础性的民法理论问题,逐渐进入民法学者的视野,发表了许多具有较高学术水平的研究成果,民法学的整体理论水平得到了提升。人们对民法学的认知也随着研究水平的提升而得到深化。

　　从某种意义上说,我国民法学理论研究水平的提升,实际上是一种补课。在民法学基础性理论问题上,我们的研究是在补 50 年代追随苏联民法学而落下的必修课。客观地说,我国民法学理论研究的整体水平,与德、日民法学甚至我国台湾地区的民法学理论研究,还有一定的距离。这一点从研究成果的引文多为德、日及我国台湾地区的民法学文献就可以看出。然而,可喜的是,我们经过了短短约 30 年的时间,经过民法学界老一辈学者和新的一代学者的共同努力,我们正在逐步缩短这一距离,正在朝着构建我国

---

① 尹腊梅:《民事抗辩权研究》,知识产权出版社 2008 年版。

的民法学理论体系的方向而努力着。

《民事抗辩权论》是腊梅的博士论文。然而,完成这篇博士论文,她实际上不只花了攻读博士学位的三年时间,她的硕士论文选题就是抗辩权问题。因此,可以说,《民事抗辩权研究》是花了整整五年的时间才完成的(硕士论文选题从研二开始)。这也说明了,从事民法学基础性理论问题研究的不易。这不仅有民法基础性问题本身理论难度大的原因,也有文献资料收集难和语言方面的原因。腊梅的第一外语是英语,但为了研究这一问题,她自修了德语,直接向远在万里之外的德国学者索取德文资料,并将其译出,其所下的功不可谓不深。尽管这一课题的理论研究仍有待进一步深入,然而,《民事抗辩权论》所取得的成果,无疑把我国在这一领域的研究推到了一个新的水平,起到了很好的补课作用。

腊梅是我的学生。作为她的硕士和博士期间的指导老师,我为她的博士论文及时得以出版而感到高兴。

柳经纬

2007 年 12 月 12 日

于中国政法大学

邱雪梅博士《民事责任体系重构》*序

　　雪梅本科毕业于中南政法学院(现中南财经政法大学),在厦门大学完成硕士和博士学业。雪梅是个对法学研究非常执着的学生。她的硕士学位论文写的是我国改革开放以来合同制度的变革问题,题为"我国合同法的回顾与展望",汇入我主编的《我国民事立法的回顾与展望》,由人民法院出版社出版(2004)。在博士论文选题问题上,我曾建议她继续硕士论文的课题,因为改革开放以来我国有关合同的立法和审判实践以及学说理念的变化实在是太大了,这是一个非常值得研究的课题,她完全可以在硕士论文的基础上写出一篇非常优秀的博士论文。但是,她却"自讨苦吃",决意写现在的选题:关于民事责任体系重构的问题。这是一项需要研究者具有深厚的民法学理论功底和驾驭重大理论问题的能力才能胜任的研究工作。这对雪梅来说,无疑是一次非常大的挑战。她决意研究这个问题时,我尽管心里相信她能够出色地完成这一研究任务,但是还是为她捏一把汗。雪梅最终以出色的博士学位论文证明了自己的能力,也证明了自己正确的选择。当然,为了完成这一研究,她也付出了艰辛的劳动。例如,为了能够阅读和利用德文的文献,她自修德语,并自费到北京参加新东方的德语强化培训。为了获得德文的文献,她设法联系德国学者,长住北京收集资料。

　　现在摆在读者面前的就是雪梅的博士学位论文《民事责任体系重构》。一般认为,民事责任可分为二,即:契约责任与侵权责任,前者为违反约定的特定义务的法律后果,后者为违反一般法律义务的法律后果,传统的民事责任体系由此构成。然而,随着社会经济的发展,为了加强对民事交往行为的规范和切实保障当事人的民事权益,民事义务呈现出不断扩张的趋势,先后出现了先契约义务、附随义务、后契约义务和安全保障义务。这些新类型民

---

*　邱雪梅:《民事责任体系重构》,法律出版社 2009 年版。

事义务的发展对二元结构的民事责任体系产生了巨大的冲击。传统的做法是坚守契约责任和侵权责任二元体系,试图通过扩张契约责任和侵权责任,以适应这种趋势。然而,这种解决方式也存在着问题,例如,将缔约过失责任纳入契约责任总是让人感到牵强。雪梅的研究则另辟蹊径,从新类型民事义务的共性入手,以统一的保护义务为基础提出有别于传统契约责任和侵权责任的第三种保护责任,进而提出包括契约责任、侵权责任和保护责任的三元新民事责任体系。此种见解具有独到之处,在理论上解决了新类型民事责任与传统契约责任和侵权责任不相融的问题,可成一家之说。

　　民事责任体系的研究是民法学的基础性工程,待挖掘深究的理论和实践的问题还很多。作为雪梅硕士和博士期间的指导老师,我希望她仍保持学生时代的求知热情,不断地丰富自己的理论素养,提高自己的学术水平,将阶段性的研究成果进一步细致与深化,为我国民法学理论的发展作出更大的贡献。

柳经纬

2008 年 12 月 4 日于中国政法大学

钟瑞栋博士《民法中的强制性规范
——公法与私法
"接轨"的规范性配置问题》[*]序

    本书作者瑞栋博士是我在厦门大学时的同事,也是我的学生。2000 年夏,他从山西大学法学院硕士研究生毕业,以突出的科研能力被厦门大学录用,担任民法学教师。他当时专攻的领域是知识产权法学,但在随后的教学中担任了民法总论和债权法等民法的教学任务,对民法的基础理论产生了浓厚的兴趣,很快表现出其特有的悟性以及对民法基础理论问题尤其是对民法典编纂的热点问题的独立思考。2004 年,他成为我的博士研究生,也是厦门大学民商法学博士点设立后招收的第一届博士研究生,在职攻读博士学位。在博士论文选题上,他放下已有相当研究基础的著作权法的课题,选择了"民法中的强制性规范"这一极具理论难度和挑战性的议题。坦率地说,选择这样的议题做博士论文,是要冒很大风险的,没有足够的理论底气是不行的。由于他身体不太好,且教学任务繁重,又要挣钱养家糊口,我担心他不能按时完成学业,曾建议他改选著作权的议题。但他认为自己对民法中的强制性规范问题有着浓厚的兴趣,几经权衡,最终还是选择了这一议题,并且按时完成了博士论文,顺利通过了学位论文答辩。现在摆在读者面前的《民法中的强制性规范——公法与私法"接轨"的规范配置问题》就是他的博士论文。

    一般说来,法律规范的研究至少有两个层面的意义:一是立法技术层面的意义,立法者在拟定法律条文时必须考虑该条文所表述的法律规范的属性;二是司法技术层面的意义,法官在适用法律对案件作出裁判时必须考虑

---

    * 钟瑞栋:《民法中的强制性规范——公法与私法"接轨"的规范性配置问题》,法律出版社 2009 年版。

法律条文所反映的法律规范的属性。对法律规范属性认知的欠缺,不是导致立法者拟定法律条文的不当,就是导致法官适用法律的不当。前者如合同的形式问题,依意思自治原则,合同的形式宜由缔约双方选择(参考 1999 年《合同法》第 10 条、第 36 条),法律无须强制规定,但 1981 年制定的《经济合同法》第 5 条规定经济合同"应当"采用书面形式,以至于审判实践中把书面形式作为经济合同的有效条件,将大量不具备书面形式的口头协议判定为无效合同。后者如有限公司的股东人数问题,1993 年的《公司法》规定有限责任公司须有 2 人以上的股东,这原本是对公司成立条件(存在基础)的规定,具有强制性;但是在审判实践中,法官却将其适用范围不当扩大,视为具有普遍意义的强制性规范,将股东之间导致股权集中于一人时的股权转让合同判定无效,造成倒果为因的逻辑错误(因为只有在合同有效并得到履行的前提下,股权转让才可能发生导致股份集中于一人的情形),不当地限制了股东的处分权。

从立法技术层面看,法律规范研究的重点在于如何妥当地处理当事人自治与国家管制之间的关系。在私法自治原则的先决前提下,法律规范研究的关键则在于如何合理安排强制性规范,包括在什么情况下规定强制性规范以及设置强制性规范之强制性的程度,从而为立法者提供系统的具有参考价值的原则或准则。从司法层面上看,法律规范研究的重点在于提出识别各种法律规范的技术手段,以便法官能够在个案处理中借助这些技术手段达到准确适用法律的效果。正是在这两个层面上,本书进行了深入而有益的探索。尤其值得称道的是,作者对强制性规范的研究并没有仅仅停留在对规范本身的研究上,而是将其与公、私法的"接轨"这一宏大的问题联系到一起,认为强制性规范的设计和配置与公、私法的"接轨",在很大程度上是一个问题的两面。因此,全书从结构安排到论证的基本思路和线索,都始终围绕强制性规范与公、私法"接轨"的关系来展开,从而使全书立意更加高远,结构更加清晰和严谨。

法律规范的理论研究在我国法学界仍属于一个新的领域,目前有关的研究成果不多,学术水平也还很有限。但在这个领域,本书无疑是在这为数不多的研究成果中具有相当理论深度的学术成果。这不仅为我国在这一领域的研究作出了积极的贡献,而且也显示了作者驾驭基础理论问题的能力,为将来的学术发展奠定了良好的基础。作为过去的同事和指导老师，我祝愿并相信瑞栋博士在学术上将不断努力，增加学术积累，取得更好的学术成就。

柳经纬

2009 年 2 月 21 日于京北宁馨苑

刘成杰博士《日本最新商法典译注》*序

日本商法典 1899 年 6 月 16 日正式颁行,经过百年来多次的修订,已发生了相当大的变化,足以称之为一部具有独特风格的商法典。研习这样一部变化了的商法典,对于进一步完善我国商事法律制度及促进我国商法学的发展,显然是有益的。

我国民商立法究竟应当采用何种模式,自民国初年争论至今,尚未达成共识。在"民商合一"和"民商分立"之外,近年来又有学者提出超越这两种传统模式的"第三条路",主张制定"商法通则"①。传统意义上,日本采取了典型的"民商分立"模式,但历经多次修订后,尤其经过 2005 年的修订,现行之日本商法典已非昔日之日本商法典。其编目仅余三编,即第一编"总则",第二编"商行为"以及第三编"海商"。从形式上看,其虽仍名为"典",但从内容来看,如抛却第三编关于海商法的规定,其与我国学者主张的"商法通则",颇有相似之处。因此,对日本最新商法典的翻译及研究的现实意义尤为明显。

本书仅对日本商法典的第一编"总则"及第二编"商行为"逐条进行了学术性注解。第三编"海商",在我国对应的是独立的《海商法》,本书不做译注。

关于本书的内容,还有几点需向读者说明:

第一,在对条文翻译及学术性注释中,本书对日本商法上的一些重要法律术语进行了全面的介绍、分析,并重点对这些重要术语的中译方式进行了细致的考证,如书中对日本商法典上"交互計算""場屋""商業使用人""支配人""組合""相場"及"船荷証券"等术语的中译方式进行了精细的考证。相信,这些考证应能够在一定程度上对我国的中日商法的比较研究有所

---

*　刘成杰:《日本最新商法典译注》,中国政法大学出版社 2012 年版。

①　王保树:《商事通则:超越民商合一与民商分立》,载《法学研究》2005 年第 1 期。

裨益。

第二,本书的学术性注解不单是观点的罗列与资料的堆积,更多的是在分析基础上通过梳理学者观点以及日本法院的典型判例解释条文内涵或立法本意,试图使读者能够读有所获,能够对日本商法典的具体规定"知其然"及"所以然"。

第三,书中对一些重要法律制度及法律术语均于注释中标注了日文原文及较为权威性的英译;同时,本书附录中还专门制作了中日英对应的法律专业术语对译表,相信这些细致的工作能够更为准确地向读者传递日文原文的含义,且方便读者核对。

本书由成杰主译完成。成杰具有日语(本科)和法学(硕士)双重专业背景,这对于从事比较法学专业应该说是很有利的。本书是成杰就读中国政法大学比较法专业博士研究生期间所取得的研究成果。

柳经纬
2011 年 12 月 25 日